Anfängerfehler

Die Münchner Autorin A.R. Klier hat ihre ersten Gehversuche schon zu Schulzeiten gemacht: Insgesamt drei Mal nahm sie am KWA-Schülerliteraturwettbewerb teil und wurde 2012 für die Kurzgeschichte *Einsame Familie* mit dem ersten Preis ausgezeichnet.

Seither hat A.R. Klier sich den Medizinkrimis der *Fehler*-Reihe rund um die Assistenzärzte Frederik Hendriksson und Niklas Thorsen gewidmet, die bereits fünf Einzelbände umfasst. Weitere *Fehler*-Krimis sind in Arbeit.

Mit der *Bühnenfieber*-Reihe bleibt A.R. Klier ihrer Liebe zur Medizin weiterhin treu, sodass das Theater-Drama eine weitere, spannende Note bekommt. Mit Hauptfigur Christian Rückert ist bisher 1 Band veröffentlicht, weitere Teile sind in Vorbereitung.

Mehr über die Autorin unter:
www.ar-klier.com
www.facebook.com/AutorinAndreaKlier/
www.instagram.com/a_r_klier

A.R. Klier

Anfängerfehler

Bibliografische Information der Deutschen Nationalbibliothek:
Die Deutsche Nationalbibliothek verzeichnet diese
Publikation in der Deutschen Nationalbibliografie,
detaillierte bibliografische Daten sind im Internet
über http://dnb.dnb.de abrufbar.

Autorenfoto: Tobias Fischer
Umschlaggestaltung: Bernhard Klier

Herstellung und Verlag:
BoD – Books on Demand, Norderstedt

ISBN: 978-3-7562-1189-0

Es handelt sich bei Anfängerfehler *um einen Doppelfehler, in dem nur die Sichtweise von Frederik Hendriksson begleitet wird.*
Offene Fragen beantwortet Band 2 Folgefehler.

Alle in diesem Werk auftretende Personen, Orte und Ereignisse sind fiktiv, jegliche Ähnlichkeit mit realen Personen ist rein zufällig.

Alle im Buch enthaltenen Angaben wurden von der Autorin nach bestem Wissen und Gewissen erstellt und erheben keinen Anspruch auf Vollständigkeit. Die Abläufe im Krankenhaus sind der Handlung angepasst und erheben keinen Anspruch auf Richtigkeit.

Erklärungen zu medizinischen Fachbegriffen finden sich ab Seite 265.

»Der Befund ist eindeutig, ohne ein Spenderorgan werden Sie den Jahreswechsel vermutlich nicht mehr erleben«, urteilte der Allgemeinchirurg und ließ den Befund des überweisenden Kollegen sinken.

»Nur wie komme ich an ein Spenderorgan?«, fragte sein Patient verzweifelt. »Mein Arzt hat mir gesagt, dass ich mit meiner Vorgeschichte nicht auf die Transplantationsliste aufgenommen werden kann.«

Der Allgemeinchirurg runzelte die Stirn. »Alkoholmissbrauch, bereits drei abgebrochene Therapien. Sind Sie denn gegenwärtig abstinent oder trinken Sie weiterhin Alkohol?«

Deprimiert schüttelte der Patient den Kopf. »Ich habe schon so oft versucht, aufzuhören«, klagte er sein Leid. »Aber dann der Stress mit der Arbeit, dazu meine Frau und unsere Kinder ... ich darf meine Familie nicht verlieren, hören Sie? Wir bekommen in drei Monaten ein Baby, das ... das darf doch nicht ohne Vater ...«

»Herr Ivanov«, unterbrach der Allgemeinchirurg ihn ungeduldig. »Ich habe lediglich ein Interesse an Ihrer Krankengeschichte, nicht an Ihrer Lebens- und Familiengeschichte. Die große Frage ist also: können Sie sich eine Spenderleber leisten, nachdem niemand aus Ihrem Umfeld für eine Direktspende infrage kommt?«

Patient Ivanov schluckte.

»Wir sprechen ausschließlich vom Preis für das Spenderorgan«, informierte ihn der Chirurg sachlich, fast schon distanziert. »Die Operation und der Krankenhausaufenthalt werden separat abgerechnet.«

»Wie … wie ist das möglich? Wie kann ich ein Organ bekommen, obwohl ich nicht auf die offizielle Spenderliste …?«, stammelte Herr Ivanov.

»Man hat Sie vor unserem Gespräch bestimmt auf gewisse Dinge hingewiesen.« Die Stirn des Chirurgen zierte eine steile Falte und ließ ihn noch bedrohlicher wirken als zuvor. »Dazu gehört auch, dass Sie keine Fragen stellen, die das gesamte Procedere betreffen. Sie bekommen eine neue Leber, wenn Sie das nötige Geld dafür beschaffen. So einfach ist die Rechnung, Herr Ivanov. Die Frage ist also: können Sie sich Ihr neues Organ leisten?«

Die Sprechstunde hatte sich nicht nur wegen Herrn Ivanovs finanzieller Situation deutlich länger hingezogen als geplant, doch letztlich hatte sich alles gefügt. Die für die Lebertransplantation notwendigen finanziellen Sicherheiten waren hinterlegt, jetzt konnte die Suche nach einem geeigneten Spenderorgan beginnen.

»Und? Wie sieht es aus?«, fragte der Allgemeinchirurg bei Betreten des nächsten Besprechungszimmers und setzte sich seinen Kollegen aus Unfallchirurgie und Neurochirurgie gegenüber an den Tisch. »Haben wir Kandidaten für eine Organspende?«

»Die Motorradsaison hat gerade begonnen, die ersten Schwerstverletzten mit massiven Hirnschädigungen sind bereits im Haus«, berichtete der Neurochirurg. »Nach einem Abgleich von Blutgruppe und anderen

Faktoren können wir die Spender auswählen und alles in die Wege leiten.«

»Wunderbar«, freute sich der Allgemeinchirurg und dachte kurz nach. »Akut benötigen wir eine Spenderleber mit Blutgruppe A positiv, der Patient ist im Moment in der Stadt und kann sehr kurzfristig operiert werden. Dazu suche ich immer noch nach einer Niere für einen Patienten mit Blutgruppe B negativ und …«

»Einer der Motorradfahrer ist B negativ«, unterbrach ihn der Facharzt aus der Neurochirurgie. »Ich sehe mir den Fall gleich noch einmal an und leite alles Nötige in die Wege.«

Ungeduldig nickte der Allgemeinchirurg. »Suchen Sie parallel weiter nach der Leber, die ist einfach verdientes Geld.«

Kapitel 1

»Da haben wir ja den Übeltäter«, murmelte Professor Westphal und sah konzentriert durch das Mikroskop auf das freigelegte Aneurysma. »Clip.«
Er führte das Instrument vorsichtig in das Gehirn seines Patienten ein und kontrollierte die Position der Gefäßaussackung erneut durch das Mikroskop, ehe er den Titanclip mit ruhiger Hand befestigte.
Der Chefarzt hob den Blick und sah zu seinem Assistenzarzt. »Machen Sie zu, Doktor Hendriksson?«
Frederik nickte. Es war nicht sein erstes Mal, dass er nach einem erfolgreichen Eingriff den Kopf des Patienten verschloss. Stumm zog er seine Instrumente aus dem Gehirn zurück und ließ sich das Knochenfragment anreichen, das er zu Beginn des Eingriffes entfernt hatte. Zuletzt vernähte der angehende Neurochirurg die Hautschichten.
»Sehr gut.« Professor Westphal trat vom OP-Tisch zurück und zog Kittel und Handschuhe aus.
Frederik schälte sich ebenfalls aus seinem Kittel und stopfte diesen in den dafür vorgesehenen Müllsack. Dann folgte er dem Chefarzt in den Waschraum.
»Wenn Sie so weitermachen, dürfen Sie ein einfaches Aneurysma selbst clippen, sobald wir einen passenden Fall auf dem Tisch haben«, meinte Professor Westphal und seifte sich Hände und Unterarme ein.
»Wirklich? Sie meinen, ich bin schon soweit? So oft

assistiert habe ich bei diesen Eingriffen ja noch nicht.« Frederik spülte seine Arme mit kaltem Wasser ab.

»Das waren gut zehn Aneurysmen, bei denen sie dabei waren.« Der Professor hob eine Augenbraue. »Jeder muss mal einen Alleinflug wagen. Sie können doch nicht bis an Ihr Karriereende nur assistieren. Nicht mit Ihrem Namen. Sie gehören auf die andere Seite des OP-Tisches.«

Nach der erfolgreichen Operation kehrte Frederik auf die Station zurück und blätterte rasch durch die Krankenblätter der Neuzugänge, die er sich im Laufe seiner Schicht noch ansehen musste. Keine dringenden Fälle, da konnte er seine Pause auch gleich machen. Und falls wirklich noch etwas sein sollte war er ja über das Diensttelefon erreichbar.

»Hey, hey!« Frederik steuerte im Pausenraum sofort den Kühlschrank an und setzte sich mit der kalten Lasagne vom Vortag und einer Gabel an den großen Tisch zu den anderen Assistenzärzten.

»Na?« Alexandra Müller stocherte in ihrem Nudelsalat herum und sah gelangweilt auf. »Wie war die OP? War der Chef zufrieden mit seinem Musterschüler?«

Frederik zuckte mit den Schultern. An solche Bemerkungen hatte er sich in den letzten Jahren gewöhnt, mit seinem Familiennamen war er bei vielen Kollegen ein beliebtes Ziel für sarkastische Bemerkungen und Spitzen. »Es gab keine Komplikationen.«

»Super.« Alex sah wieder auf die farbigen Abbildungen in ihrem Buch. »Ich hoffe, der *Prof* ist bei mir nachher nicht allzu streng.«

»Was habt ihr denn vor?«, wollte er mürrisch wissen.

»Tumor im Frontallappen.« Alexandra verzog das Gesicht. »Ein Aneurysma wäre eher meins gewesen. Aber das musstest du mir ja unbedingt wegschnappen mit deiner blöden perfekten Visite.«

Frederik zuckte mit den Schultern. »Du hättest dich besser vorbereiten müssen, die Ansprüche vom *Prof* sind bekannt. Da hat mein Name keine Rolle gespielt.«

»Sagst du…« Sie hob vielsagend die Augenbrauen. »Aber wer einen Chefarzt in der Familie hat … dein Vater wird mit unserem *Prof* sicher mehr als nur über Golf sprechen, so naiv kannst du doch gar nicht sein.«

»Mein Vater hat damit nichts zu tun«, wiederholte Frederik stoisch. »Warum sollte sich ein Neurochirurg von einem Allgemeinchirurgen etwas sagen lassen?«

»Woher soll ich das wissen?« Alexandra starrte ihn herausfordernd an.

»Mahlzeit!« Johannes warf die Tür hinter sich zu und zog seinen Kittel aus. »Ratet mal, wer eben im Schockraum geglänzt hat?« Er sah dabei vor allem Alexandra an. »Na?«

»Wer sonst.« Frederik kratzte die Reste in seiner Schüssel zusammen und stand auf. »Ich bin in der Notaufnahme, damit ich bei deinem Glanz nicht erblinde.«

Johannes lachte. »Da solltest du tatsächlich aufpassen.« Er überlegte kurz. »Gehen wir morgen nach der Spätschicht noch auf den Kiez, ein bisschen feiern?«

Alexandra gähnte demonstrativ und Frederik blieb unschlüssig in der Tür stehen. Er drückte sich gerne vor solchen Ausflügen, bei denen er sich immer wieder aufs Neue fragte, warum er überhaupt eingeladen wurde. Schließlich hackten die Kollegen da nur noch begeisterter auf ihm herum.

»Ich gebe dir Bescheid.« Damit schloss er die Tür zum Aufenthaltsraum hinter sich, um Alexandras nächste Papa-Bemerkung nicht hören zu müssen.

Die Notaufnahme war restlos überfüllt als Frederik aus dem Aufzug trat. Genervte Patienten im Wartebereich, dazu kamen genauso ungeduldige Patienten in den Notfallboxen.

»Ah gut, endlich ein Neurochirurg. Doktor Hendriksson? Übernehmen Sie den nächsten Rettungswagen?«, fragte der diensthabende Arzt gestresst. »Angekündigt ist eine Kopfverletzung nach Verkehrsunfall.«

Frederik nickte wortlos, schnappte sich Handschuhe und ging zur Einfahrt, wo bereits zwei Rettungswägen standen. In diesem Moment kam der nächste Wagen zum Stehen. Der Fahrer stieg aus, begrüßte den Assistenzarzt flüchtig und öffnete die hinteren Türen.

»Moin«, rief der Rettungsassistent und lud die Trage zusammen mit seinem Kollegen aus. »Ich weiß, ihr hab volles Haus, aber auf der Straße sieht es nicht besser aus.«

Frederik nickte und ging voran zur für Neuankömmlinge reservierten Notfallbox.

»Was haben wir?«, fragte er und ließ seinen Blick über die Patientin gleiten.

»Caroline Wagner, neunzehn, Frontalzusammenstoß Fahrrad gegen Auto, hat einen Helm getragen. Initial bewusstlos, war bei unserem Eintreffen ansprechbar, aber desorientiert. Dämmert seither immer wieder weg, reagiert auf Ansprache. Kann sich komplett bewegen, außer der Platzwunde haben wir keine Verletzungen feststellen können«, berichtete der Rettungsassistent und reichte Frederik das Protokoll.

»In Ordnung.« Er nickte, unterschrieb und wandte sich erst mal an seine Patientin. »Frau Wagner?«

Sie schlug die Augen auf und sah ihn verwirrt an. »Wo bin ich? Was ist passiert?«

»Sie hatten einen Fahrradunfall und sind jetzt im Universitätsklinikum«, erklärte der Rettungsassistent geduldig, bevor Frederik etwas sagen konnte.

»Sie dürfen einmal auf die Liege hier umsteigen«, meinte Frederik und klappte den seitlichen Schutz, damit Patienten nicht von der Trage herunterfallen konnten, nach unten.

Langsam rutschte die junge Frau mit den langen dunklen Haaren von der Trage auf die Krankenhausliege und verzog das Gesicht. »Habt ihr eine Kopfschmerztablette für mich?«, fragte sie gequält.

Frederik nickte. »Zuerst muss ich Sie untersuchen, dann bekommen Sie Schmerzmittel.« Er sah auf das Protokoll, während die beiden Rettungsassistenten mit der Trage den Raum verließen. »Können Sie sich an den Unfall erinnern?«

Caroline Wagner dachte kurz nach.

»Ich war auf dem Weg zur Schule«, murmelte sie. »Ich bin über die Kreuzung an der Pulverturmsbrücke gefahren und dann hat mich auf einmal das Auto erwischt.« Sie sah den Arzt nachdenklich an. »Und dann waren auch schon die Rettungskräfte da.«

»In Ordnung.« Er füllte einige Felder im Beobachtungsprotokoll aus. »Ich muss Sie untersuchen.«

Routiniert tastete Frederik den Schädel seiner Patientin ab, begutachtete die Platzwunde und suchte nach weiteren Verletzungen. Außer Abschürfungen an beiden Handflächen und einer Knieprellung fand er jedoch nichts.

»Die Platzwunde muss genäht werden, Ihre Handflächen werde ich auch gleich versorgen«, informierte Frederik seine Patientin.

»Das ist gut, oder?«, sagte Caroline unsicher. »Können Sie mir endlich etwas gegen die Schmerzen geben?«

Frederik steckte den Kugelschreiber in die Tasche. »Ich halte Rücksprache mit dem Oberarzt, dann bekommen Sie ein Schmerzmedikament«, versprach er und ging zur Tür. »Ich bin gleich zurück.«

Im Flur wurde gerade der nächste Patient auf einer Trage vom Rettungsdienst hereingeschoben, ein Pfleger und ein Arzt nahmen ihn in Empfang.

Frederik machte einen Bogen um diese Gruppe und betrat das Arztzimmer in der Mitte des Flures.

»Was liegt an?«, fragte der zuständige Oberarzt Doktor Hanson.

»Fahrradunfall in der Zwei«, berichtete Frederik. »Patientin ist neunzehn Jahre alt und frontal mit einem Auto zusammengestoßen. Neurologisch unauffällig, Knieprellung, eine Platzwunde und mehrere Abschürfungen.«

»Okay.« Hanson sah flüchtig auf das Protokoll des Assistenzarztes und wandte sich dann wieder dem Computer zu.

»Sie klagt über Kopfschmerzen«, fuhr Frederik fort. »Intravenöse Schmerztherapie?«

Der Oberarzt nickte. »Die übliche Dosierung, Überwachung am Monitor auf Station.«

Damit hatte Frederik die nötigen Informationen beisammen und kehrte zu seiner Patientin zurück.

»So, Frau Wagner.« Er holte sich Nähzeug und frische Handschuhe. »Ich versorge jetzt Ihre Wunden, dann geht es auf Station. Ein Schmerzmittel gibt es dort auch.«

Die Schülerin verzog das Gesicht, als Frederik die Platzwunde reinigte und mit wenigen Stichen nähte. Die Schürfwunden befreite er von kleinen Steinchen, spülte sie und versorgte beide Hände mit einem leichten Verband.

»So, das war es auch schon.« Frederik warf die Handschuhe und das gebrauchte Material in den Mülleimer und griff nach dem mobilen Telefon in seiner Tasche. Er rief die Station an und kündigte seine Patientin an. Damit war seine Aufgabe erfüllt. Ein Pfleger würde die junge Frau auf Station bringen.

Kapitel 2

Gähnend fuhr Frederik in einen steifen, sauberen Kittel und verstaute Stethoskop und andere Utensilien in seinen Taschen, dann schlurfte er müde zum Arztzimmer der neurochirurgischen Station. Vor der Visite brauchte er dringend einen starken Kaffee, denn die Woche aus täglich wechselnden Früh- und Spätschichten war ihm arg an die Substanz gegangen. Wenigstens war das die letzte Schicht vor den freien Tagen, das hob seine Stimmung merklich.

»Na? Spät geworden gestern?« Assistenzarztkollege Martin musterte Frederik mitfühlend.

»Es gab genug zu tun, du kennst das Problem selbst«, brummte Frederik unausgeschlafen. Er hasste Frühschicht, das hatte sich in all den Jahren nicht geändert.

»Du meinst chronisch unterbesetzt und viel zu viele Patienten?« Martin verzog das Gesicht als hätte er Zahnschmerzen.

»Guten Morgen zusammen«, rief Oberarzt Hanson und schnappte sich die Krankenakten. »Abmarsch zur Frühbesprechung, der Chef hat es eilig.«

Im Besprechungszimmer wurden sie von Professor Westphal bereits ungeduldig erwartet, sodass Doktor Hanson sofort mit dem ersten Patienten begann und dessen Krankengeschichte sowie den aktuellen Stand der Behandlung vortrug.

Auf diese Weise gingen die Ärzte alle Patienten der Station einmal durch und legten die nächsten Behandlungsschritte fest, bevor es gut eine halbe Stunde später weiter zur Visite ging. Doktor Hanson führte die Gruppe an, der Chefarzt folgte ihm vor dem Rest der ärztlichen Belegschaft und der Stationsschwester.

»Hier haben wir Caroline Wagner, Neuzugang von gestern«, berichtete Hanson und trat zur Seite.
»Wie geht es Ihnen, Frau Wagner?«, fragte der Chefarzt und reichte ihr die Hand.
Die Patientin sah die große Gruppe in weiß vor sich unsicher an. »Ich habe starke Kopfschmerzen und beim Aufstehen ist mir echt schwindlig.«
Die Stationsschwester fügte hinzu »Letzte Nacht ist sie einmal beim Gang ins Badezimmer kollabiert, seitdem nur Aufstehen in Begleitung.«
»In Ordnung.« Der Chefarzt wandte sich wieder der Patientin zu. »Haben Sie Probleme beim Sehen, Doppelbilder oder ähnliches?«
Caroline schüttelte andeutungsweise den Kopf.
»Sollte sich dahingehend etwas verändern, melden Sie sich bitte.« Professor Westphal wandte sich schon wieder zum Gehen. »Alles Gute, Frau Wagner.«

Zwei Operationen füllten Frederiks Vormittag, auf dem Weg zum Mittagessen wurde er dann von einem Notruf aufgehalten.
»Die Patientin mit dem Fahrradunfall von gestern ist wieder kollabiert und ihr Allgemeinzustand gefällt mir gar nicht«, informierte ihn die Stationsschwester. »Wir sollten ...«

»Ich bin gleich da«, unterbrach Frederik sie und eilte zur Station. Schwester Mareike erwartete ihn bereits bei Caroline Wagner, die blass und mit geschlossenen Augen vor ihm lag.

»Wir machen ein MRT, um eine Blutung auszuschließen«, entschied der angehende Neurochirurg und hatte schon wieder das Handy in der Hand. »Frau Wagner? Machen Sie doch bitte mal die Augen auf.«

Angesichts ihres unklaren Zustandes begleitete Frederik seine Patientin zur MRT-Untersuchung und wartete neben dem Radiologen ungeduldig auf die Schichtaufnahmen des Schädels.

»Sehen Sie?« Der erfahrene Radiologe deutete auf den Bildschirm.

Angespannt nickte Frederik. »Ich informiere Doktor Hanson, aber mit diesem Befund wird Frau Wagner auf die Intensivstation verlegt ...« Er lauschte dem Freizeichen und setzte den Oberarzt über den veränderten Zustand ihrer Patientin ins Bild, währenddessen wurde Caroline Wagner zurück ins Bett gelegt. »In Ordnung, ich nehme sie gleich mit, wir sehen uns auf Station.« Frederik ließ das Handy zurück in die Kitteltasche gleiten und übernahm das Bett von der Pflegerin. Normalerweise brachte er Patienten nicht selbst auf Station, aber in dem Fall war das der schnellste Weg.

»Frau Wagner?«, sprach er die junge Frau laut und deutlich an und steuerte das Bett in Richtung der Aufzüge. »Machen Sie doch bitte mal die Augen auf.«

»Mhm ...«, brummte sie undeutlich. »Aber ... is ... so hell ...«, beschwerte sie sich nuschelnd.

»Das weiß ich und tut mir leid«, entschuldigte er sich. »Aber ich muss wissen, dass Sie wach sind, Frau Wagner.«

»Will … aber … schlafen«, flüsterte die junge Frau und atmete langsam aus.

Mit Schwung beförderte Frederik das Bett in den Aufzug und musterte seine Patientin genauer. Sie war eingetrübt und schläfrig, dazu lichtempfindlich. Er hatte schon Hirnblutungen mit geringeren Symptomen operiert. Vermutlich würde Caroline Wagner noch heute auf dem OP-Tisch liegen …

»Ah, da sind Sie ja!« Kaum hatten sich die Aufzugtüren geöffnet erblickte Frederik auch schon Oberarzt Hanson. »Lassen Sie mal sehen.«

Auch er versuchte, Caroline zu wecken und verbal mit ihr zu kommunizieren. Seine Bemühungen waren von ähnlichem Erfolg gekrönt wie zuvor bei Frederik.

»OP oder Intensiv?«, fragte der Assistenzarzt gedämpft.

»Wir beobachten sie engmaschig, sobald sich ihr Zustand minimal weiter verschlechtert werden wir operieren«, entschied Hanson. »Sie führen stündliche Kontrollen durch und halten mich auf dem Laufenden.«

Hastig nickte Frederik und schob das Bett weiter zur Schleuse an der Intensivstation, sein Kollege war bereits wieder auf dem Weg in den OP.

»Frederik! Na? Wen bringst du mir Schönes?« Intensivmedizinerin Antje Hahn empfing den Assistenzarzt lächelnd.

Kapitel 3

Zahlreiche Patienten verschoben Frederiks Feierabend immer weiter nach hinten, sodass er schließlich mit über drei Stunden Verspätung ins wohlverdiente Wochenende startete. Drei Tage frei am Stück, das hatte es seit Wochen nicht mehr gegeben.

Zu Hause packte er lediglich Wechselwäsche in eine kleine Reisetasche und stieg gleich wieder ins Auto. Er musste unbedingt hinaus aus Hamburg und die Hektik der Stadt hinter sich lassen. Sein Ziel lag auf halber Strecke zwischen der Hansestadt und Itzehoe, gut eine Dreiviertelstunde Autofahrt entfernt.

Die Stille im Auto war ein angenehmer Kontrast zum stressigen Alltag in der Klinik, die ihn an diesem Wochenende nicht recht loslassen wollte. Seine Gedanken waren schon wieder bei der jungen Frau, die er auf die Intensivstation verlegt hatte.

Ob sie um eine Operation noch herumkam?

Oder war die OP nur eine Frage der Zeit?

Würde die Kopfverletzung Langzeitschäden nach sich ziehen?

Wobei sich einiges auch in ihrem Alter noch relativieren ließe …

Endlich erschien die beleuchtete Auffahrt zum Hendriksson-Gestüt in Frederiks Blickfeld und zauberte ihm ein kleines Lächeln in das müde Gesicht.

Hier fühlte er sich wesentlich mehr Zuhause als in der großen Familienvilla in der Stadt. Er konnte befreiter durchatmen und der väterliche Leistungsdruck schien etwas weiter weg zu sein. Vermutlich war das auch einer der Gründe, warum seine Brüder schon seit Jahren auf dem Gestüt lebten und eher selten in der Stadt zu Besuch waren.

»Moin!«, rief Frederik halblaut im Flur und zog seine Schuhe aus. Oliver und Julian waren den Stimmen nach in der Wohnküche, doch das war angesichts der Uhrzeit keine große Überraschung.
»Moin, Kleiner«, grüßte Oliver und tauchte einen Moment später mit seiner leeren Bierflasche in der Tür zum Flur auf. »Trinkst du mit?«
Frederik nickte und folgte ihm. »Na? Wie geht es euch? Wie war die Woche?« Er setzte sich auf das große, helle Sofa neben seinen nächstälteren Bruder.
»Wohl nicht so nervenaufreibend und schlaflos wie deine«, gab Julian zurück. »Schläfst du überhaupt noch oder lebst du komplett in der Klinik?«
Mit dem Anflug eines Lächelns auf den Lippen nahm Frederik eine kühle Bierflasche von Oliver entgegen. »Im Moment lebe ich fast ausschließlich für die Klinik, zumindest unter der Woche.« Er betrachtete die Flasche nachdenklich. »Es kommen auch wieder andere Zeiten … Auf unser Wiedersehen, Prost!«
Die Brüder stießen miteinander an und hingen dann jeder seinen Gedanken nach.
»Irgendwas läuft bei euch in der Abteilung grundsätzlich schief bei der zeitlichen Planung«, bemerkte Oliver schließlich in die Stille hinein. »Ich meine, du siehst au-

ßer der Klinik und deinem Bett so gut wie gar nichts, dabei scheint es auch anders zu gehen. Niklas war diese Woche drei Mal am Hof und hat lange mit Malika trainiert ...«

»Die Unfallchirurgen haben auch weniger launische Oberärzte und davon abgesehen hat Niklas einen deutlich unproblematischeren Nachnamen«, fiel Frederik seinem Bruder ungehalten ins Wort. Er hasste die Debatten über seine Arbeitszeiten, denn daran ändern konnte er gerade nichts. »Lass uns jetzt bitte nicht schon wieder von vorne anfangen. Es ist ja schön, dass Niklas so viel Zeit für sein Pferd hat, aber bei mir sieht es im Moment halt leider anders aus.« Er trank in großen Schlucken und atmete dann tief durch. »Was gibt es bei euch sonst so Neues?«

»Wirklich Neues gibt es kaum.« Oliver schmunzelte. »Die üblichen Wechsel bei Reitern und neuen Pferden am Hof, aber große Neuigkeiten sind das nicht.«

»Manchmal sind keine News auch gute News.« Frederik gähnte. Mit dem Alkohol kroch nun auch die Erschöpfung zurück in seinen Körper. »Seid mir nicht böse, aber ich muss dringend etwas Schlaf nachholen und wir sehen und ja alle morgen.«

Kapitel 4

»Du bist schmerzlich vermisst worden«, bemerkte Assistenzärztin Alexandra anstelle einer ordentlichen Begrüßung und musterte Frederik undurchdringlich.

»Vermisst?« Irritiert hob Frederik eine Augenbraue.

»Deine Schülerin mit Hirnblutung, der Fahrradunfall«, half sie ihm provokativ auf die Sprünge. »Mir scheint, dieses Küken verzehrt sich geradezu nach ihrem Helden im weißen Kittel.«

»Du kannst mich mal«, wehrte er ab und verließ das Stationszimmer gleich wieder.

Held in weißem Kittel, da hatte wohl jemand zu viele Arztromane gelesen …

Bis zur Schichtübergabe war noch eine Stunde Zeit, da konnte er problemlos auf der Intensivstation vorbeischauen und sich einen Überblick über die aktuellen Patienten machen. Und so führte Frederiks erster Weg mehr oder weniger direkt zu Caroline Wagner, die immer noch intensivmedizinisch überwacht wurde.

»Doktor Hendriksson.« Caroline sah ihn müde an. »Wie war Ihr freies Wochenende?«

In Frederiks Gesicht stahl sich ein kleines Lächeln, während sein Blick an den Überwachungsmonitoren hängen blieb. Soweit waren alle Vitalparameter im Normbereich, das war ein gutes Zeichen. »Mein Wochenende war sehr erholsam, danke der Nachfrage.« Er musterte seine Patientin neugierig. »Und wie geht es Ihnen?«

Caroline lächelte matt. »Ich musste operiert werden«, meinte sie und deutete auf ihren Kopfverband. »Sieht bestimmt heiß aus, oder?«

»Das auf jeden Fall. Wenn es jemand tragen kann, dann Sie.« Frederik lachte. »Die Hauptsache ist, dass es Ihnen bessergeht. Haben Sie noch Schmerzen?«

Sie deutete ein Kopfschütteln an. »Gott sei Dank nicht mehr. Nur wenn ich aufstehe pocht die Narbe, aber die Pflegerin hat gesagt, dass sich das in den nächsten Tagen auch deutlich bessern wird.«

»Freut mich.« Frederik vergrub die Hände in seinen Kitteltaschen und wandte sich zum Gehen. »Wir sehen uns später auf Station, Frau Wagner.«

»Das hoffe ich.« Ihr Lächeln wurde eine Spur breiter.

Caroline Wagners Lächeln hatte eine ansteckende Wirkung auf Frederik gehabt, die in der Schleuse jedoch sofort verpuffte, als er seinen Vater erblickte.

»Du machst dich rar«, bemerkte Professor Maximilian Hendriksson und sah seinen Sohn ungnädig an. »Versteckst du dich vor mir?«

Frederik straffte die Schultern und schlüpfte wieder in seinen weißen Kittel. »Seit wann muss ich Rechenschaft vor dir ablegen?«, fragte er nüchtern.

Der Chefarzt schüttelte den Kopf und nahm sich eine OP-Haube aus dem Spender. »Du bist mir überhaupt nichts schuldig. Ich will nur verstehen, warum du mir aus dem Weg gehst.«

»Manche Dinge wirst du nie verstehen, weil du sie überhaupt nicht verstehen willst. Und jetzt entschuldige mich, ich muss mich in der Notaufnahme melden.« Frederik verließ den Raum mit gestrafftem Rücken und unwillkürlich angehaltenem Atem.

Wann würde er endlich davon wegkommen, sich vor seinem Vater wie ein bedürftiges, kleines Kind zu fühlen?

Warum kümmerte es ihn, was sein Vater beruflich und privat über seine Lebensentscheidungen dachte?

Die Ansprüche seines Vaters waren im Grunde unerreichbar. Warum strampelte er sich überhaupt ab?

Mit Mühe verdrängte Frederik die finsteren Gedanken und Gefühle auf dem Weg zur Notaufnahme, wo um diese Zeit Hochbetrieb herrschte. Da war kein Platz für private Befindlichkeiten.

»Oh hey, du bist wieder da!« Niklas Thorsen kam gerade aus einer der Notfallboxen und lächelte freundlich. »Du hattest ein langes Wochenende?«

»Davor zehn Tage durchgehend, die freien Tage waren dringend nötig.« Frederik begrüßte seinen langjährigen Freund mit einem Handschlag und musterte ihn. Obwohl sie annähernd gleich alt waren und beide mitten in ihrer Facharztausbildung steckten schien der angehende Unfallchirurg wesentlich besser mit der Gesamtsituation klarzukommen als er selbst. Lag das nur am Fachgebiet oder an der Familiengeschichte?

»Okay, das ist ein Argument.« Niklas lachte herzlich. »Ich muss weiter in den Schockraum, sehen wir uns heute Abend? Ich habe auch Spätschicht, möglicherweise kommen wir ja zeitgleich in den Feierabend? Da können wir etwas entspannter reden, hat sich schon viel zu lange nicht mehr ergeben.«

Frederik nickte. »Du kannst dich nachher ja melden. Ich bin mal wieder als Springer unterwegs, abgesehen von einer OP heute Nachmittag.«

»Mache ich«, versprach Niklas und eilte davon in Richtung Schockraum zum nächsten dringenden Notfall.

Operationen, Notfallpatienten und Neuzugänge auf der Station hielten Frederik in Atem, sodass er erst abends kurz im Arztzimmer der Station verschnaufen und einen Kaffee trinken konnte.

»Patientin Wagner ist von der Intensiv zurückverlegt worden«, berichtete Doktor Hanson und stapelte einige Patientenakten auf den Schreibtisch neben Frederik. »Sehen Sie sich die Patientin nochmal an? Und das sind die Entlassungen für morgen. Überprüfen Sie, dass alle Arztbriefe vorbereitet sind.«

Frederik nickte und trank einen großen Schluck aus seiner Tasse. »Im Aufwachraum haben wir keine Patienten mehr, oder?«, fragte er nachdenklich.

»Alle Patienten sind schon auf Station, in der Notaufnahme ist gerade auch nichts Neurochirurgisches auf dem Brett«, fasste Doktor Hanson zusammen und steckte sich das Handy in die Jackentasche. »Wenn etwas ist, rufen Sie mich an, ich habe Bereitschaft. Aber ich hoffe, dass ich diese Nacht etwas mehr Schlaf finde als in den letzten Bereitschaften Ihrer Kollegen.«

»Ich gebe mein Bestes.« Frederik zog den Stapel Patientenakten näher zu sich und schlug die erste Akte auf.

Caroline Wagner, Verlegung von der Intensiv war auf dem Klebezettel auf dem Deckblatt notiert. *Regelmäßige Verlaufskontrollen, keine Auffälligkeiten.*

»Keine Auffälligkeiten ist gut«, murmelte Frederik und stand auf. »Und am besten keine bösen Überraschungen, wenn ich allein auf Station bin ...« Er trank seinen Kaffee aus und machte sich dann auf den Weg zu den Patientenzimmern.

»So, Frau Wagner«, meinte er und schloss die Tür hinter sich. »Wie geht es Ihnen?«

Caroline zuckte mit den Schultern. »Nicht viel anders als heute Vormittag. Außer, dass ich wieder meine eigenen Klamotten tragen darf und nicht mehr verkabelt bin.« Sie lachte leise und deutete auf den Rucksack, der auf dem Fensterbrett stand. »Geben Sie mir den Rucksack, bitte?«

Neugierig sah Frederik seiner Patientin beim Herumkramen zu. Endlich war sie fündig geworden und hielt ihm ein Ladekabel hin. Wortlos nickte er, bevor sie die Frage überhaupt stellen konnte, und steckte das Kabel ein.

»Was machen die Kopfschmerzen auf einer Skala von eins bis zehn?«, wollte er nachdenklich wissen und konnte den Blick kaum von ihrem Gesicht wenden.

Sie war so ... jung und lebensfroh und ...

»Fünf, wenn ich mich bewege. In Ruhe eine Drei.« Caroline unterbrach seine Gedanken, bevor er weitere Worte für sie finden konnte.

»In Ordnung.« Frederik straffte die Schultern und räusperte sich. »Falls Sie zur Nacht oder auch sonst ein Schmerzmittel benötigen, sagen Sie Bescheid.«

»Mache ich, aber im Moment geht es so.« Carolines Blick ging zur Uhrzeitanzeige auf ihrem Handy. »Und Sie? Haben Sie noch keinen Feierabend oder kein Zuhause, wo Sie gern hingehen?«

»Meine Schicht geht bis halb Elf, danach übernimmt der Kollege aus der Nachtschicht.« Frederik wandte sich abrupt um, denn Caroline Wagner brachte ihn ganz schön aus dem Konzept. »Bis morgen bei Visite.« Er verließ das Krankenzimmer mit langen Schritten, bevor er noch etwas Unüberlegtes tat oder sagte.

Die Übergabe mit Martin aus der Nachtschicht funktionierte reibungslos, sodass Frederik tatsächlich weitestgehend pünktlich auf Niklas Thorsen wartete. Der angehende Unfallchirurg und Orthopäde war ebenfalls annähernd pünktlich in den Feierabend gestartet und folgte ihm aus dem großen Klinikkomplex.

»Feierabendbier?«, fragte er und steuerte schon ihre Stammkneipe an, in der sie seit Jahren regelmäßig einkehrten.

»Freja arbeitet, ich werde also erst einmal nicht zu Hause vermisst«, schmunzelte Niklas und rutschte auf den hinteren Platz der Eckbank. Sie bestellten beide ein Alsterwasser, dann waren sie unter sich.

»Wie war es noch bei dir? Irgendwelche schwierigen Fälle oder eher entspanntes Abarbeiten von Altlasten des Tages?« Niklas musterte seinen besten Freund neugierig.

»Letzteres.« Frederik lächelte, denn Caroline Wagner war ihm wieder in den Sinn gekommen. *Ihr Lächeln und ihre unbekümmerte Art …*

»Hier, bitte.« Der Wirt stellte die Biergläser auf den Tisch und riss Frederik aus seiner Versunkenheit.

Niklas lächelte nur vergnügt. »Wer hat denn da so nachhaltigen Eindruck bei dir hinterlassen? Kenne ich sie?«

»Ich ... Prost.« Mit roten Wagen stieß Frederik mit ihm an und trank erst einmal ein paar Schlucke Bier, ehe er sich zu einer Antwort entschloss. »Es gibt da möglicherweise jemanden«, begann er gedehnt und starrte angestrengt auf die Tischplatte. »Und nein, du kennst sie nicht, ich habe sie erst letzte Woche kennengelernt.«

»Okay.« Niklas musterte ihn neugierig. »Und wer ist die spannende Unbekannte? Wo habt ihr euch kennengelernt und ...?«

»Sie ...« Frederik holte tief Luft. »Sie ist eine Patientin auf Station«, gestand er. »Ich weiß selbst, dass wir das nicht dürfen, aber irgendwie hat sie mich erwischt.«

»Du hast dich also in eine Patientin verliebt«, wiederholte Niklas ungläubig. »Wie ... äh, also ...«

»Sie ist Neunzehn und hatte letzte Woche einen Fahrradunfall. Die Hirnblutung ist Freitagnacht noch operiert worden«, fuhr Frederik nervös fort. »Und ja, ich weiß, dass Neunzehn verdammt jung ist und dass es sich nicht gehört, als Arzt mit seiner Patientin etwas anzufangen ... Nur, sie wird nicht mehr lange stationär behandelt, was ist dann?«

»Willst du denn, dass mehr aus euch wird?«, fragte Niklas ruhig und wischte mit dem Zeigefinger durch das Kondenswasser außen am Glas.

»Ich kenne sie zu wenig, um darauf eine vernünftige Antwort geben zu können. Ich will sie erst einmal kennenlernen und mit ihr ausgehen.« Frederik seufzte. »Als ich vorhin bei ihr im Zimmer war zur Verlaufskontrolle hat sie ganz schön geflirtet, aber hat sie das auch ernst gemeint? Oder spielt sie nur mit mir? Das ist doch schon mal die Grundsatzfrage.«

»Find es heraus.« Niklas trank einen Schluck Bier und schmunzelte. »Nur … wie du schon richtig festgestellt hast: vielleicht wartest du bis nach ihrer Entlassung, das wirft auch bei den Kollegen weniger Fragen auf.«

»Guter Gedanke …« Frederik unterdrückte ein Gähnen, dann ging sein Blick zur Uhr. »Das wird mal wieder eine verflixt kurze Nacht, Visite ist um Sieben …«

»Ich starte morgen um Neun in die Vierundzwanzig-Stunden-Bereitschaft, das ist auch kein Spaß«, gab Niklas zurück. »Die zwei Stunden mehr Schlaf machen da keinen nennenswerten Unterschied.« Er trank aus. »Soll ich dich mitnehmen oder bist du selbst mit dem Auto da?«

Kapitel 5

Obwohl er am Vorabend nicht mehr lange mit Niklas zusammengesessen hatte war Frederik nur schwer aus dem Bett gekommen und noch im Halbschlaf in die Klinik gefahren.

»Hendriksson!« Der Befehlston in Doktor Hansons Stimme hatte fünf Minuten vor Schichtbeginn einen ähnlichen Effekt wie eine Tasse starker Kaffee auf den Assistenzarzt. »Ab auf die Intensivstation, die Kollegen erwarten uns schon!«

»Worum geht es denn?«, gähnte Frederik und setzte sich folgsam in Bewegung. Nur den Oberarzt nicht aufregen, das war um diese Uhrzeit seine Hauptaufgabe. Andernfalls konnte die Schicht noch ungemütlicher und länger erscheinen als sonst.

»Motorradfahrer mit Hirnblutung, die die Kollegen letzte Nacht operiert haben«, fasste Hanson knapp zusammen und lief voran zur Intensivstation, Frederik folgte ihm im Laufschritt.

»Wie sieht es mit Hirnaktivität aus?«, fragte Frederik als sie die Hygieneschleuse erreichen und desinfizierte sich die Hände.

Hanson schüttelte den Kopf. »Sie werden die zweite Untersuchung zur Beurteilung der Hirnaktivität durchführen, bevor wir die Diagnose in sechs Stunden offiziell bestätigen können. Das haben Sie doch schon einmal gemacht, nicht?«

Frederik nickte und unterdrückte ein Seufzen. Den Tag mit einem möglicherweise Hirntoten zu beginnen war nicht gerade erstrebenswert. Doch das konnte er sich in seinem Job eben nicht immer aussuchen.

»Hier ist Ihr Patient«, erklärte Doktor Hanson und blieb an einem Bett im Überwachungszimmer stehen. »Wie alt ist er? Achtzehn?« Frederik schluckte und testete die Pupillenreaktion auf Licht, jedoch ohne Erfolg. »Zwanzig, aber das tut kaum etwas zur Sache«, bemerkte Hanson ungnädig. »Allerdings ist er in dem Alter und ohne bekannte Vorerkrankungen ein idealer Organspender ...«

»Er hat zwölf Stunden, bevor wir ihn für hirntot erklären können«, stellte Frederik angefressen fest. »Geben Sie ihm doch zumindest eine Chance, bevor Sie schon seine Organe verplanen!« Er steckte die Pupillenleuchte zurück in seine Kitteltasche und testete einige Schmerzreize, auf die der Patient ebenfalls nicht reagierte.

»Sehen Sie der Tatsache ins Auge, Hendriksson, der Mann ist hirntot, daran werden auch die nächsten sechs Stunden nichts ändern. Und hören Sie auf, so emotional zu reagieren und mich anzuschreien. Damit tun Sie sich keinen Gefallen.« Hanson sah auf die Uhr. »Machen Sie heute Mittag das EEG sowie ein CT und rufen mich an, wenn Sie ihn für tot erklären können. Ich werde die Angehörigen informieren.« Er machte eine kurze Pause. »Ah ja, im Nachbarzimmer werden Sie schon erwartet, ein Patient mit Subduralblutung, die OP ist um Neun angesetzt. Kümmern Sie sich um die nötigen Vorbereitungen, ich sehe Sie dann im OP.

Frederik nickte stumm und trug seine Untersuchungs-

ergebnisse in die Kladde am Fußende des Patienten-
bettes ein, dann ging er weiter ins Nachbarzimmer.

Er hatte das Bett noch nicht einmal erreicht, da schlugen die Überwachungsmonitore bereits Alarm. Herzstillstand. Sofort übernahm der innere Autopilot. Für
derartige Notfallsituationen wurden sie immer und
immer wieder vorbereitet, sodass den Assistenzärzten
die Handgriffe in Fleisch und Blut übergegangen waren. Notfallknopf drücken, dann Brett unter den Patienten schieben und Beginn der Herzdruckmassage, bis
die Kollegen zur Unterstützung da waren.

Mit vereinten Kräften gelang es dem Team, den Patienten zu reanimieren, doch der neurologische Befund
verhieß nichts Gutes. Die Pupillen waren weit und
lichtstarr, auch auf Schmerzreize reagierte der Mann
nicht mehr.

»Noch ein letzter Tanz«, seufzte Frederik. »Ich informiere Doktor Hanson ...«

Antje Hahn sah dem jungen Neurochirurgen mitfühlend hinterher. Er war erst eine Stunde im Dienst und
hatte schon zwei nahezu hirntote Patienten vor sich.
Was würde der Tag noch bringen?

»Sie hatten eine verdammte Aufgabe, Hendriksson!«,
fuhr Oberarzt Hanson Frederik ungehalten an. »Sie
sollten den Patienten für eine OP vorbereiten und
nicht für seine Beerdigung!«

Frederik schwieg und sah zu Boden. Er wusste, dass
ihn keine Schuld traf und er einmal mehr Opfer der
Launen des Oberarztes wurde. Also biss er sich mit aller Kraft auf die Zunge, damit ihm keine Erwiderung

über die Lippen kam, die Doktor Hanson erst recht in Rage bringen würde.

»Sie werden die Angehörigen informieren«, fuhr Hanson wütend fort. »Und Sie werden mit ihnen über die Möglichkeiten einer Organspende sprechen. Damit der Tod dieses Mannes vielleicht doch noch einen Sinn hat und anderen Patienten hilft.«

»Mache ich.« Frederik wartete angespannt, ob die Wutrede bereits vorüber war.

»Und noch etwas. Nachdem Sie sich gerade selbst um Ihre OP heute Vormittag gebracht haben machen Sie Verbandswechsel und sind Springer in der Notaufnahme. Hoffentlich bringen Sie da nicht gleich den nächsten Patienten um. Zwei Hirntote reichen mir.« Hanson ließ ihn einfach stehen.

»Danke für nichts.« Frederik atmete langsam aus. Er arbeitete schon seit einigen Jahren unter Benett Hanson, doch in letzter Zeit waren dessen Launen immer extremer geworden.

»Alles in Ordnung?« Antje Hahn kam auf den Assistenzarzt zu, der etwas verloren im Flur stand.

Augenblicklich straffte Frederik die Schultern. »Wenn du von den Patienten absiehst ist alles in bester Ordnung«, bemerkte er mit Ironie in der Stimme und verließ die Intensivstation. Er brauchte eine Pause von den beiden Fällen, bevor er sich mit den weiteren Untersuchungen zur Bestätigung des Hirntods und der Information der Angehörigen beschäftigte.

»Du warst gar nicht bei Visite? Wer oder was hat dich aufgehalten?«, fragte Assistenzarzt Martin neugierig, als Frederik das Arztzimmer auf der neurochirurgischen Station betrat und sich unentschlossen um die eigene Achse drehte.

»Hanson.« Frederik verdrehte die Augen. »Zwei Hirntote schon vor Sieben, die ich im Laufe des Tages bestätigen muss ... du weißt ja selbst, was da alles noch folgt ...«

»Zwei sind schon echt viel für eine Schicht«, bestätigte Martin. »Und was liegt sonst an?«

»Sträflingsarbeit. Hanson hat mir sämtliche Verbandswechsel aufgebrummt, weil ich da wohl am wenigsten Schaden anrichten kann. Seine Worte, nicht meine.« Seufzend stapelte Frederik die Patientenkladden auf den Wagen mit dem Verbandsmaterial.

»Ich würde dir ja gern helfen, aber ich operiere gleich. Versuch, Hanson aus dem Weg zu gehen, bis er sich wieder beruhigt hat.« Martin stand mit Blick auf die Uhr auf und wandte sich zum Gehen. »Wir sehen uns.«

Seine Runde über Station zog sich über den gesamten Vormittag und hob Frederiks Stimmung erst, als er im vorletzten Zimmer auf Caroline Wagner stieß.

»Sie haben die Visite ausgelassen«, stellte sie lächelnd fest. »Gehen Sie mir nach unserem gestrigen Gespräch aus dem Weg? Bin ich Ihnen zu nahegetreten?«

Ihr Lächeln war ansteckend, das musste Frederik ihr lassen. »Nein, nein ... es ... Sie hatten ja recht.« Er seufzte und holte sich frische Handschuhe aus dem Spender neben dem Waschbecken. »Ich hatte heute Morgen schon zwei Patienten, bei denen alles nach Hirntod aussieht, den ich in ein paar Stunden bestätigen muss. Die Schicht damit zu beginnen ist ... es macht den Tag meist nicht besser.« Er räusperte sich und zog die Handschuhe an. »Okay, ich muss mir Ihre Wunde ansehen«, erklärte er und entfernte den Kopfverband vorsichtig.

»Ihr Job ist ganz schön hart, was?« Caroline sah ihn mitfühlend an. Dass ihr Gesicht so nah war, machte es für Frederik nicht einfacher, sich auf den Verbandswechsel zu konzentrieren.

»Welcher Job ist schon leicht«, gab er zurück und betrachtete die Naht aufmerksam. »Das heilt gut, die Fäden können dann nächste Woche entfernt werden. Und einen großen Verband brauchen Sie auch nicht mehr, ich decke die Wunde mit einem Pflaster ab.«

»Der Job ist die eine Sache, aber bei Ihnen scheint es auch im Miteinander mit den Kollegen ordentlich zu krachen«, wagte sich Caroline einen großen Schritt nach vorn, ohne auf seine Worte einzugehen.

»Wie…? Ich meine …«, stammelte Frederik und ließ die Hände sinken.

»Ich habe in meinen wachen Momenten auf der Intensivstation viel gehört, auch über Sie und von Ihnen. Und das klang nach sehr vielen Konflikten …« Caroline Wagner ließ ihn nicht aus den Augen.

»Es wird viel getratscht«, blockte Frederik ab. »Und der Job ist stressig, da gerät man zwischenmenschlich manchmal an seine Grenzen. Das ist normal«, redete er sich heraus und strich die Ränder des Pflasters glatt. Seine Patientin blieb stumm und suchte weiter seinen Blick, doch Frederik wich ihr aus.

Was wusste sie alles?
Wie viel hatte sie mitbekommen?
Und wollte er wirklich wissen, was die Kollegen hinter seinem Rücken tratschten?

Wie viel schlimmer konnte das sein verglichen mit dem,
was er ohnehin schon zu hören bekam?

»Alles Gute, Frau Wagner«, verabschiedete er sich und
zog die Handschuhe wieder aus. »Alles Gute ...« Langsam verließ er das Patientenzimmer. Nur noch ein Verbandswechsel, dann musste er zurück auf die Intensivstation. Die nächste Untersuchung zur Bestätigung des
Hirntods bei dem Motorradfahrer stand an.

»Wo waren Sie denn so lange?«, herrschte ihn Doktor
Hanson an und überflog die Untersuchungsergebnisse. »Waren Sie schon mit den Verbandswechseln
überfordert?«
Stumm schüttelte Frederik den Kopf. »Keine Hirnaktivität nachweisbar«, stellte er stattdessen fest. »Wenn
die Familie einverstanden ist kann er für eine Organtransplantation vorbereitet werden.«
»Die Familie ist einverstanden.« Sein Vater und Chefarzt der Allgemeinchirurgie, Maximilian Hendriksson,
hatte das Stationszimmer unbemerkt betreten. »Die
Organentnahme findet noch heute Abend statt, die
Organempfänger wurden bereits informiert.«
»Dann hat ja für dich alles seine Ordnung. Wenn ihr
mich entschuldigt...« Frederik verließ den Raum flucht-
artig. Seinen Vater und Hanson gleichzeitig ertrug er
heute beim besten Willen nicht. Vielleicht war die Notaufnahme für den Moment ein guter Zufluchtsort, Patienten gab es jedenfalls genug. Und vielleicht war Niklas Thorsen auch gerade dort ...

Seinen besten Freund traf Frederik nur im Vorbeige-
hen, er begleitete einen Patienten direkt in den OP.

»Ich melde mich später, wenn ich hoffentlich etwas durchatmen kann«, versprach Niklas und steckte den Schlüssel ins Schloss über den Rufknöpfen, um den Aufzug für eine Notfallfahrt zu holen.

»Klar, der Job geht immer vor.« Frederik sah ihm neidvoll hinterher. Eine OP wäre schon toll, vor allem ohne den launischen Oberarzt Hanson neben sich. Niklas genoss dieses Privileg bereits, er durfte erste Patienten eigenständig operieren. »Viel Erfolg und bis später.« Er wandte sich um und sah sich auf dem Bildschirm der aktuellen Patientenbelegung nach neurochirurgischen Fällen um.

Gegen Ende der Schicht fand sich Frederik auf der Intensivstation wieder und wertete die Untersuchungsergebnisse des zweiten Patienten vom Morgen aus. Auch bei ihm war keine Hirnaktivität nachweisbar, in weniger als drei Stunden konnte man ihn für hirntot erklären. Wenigstens das blieb ihm erspart, er durfte vorher in den Feierabend.

»Scheiß-Tag, was?« Antje Hahn setzte sich an den Computerarbeitsplatz und rief dort den OP-Plan auf.

»Die Allgemeinchirurgen freut es. Zwei Transplantationen an zwei Tagen, da gibt es viel zu tun«, entgegnete er ironisch. »Es kommt wohl auf die Perspektive an.«

»Es gibt wieder bessere Tage, lass den Kopf nicht hängen«, versuchte Antje, ihren jungen Kollegen aufzumuntern. »So geballt kommt der Mist selten.«

»Wollen wir es hoffen. Ich übergebe meine Patienten auf Station, dann bin ich im Feierabend.« Frederik stand schwerfällig auf und verließ die Intensivstation in nachdenklicher Stimmung.

Schon seit ein paar Tagen lief der Alltag in der Klinik alles andere als rund, aber woran lag das?
Nur an den Launen von Doktor Hanson?
Nein, so wichtig war der Oberarzt nicht.
Nur, was störte ihn dann so dermaßen?

Seine Fälle hatte Frederik rasch an Johannes übergeben, dann konnte er sich endlich in den Feierabend verabschieden. Nur, nach Hause zog es ihn auch nicht gerade. Dort würde er unweigerlich mit seinem Vater zusammentreffen, denn dessen Organtransplantation war doch auf den morgigen Tag verschoben worden.
Dazu ließ ihm ein anderes Thema keine Ruhe.
»Was sagt man über mich?«, fragte er ohne einleitende Worte, nachdem er das Krankenzimmer von Caroline Wagner betreten hatte. »Was haben Sie auf der Intensivstation mitbekommen?«
Überrascht sah die Schülerin von ihrem Handy auf. »Doktor Hendriksson, was machen Sie denn noch hier? Und haben Sie nicht den Kittel für die Spätvisite vergessen?«
Frederik schüttelte den Kopf und umfasste die Griffe am Fußteil des Bettes mit beiden Händen. »Ich habe Feierabend und ja, ich habe kein Recht, hier vor Ihnen zu stehen und Antworten einzufordern. Aber Sie haben vorhin angedeutet, dass…«
»Ich weiß, was ich heute Vormittag gesagt habe.« Caroline Wagner legte das Handy auf das Nachtkästchen und setzte sich langsam auf. »Was genau möchten Sie denn wissen? Oder wollen Sie einfach nur nicht nach Hause, weil Ihr Vater dort sein wird? Über Ihr schwieriges Verhältnis wird hinter vorgehaltener Hand

vor allem von den Pflegerinnen getuschelt. Die Ärzte trauen sich alle nicht, etwas über oder gegen Professor Hendriksson zu sagen. Er scheint für sie eine Art Chirurgie-Gott zu sein …«

»Fachlich ist er ja auch unerreichbar«, seufzte Frederik. »Das ist ja das große Problem, denn menschlich ist er einfach nur ein Arsch.«

»Autsch, das war deutlich.« Caroline schmunzelte, rutschte zur Seite und klopfte neben sich auf die Matratze. »Wollen Sie sich nicht setzen? Oder muss mein Bett aus Sicherheitsgründen abgestützt werden?«

»Nnnein, das Bett sollte ohne Unterstützung auskommen …« Frederik wurde rot und ließ die Griffe wieder los. »Sagen Sie, Frau Wagner, welches Spiel spielen Sie mit mir? Sie flirten und versuchen, mich mit Informationen zu ködern. Warum?«

»Ich könnte Ihnen die gleiche Frage stellen, Doktor Hendriksson.« Caroline beugte sich vor. »Ich gehe stark in der Annahme, dass Sie nach Feierabend normalerweise nicht bei Ihren Patienten im Zimmer auftauchen und das persönliche Gespräch suchen. Und Ihr Blick sieht auch nach mehr aus als medizinscher Einschätzung. Gefällt Ihnen, was Sie sehen?«

Frederik schluckte schwer. »Sie haben meine Frage nicht beantwortet …« Er starrte auf ihre Lippen, die sich zu einem kleinen Lächeln verzogen hatten. »Warum flirten Sie mit mir? Ich bin Ihr Arzt und es ist gegen die Regeln …«

»Dann sollten wir das bis zu meiner Entlassung besser niemandem erzählen.« Caroline nahm seine Hand. »Wobei es natürlich sehr schade ist, Sie nicht mehr jeden Tag zu Gesicht zu bekommen.«

»Gehen Sie mit mir aus«, schlug er mit rauer Stimme vor und kämpfte gegen den inneren Drang an, ihre Lippen zu berühren. Ob sie tatsächlich so weich waren, wie …

Sanft zog Caroline an seiner Hand und zwang ihn so, die Distanz zwischen ihnen deutlich zu verringern. Unwillkürlich beschleunigte sich sein Herzschlag, als ihm ihr Duft in die Nase stieg. Carolines andere Hand berührte seine Wange, dann hauchte sie ihm einen Kuss auf die Lippen. »Ich werde mit Ihnen ausgehen, Doktor Hendriksson«, versprach sie und sah ihm lächelnd in die Augen. »Aber jetzt sollten Sie gehen, bevor wir Sie in ernsthafte Schwierigkeiten bringen.«

Gefühle und Gedanken wirbelten wild durcheinander, als Frederik das Patientenzimmer leise verließ und eilig zum Parkplatz lief.

Was war nur in ihn gefahren, dass er die Grenze zwischen Arzt und Patienten bewusst aufhob und sich angreifbar machte?

Welches Spiel spielte Caroline Wagner?

Verfolgte sie weitere Pläne?

Oder war er nur ein reizvolles Ziel für sie?

Im Auto atmete Frederik tief durch.

»Das darf nicht mehr passieren«, redete er sich ins Gewissen. »Du bist Arzt und kein …« Er schüttelte den Kopf und machte sich auf den Heimweg. Die Andeutung des Kusses war wunderschön gewesen und doch durfte es nicht sein. Nicht, solange Caroline Wagner seine Patientin war. Hoffentlich wurde sie bald entlassen, damit er sich nicht noch mehr die Finger verbrennen konnte als er es ohnehin schon tat.

In der beleuchteten Einfahrt der großen Villa war kein Fahrzeug zu sehen, doch das vollständig erleuchtete Erdgeschoss ließ darauf schließen, dass sein Vater längst zu Hause war. Frederik seufzte und zog den Zündschlüssel ab. Er musste sich definitiv wieder eine eigene Wohnung suchen, so konnte das nicht mehr weitergehen. Er brauchte Abstand zu seinem Vater. Schlimm genug, dass sie sich in der Klinik regelmäßig über den Weg liefen.

»Hattest du nicht längst Feierabend?« Professor Maximilian Hendriksson musterte seinen Sohn undurchdringlich bereits im Eingangsbereich.

»War noch im Gespräch«, wich Frederik halbherzig aus. »Warum spionierst du mir hinterher? Mein Leben geht dich nichts an.«

»Das kannst du dir zwar einreden, aber du weißt genau, dass das nicht möglich ist. Du bist ein Hendriksson, dein Leben geht mich immer etwas an. Vor allem wenn du den guten Ruf unserer Familie beschmutzt.« Sein Vater verschränkte die Arme vor der Brust. »Hast du etwas zu deiner Verteidigung zu sagen?«

»Verteidigung?«, wiederholte Frederik irritiert. »Was? Worum geht es hier? Wofür oder besser wogegen soll ich mich denn verteidigen?«

»Du warst schon wieder bei Caroline Wagner«, hielt ihm Maximilian Hendriksson ungehalten vor. »Verkauf mich nicht für dumm, denn du bist gesehen worden. Es ist kaum zu glauben, dass ich dir erklären muss, dass solches Verhalten absolut unangemessen ist. Nicht nur als Mediziner, sondern auch als Hendriksson.«

»Für dich dreht sich alles nur um diesen verdammten Namen!«, fauchte Frederik.

»Es geht um viel mehr, aber du weigerst dich starrsinnig, das zu begreifen«, gab sein Vater kalt zurück. »Sie ist viel zu jung, davon abgesehen geht sie noch zur Schule. Sie ist ein unangemessener Umgang für dich.«

»Unangemessener Umgang«, wiederholte Frederik ungläubig und schüttelte den Kopf. »Es ist anmaßend, dass ...«

»Du weißt, dass ich recht habe«, unterbrach ihn sein Vater mit eisiger Stimme. »Ich erwarte, dass du dein Benehmen meinen Erwartungen anpasst und aufhörst, dieser jungen Frau nachzustellen. Das Gespräch ist beendet.« Er drehte sich auf dem Absatz um und durchquerte den Raum mit langen Schritten.

Schockiert starrte Frederik ins Leere.

Was zum Teufel war gerade passiert?

Woher wusste sein Vater von seinem Treffen mit Caroline?

Auf Station war vorhin doch niemand seiner Kollegen gewesen? Und was hatten die davon, ihn bei seinem Vater anzuschwärzen?

Steckte am Ende doch Caroline dahinter? Hatte sie ihn in eine Falle gelockt? Aber was hatte sie davon?

Kapitel 6

»Hendriksson, wie sehen Sie denn aus?« Benett Hanson hielt den Assistenzarzt nach der Visite am Kittel fest. »Haben Sie die Nacht durchgemacht?«

Ein Gähnen unterdrückend schüttelte Frederik den Kopf. Die Auseinandersetzung mit seinem Vater hatte ihn noch lange wach liegen lassen, doch an sich war sein Schlafdefizit auch nicht größer als sonst.

»Sie sehen ja aus wie frisch aus der Nachtschicht, so kann ich Sie nicht im OP gebrauchen.« Hanson überlegte nicht lange. »Sie kümmern sich um die Versorgung der frisch operierten Patienten und die Notaufnahme. Versuchen Sie, niemanden umzubringen.«

Andeutungsweise nickte Frederik. Diskussionen mit dem herrischen Oberarzt führten ohnehin zu nichts. Besser, er fügte sich gleich, wenngleich er sich tierisch darüber ärgerte, wie schnell er von Operationen abgezogen wurde.

»Ach ja, da ist noch etwas, Hendriksson«, fiel Doktor Hanson ein, als er sich schon halb zum Gehen gewandt hatte. »Ich erwarte, dass Sie bei all Ihren Patienten eine professionelle Distanz wahren und nicht versehentlich in eines der Betten fallen. Falls doch werde ich Sie persönlich einen Kopf kürzer machen, berühmter Familienname hin oder her.«

Frederiks Wangen färbten sich augenblicklich tiefrot, er nickte. »Natürlich«, versicherte er hastig, drehte sich ohne ein weiteres Wort um und kehrte in das Stationszimmer zurück. Er war sprachlos über die Verbreitung seines Besuches bei Caroline Wagner.

Wer hatte ihn verraten?

Und wer tratschte hinter seinem Rücken darüber?

Steckte am Ende sogar sein Vater dahinter?

Aber warum?

Was interessierte es ihn, ob er sich mit der jungen Frau verabreden wollte?

Was wusste sein Vater über Caroline Wagner, was Frederik nicht wusste?

»Was wollte Hanson denn von dir? Er sieht echt sauer aus …«, wollte Alexandra neugierig wissen.

»Ja, Hanson ist aus nicht nachvollziehbaren Gründen ziemlich sauer«, bestätigte Frederik wütend und nahm die Patientenakten seiner OP-Patienten aus der Ablage. »Hier, teilt die Eingriffe unter euch auf, Hanson hat mich heute aus dem OP verbannt.« Er warf die Akten auf den Schreibtisch und verließ den Raum, bevor die Enttäuschung seine Fassade richtig bröckeln ließ. Aber vor seinen Kollegen wollte sich Frederik erst recht keine Blöße geben.

»Hey, Frederik!« Niklas Thorsen schloss im Erdgeschoss rasch zu ihm auf. »Was ist denn los?«, fragte er beunruhigt, als er das Gesicht seines Freundes erblickte.

»Komm …« Seufzend ging Frederik voran in ein um die Uhrzeit unbesetztes Arztzimmer in der Ambulanz.

»Was ist los? Ist etwas passiert?«, fragte Niklas erneut. Frederik seufzte schwer. »Ich … es ist kompliziert …« Er suchte nach einem sinnvollen Anfang, doch das war bei dem ganzen Schlamassel der letzten Tage gar nicht so einfach.

»Dein Vater, mal wieder?«, vermutete Niklas Thorsen und lehnte sich an den Schreibtisch. »Was hat er dieses Mal angestellt?«

»Ich glaube, dass er Hanson mit sehr fadenscheinigen Erklärungen dazu bringt, mich von Operationen auszuschließen.« Frederik plumpste auf den Stuhl vor dem Schreibtisch und raufte sich die Haare. »Und er hat Wind davon bekommen, dass ich mich für Caroline Wagner interessiere und sie gestern nach der Schicht noch einmal privat besucht habe.«

»Bist du über sie hergefallen, wenn er sich so darüber aufregt?« Niklas hob eine Augenbraue und unterdrückte ein Gähnen. »Entschuldige, ich habe heute Nacht drei Mal operiert, da fehlen mir einige Stunden Schlaf.«

»Nein, wir haben nur geredet.« Frederik sprang wieder auf. »Im Grunde geht es ihn doch auch nichts an, mit wem ich mich treffe. Dass sie gerade noch Patientin ist mag eine Grauzone sein, aber ich behandle sie doch gar nicht. Sie ist Hansons Patientin.«

»Es geht ihm also wie immer um Macht und Kontrolle«, stellte Niklas trocken fest.

»Pass also besser auf, dass du nicht auch einen Kopf kürzer gemacht wirst, weil du jetzt mit mir sprichst«, warnte Frederik ihn augenverdrehend. »Wenn du heute Nachmittag ausgeschlafen hast und ich den Spießrutenlauf irgendwie hinter mich gebracht habe, können wir das Gespräch dann im Privaten fortsetzen? Vielleicht finden wir doch noch einen Ausweg aus dieser bescheidenen Situation.«

»Klar, Freja arbeitet heute Abend, wir sind ganz unter uns«, versicherte Niklas und gähnte erneut. »Okay, dann komm nach der Schicht einfach vorbei. Und ich sehe zu, dass ich meine Übergabe noch erledige, bevor ich zu müde bin, um unfallfrei nach Hause zu fahren. Halt die Ohren steif.«

»Danke.« Frederik verließ das Besprechungszimmer hinter seinem besten Freund und bog in Richtung der Notaufnahme ab, wo er bereits erwartet wurde.

»Doktor Hendriksson? Ich bin Janina Meier und soll heute bei Ihnen mitlaufen.« Eine unscheinbar aussehende, junge Frau kam im Stationszimmer auf ihn zu.

»Ah ja.« Innerlich fluchte Frederik erneut. Hanson hatte das bestimmt gewusst und strafte ihn jetzt nicht nur mit OP-Verbot, sondern lud auch noch Medizinstudenten bei ihm ab. »Wie lange sind Sie denn schon hier?«

»Heute ist mein erster Tag«, erklärte die Studentin schüchtern und sah ihn mit eingezogenem Kopf an.

»Na wunderbar… okay, ja, dann … machen wir das Beste daraus.« Frederik seufzte. »Ich werde Sie also zu den Patienten mitnehmen und Ihnen die Abläufe einigermaßen zeigen, selbst behandeln dürfen Sie natürlich nicht. Versuchen Sie, mir und anderen Kollegen nicht im Weg zu stehen. Und wenn ich loslaufe, dann folgen Sie mir. Sind die Spielregeln soweit klar?«

Sie nickte stumm.

»Haben Sie Fragen?« Frederik nahm das Telefon aus der Ladestation.

Nach einem kurzen Überblick über die aktuellen Patienten der Notaufnahme steuerte Frederik die erste

Notfallbox an, Janina Meier folgte ihm wie ein Schatten.

»Moin, Hendriksson mein Name«, stellte sich Frederik beim Eintreten vor und studierte das Aufnahmeprotokoll, das die Schwester bereits angefertigt hatte. »Sie hatten einen Sportunfall? Wie kann ich Ihnen helfen?« Der junge Mann war etwa in seinem Alter, saß ziemlich munter auf der Liege und ließ die Beine baumeln. »Ja, moin … ich bin beim Hochsprung blöd aufgekommen und da ist es mir ziemlich böse in den Rücken geschossen. Und mein Trainer meint, dass ich mir das unbedingt anschauen lassen soll und na ja, jetzt bin ich hier.«

»Verstehe.« Frederik legte das Klemmbrett auf die Ablage. »Ich muss mir die Wirbelsäule ansehen, können Sie das T-Shirt ausziehen?«

»Natürlich.« Der Sportler zog sich das Shirt über den Kopf, verzog dabei aber das Gesicht vor Schmerzen.

»Einigermaßen beweglich sind Sie noch, das ist ein gutes Zeichen«, kommentierte Frederik und begann, den Rücken seines Patienten abzutasten. Sein Blick ging weiter zur Studentin, die neben der Tür stehen geblieben war. »Wollen Sie etwas lernen oder als Türsteher arbeiten?«, fragte er genervt. »Von dort hinten können Sie doch nichts von der Untersuchung sehen.« Janina Maier kam hastig näher.

»Au«, protestierte der Patient. »Das ist die Stelle.«

»Okay.« Frederik nickte und betastete den Bereich rings um das Schmerzzentrum. »Wie ist es hiermit?«

»Das … au, das tut auch echt weh.«

»Ich melde Sie zum Röntgen an, ein Pfleger wird sie abholen«, erklärte Frederik. »Knöcherne Verletzungen kann ich gerade nicht ausschließen, wir müssen die bildgebende Diagnostik abwarten.« Er ging zum Computer und meldete den Patienten in der Radiologie an.

Zwei weitere Patienten übernahm Frederik vom Rettungsdienst, ehe er die Röntgenbilder des Hochspringers auswertete.

»Der Wirbel ist gebrochen«, stellte Frederik sachlich fest und trank einen Schluck Kaffee, Janina Meier sah ihm schüchtern über die Schulter. Ohne der Studentin Beachtung zu schenken gab er den Fall an Hanson weiter, der den Patienten später noch operieren würde.

»Oh hey, hier bist du!«

Kaum hatte Frederik das Telefonat mit dem Oberarzt beendet sah auch schon Johannes in das Arztzimmer der Notaufnahme. »Deine hübsche Patientin hat nach dir gefragt. Sie scheint dich sehr zu vermissen.«

»Tut sie das?« Frederik schüttelte den Kopf. »Was willst du hier? Holst du Hansons OP-Patienten ab?«

»Die Wirbelsäulenverletzung?« Johannes nickte. »Ich bin ihm im OP zugeteilt, da kann ich das schon machen.« Er lehnte sich neben Frederik an den Schreibtisch. »Was hast du eigentlich angestellt, dass du bei Hanson so dermaßen in Ungnade gefallen bist? Hast du ihm eine reingehauen?«

»Ich will nicht darüber reden«, wehrte sich Frederik.

»Also hast du?« Johannes hob eine Augenbraue und nickte anerkennend. »Alle Achtung, das hätte ich dir gar nicht zugetraut.«

Die Zeit bis zum Schichtende zog sich wie Kaugummi, wenngleich Frederik in der Notaufnahme mehr als gut beschäftigt war. Dutzende Patienten wurden mit dem Rettungswagen eingeliefert, wenngleich die wenigsten ein akutes Problem hatten. Janina Meier hatte er schon seit einer Weile nicht mehr gesehen, scheinbar hatte sie eine neue Beschäftigung gefunden, doch das war Frederik für den Moment egal. Er hatte genug eigene Probleme als eine schüchterne Studentin, die keine Eigeninitiative zeigte.

»Bis morgen«, verabschiedete er sich im Arztzimmer und verließ die Notaufnahme einigermaßen pünktlich in Richtung der neurochirurgischen Station. Dort herrschte noch reges Treiben, viele OP-Patienten wurden vom Aufwachraum zurück auf Station verlegt.

»Na?« Frederik klopfte an den Türrahmen und musterte Johannes neugierig. »Wie lief die Wirbelsäulenoperation? Durftest du selbst operieren?«

»Hanson hat mich Teile des Eingriffs selbst durchführen lassen.« Johannes seufzte. »Es sah auch alles gut aus, nur im Aufwachraum hatte der Patient plötzlich eine ausgedehnte Hirnblutung. Wir konnten nichts mehr tun, jetzt ist er morgen zur Organentnahme vorgesehen.«

»Schon wieder eine Organtransplantation?!« Frederik hob die Augenbrauen. »Heute zwei, morgen wieder eine? Man könnte, die Neurochirurgie ist der Nummer Eins Zulieferer der Allgemeinchirurgen geworden.«

»Diese Häufung ist schon ungewöhnlich«, bestätigte Benett Hanson hinter Frederik und drängte sich an ihm vorbei in das Arztzimmer. »Aber manchmal sind wir einfach machtlos. So schwer das für uns Chirurgen zu akzeptieren ist.«

Frederik sah zu Boden.

»Machen Sie Feierabend, Hendriksson. Morgen ist ein neuer Tag.« Hanson setzte sich an einen der Computerarbeitsplätze. »Versuchen Sie, mehr zu schlafen, dann nehme ich Sie auch wieder mit in den OP.«

»Schönen Abend noch«, wünschte Frederik seinen Kollegen und wandte sich zum Gehen. Hansons Aussage ließ er besser unkommentiert, bevor es sich der launische Oberarzt doch noch anders überlegte.

Kurz ließ Frederik den Blick schweifen, doch für den Moment war er allein auf dem Flur. Ohne groß nachzudenken huschte er wider die Vernunft in eines der Patientenzimmer.

»Ich dachte schon, Sie hätten mich vergessen«, begrüßte Caroline den Assistenzarzt und lächelte. »Gehen Sie mir aus dem Weg?«

Unwillkürlich breitete sich ein Lächeln in Frederiks müdem Gesicht aus und auch schlechte Laune verflüchtigte sich zusehends.

»Ich wurde aus dem OP-Plan gestrichen und stattdessen für die Notaufnahme eingeteilt«, berichtete er. »Irgendjemand hat Wind von meinem gestrigen Besuch bei Ihnen bekommen.«

Caroline streckte die Hand nach ihm aus. »Dieses Problem haben Sie ab morgen nicht mehr, ich werde nach der Visite entlassen.« Sie lächelte. »Dann können Sie tun und lassen, was immer Sie möchten.«

»Was immer ich möchte«, wiederholte Frederik schmunzelnd. Langsam kam er näher und setzte sich auf die Bettkante. »Das klingt sehr verlockend.«

Caroline Wagners Lächeln wurde eine Spur breiter, dazu neigte sie den Kopf leicht zur Seite. »Wie erreiche ich Sie denn, Doktor Hendriksson, wenn Sie abends nicht mehr in mein Zimmer kommen?«

»Versuchen Sie es hiermit.« Er reichte ihr seine Visitenkarte. »Meine private Handynummer steht auf der Rückseite. Und … es wäre gut, wenn die nicht jeder zu Gesicht bekäme …«

»Natürlich«, versicherte Caroline und schob die Karte in die Hülle ihres Handys. »Ich melde mich.«

»Das hoffe ich.« Unentschlossen stand Frederik auf. »Ich … ich muss dann auch los … Gute Nacht, Frau Wagner.«

»Caroline«, verbesserte sie ihn mit charmantem Lächeln. »Ich heiße Caroline.«

Trotz des Risikos, erwischt und wieder bestraft zu werden, hatte der Besuch bei Caroline Frederik ein breites Lächeln ins Gesicht gezaubert. Rasch zog er sich um und machte sich dann auf den Weg zu Niklas Thorsen. Vielleicht brachte ihn ein langes Gespräch mit seinem besten Freund ein Stück weiter in seinem Chaos. Irgendwie passte gerade kein Stück zum anderen, überall eckte er an. So konnte es kaum weitergehen.

»Na? Wie war die Schicht?« Niklas erwartete ihn bereits einigermaßen ausgeschlafen und gut gelaunt. »Und brauchst du noch etwas zu essen? Ich habe mir gerade den Eintopf von heute Mittag warm gemacht, davon wirst du bestimmt auch noch satt.«

»Freja hat gekocht?«, vermutete Frederik und folgte ihm in die Küche. »Da sage ich nicht nein.«

Sie aßen zunächst schweigend, doch dann konnte Niklas seine Neugierde nicht länger zurückhalten.

»Jetzt fangen wir aber nochmal von vorne an«, bat er Frederik mit Gedanken an ihr Gespräch vom Morgen. »Du vermutest also, dass Hanson dich für deine Besuche bei dieser Patientin mit OP-Entzug bestraft?«

»So in etwa. Nur muss ich das nicht vermuten, ich bekomme es ja zu spüren. Keine OPs, kein Stationsdienst, solange sie dort liegt, nur Notaufnahme und Babysitten für Studenten.« Frederik verdrehte die Augen. »Immerhin wird Caroline morgen entlassen, damit sollte sich Hanson auch endlich wieder entspannen.«

»Hoffen wir es.« Niklas lehnte sich entspannt zurück. »Hat er euch in flagranti erwischt, weil er sich so aufgeregt hat?«

Errötend schüttelte Frederik den Kopf. »Wir haben nur geredet«, stellte er fest und legte seinen Löffel zurück in den leeren Teller. »Ich vermute sowieso, dass mein Vater hinter Hansons seltsamen Verhalten steckt. Ich musste mir gestern Abend eine Standpauke anhören, wie ich mich mit diesem Familiennamen nur zu solchem Benehmen hinreißen lassen konnte.« Er verdrehte die Augen. »Na ja, du kennst ihn selbst, wie er sich dann gern aufführt.«

»So viel hatte ich mit deinem Vater nie zu tun.« Niklas seufzte. »Du brauchst Abstand von ihm. Such dir wieder eine eigene Wohnung. Wenn du magst, zieh vorübergehend hier ein. Aber länger in dieser Villa zusammen mit ihm, das wird nicht gut gehen.«

»Danke für das Angebot, ich werde darüber nachdenken. Das ist alles nicht so einfach im Moment.« Frederik seufzte.

»Was beschäftigt dich noch?« Niklas hatte ihn schneller durchschaut, als Frederik lieb war. »Ich meine, klar,

Caroline und dein Vater, das sind große Themen, aber irgendwas ist doch noch …«

»Hast du in den letzten Tagen die Organtransplantationen mitbekommen?«, fragte Frederik zögerlich mit Blick auf die Tischplatte.

»Ich bin Unfallchirurg«, schmunzelte Niklas. »Solange nicht gerade mein eigener Patient zum Organspender wird habe ich eher selten mit den Allgemeinchirurgen zu tun. Warum? Was war denn los?«

»Wir haben gestern zwei Patienten für hirntot erklärt, heute noch einen. Das macht drei Organentnahmen an zwei Tagen, allein durch Patienten aus der Neurochirurgie. Findest du diese Häufung nicht merkwürdig?«

»Na ja, manchmal gibt es solche Zufälle.« Niklas legte den Kopf schief. »Worauf willst du hinaus?«

»Der Patient von heute war ein junger, sportlicher Mann in meinem Alter. Er hat sich einen Wirbel gebrochen und wurde von Hanson operiert. Im Aufwachraum bekommt er eine massive Hirnblutung und wird zum Organspender.«

»Ungewöhnlich, aber so etwas passiert manchmal«, seufzte Niklas. »Solche Fälle hatte ich auch schon bei meinen Patienten.«

»Vielleicht hast du recht. Aber die beiden Patienten gestern, auch bei Ihnen war eine Hirnschädigung nicht absehbar. Einer hatte einen Herzstillstand und war hinterher ohne Hirnaktivität, der andere ist nach einer OP wegen einer Hirnblutung auch nicht mehr aufgewacht. Das sind für meinen Geschmack ein paar Zufälle zu viel. Da muss mehr dahinterstecken.«

»Da muss mehr dahinterstecken?«, wiederholte Niklas

skeptisch. »Ich verstehe ja, dass diese Häufung seltsam aussieht, aber … was willst du damit andeuten? Dass jemand medikamentös Hirnblutungen auslöst, um die Organe transplantieren zu können? Wo ist da der Sinn? Die Organvergabe erfolgt über ein externes Vergabeverfahren.«

»Ja aber, was wenn nicht? Wenn jemand einen Weg gefunden hat, dieses Verfahren zu umgehen? Jemand mit ausreichend Macht und Einfluss, dass man keine Fragen stellt?«, hielt Frederik dagegen.

»Du sprichst von deinem Vater«, stellte Niklas sachlich fest und runzelte die Stirn. »Er ist derjenige, bei dem die Fäden zusammenlaufen. Er führt die Organentnahmen und Transplantationen durch. Wie willst du ihm so etwas nachweisen?«

»Du glaubst mir nicht.« Frederik seufzte. »Was, wenn ich Hinweise finde? Hilfst du mir, ihn zu stürzen?«

»Deinen Vater stürzen?« Niklas schüttelte den Kopf. »Was hast du vor? Einen persönlichen Rachefeldzug? Frederik, bei aller Liebe, das gehört doch nicht in die Klinik.«

»Kein Rachefeldzug. Ich will, dass er aufhört, unschuldige Patienten für seine Zwecke zu missbrauchen und sie zu Organspendern zu machen. Ich will, dass er nicht mehr mit seinem Namen durchkommt. Ich will Gerechtigkeit. Egal, ob du mir dabei hilfst, oder nicht.«

»Verrenn dich nicht«, bat ihn Niklas eindringlich. »Falls du da wirklich auf einer heißen Spur bist, bringst du dich selbst ins Visier der Hintermänner.«

Kapitel 7

Die restliche Woche über hatte Frederik keine Zeit, sich mit der mysteriösen Häufung der Organspender unter den neurochirurgischen Patienten zu beschäftigen, die wechselnden Schichten ließen ihm gerade noch genug Zeit zu schlafen. Und seinen ersten freien Abend verbrachte er mit Caroline, bevor er nachts noch aus der Stadt aufs Familiengestüt floh. Ungeachtet von Tempolimits und aufgeputscht von Emotionen und Erinnerungen legte Frederik die Strecke in Rekordzeit zurück und knallte die Fahrertür lautstark hinter sich zu.

»Frederik?« Sein Bruder Julian tauchte in der Haustür auf. »Was zum Teufel machst du für einen Krach? Hast du mal auf die Uhr gesehen?«

»Sie wird Polizistin, verdammt nochmal!«, fauchte Frederik ohne Zusammenhang oder Begrüßung und stemmte die Hände in die Hüften.

»Halt, warte. Wer wird Polizistin? Mir fehlt da etwas Kontext.« Julian überlegte kurz, schlüpfte in ein Paar Schuhe und zog dann die Tür hinter sich zu. »Komm, lass uns ein paar Meter gehen, dann weckst du den Rest der Familie hoffentlich nicht auch noch auf.« Er nahm seinen Bruder in leichtem Griff am Arm und lenkte ihre Schritte an der Scheune vorbei in Richtung der Koppeln. »Also, was ist los? Was ist passiert?«

»Ich habe eine junge Frau kennengelernt, die ich sehr

interessant finde«, begann Frederik mit bebender Stimme und riss sich aus Julians Griff los. »Sie heißt Caroline – und ja, ich weiß, welche Ironie allein der Name ist. Wir haben uns heute entspannt zum Abendessen getroffen und da hat sie mir gesagt, dass sie in ein paar Wochen ihre Ausbildung zur Polizistin beginnt. Polizistin, verdammt. Von allen denkbaren Berufen musste es aus gerechnet der sein!« Er raufte sich die wirren blonden Haare. »Warum wiederholt sich alles? Was habe ich falsch gemacht?«

Julian schwieg, denn er wusste beim besten Willen nicht, was er seinem Bruder entgegnen sollte.

Keuchend ließ sich Frederik schließlich in das kühle, feuchte Gras sinken und starrte zum Himmel. Sein Brustkorb hob und senkte sich in schnellem Wechsel.

»Du hast mit diesem Kapitel deines Lebens nie abgeschlossen und wunderst dich, warum dir das Thema immer wieder um die Ohren fliegt«, stellte Julian ruhig fest. »Du bist damals geflüchtet, aber du hast es nie aufgearbeitet.«

»Wie kann man so einen Verlust aufarbeiten?«, gab Frederik mit dünner Stimme zurück. »Ich vermisse Carolina jeden Tag. Sie ... sie war meine große Liebe ... und von einem Moment auf den nächsten ...« Er räusperte sich energisch, doch Tränen sammelten sich in seinen Augenwinkeln.

Julian musterte ihn mitfühlend, soweit ihm das im Mondschein überhaupt möglich war. Wolken zogen immer wieder über den Nachthimmel.

»Das ist eine gute Frage für einen Psychologen, Frederik, aber dagegen hast du dich schon direkt nach

Carolinas Tod gewehrt. Es ist immer noch deine Entscheidung und ich respektiere das, nur solltest du dich fragen, ob der eingeschlagene Weg wirklich der Weg ist, auf dem du bleiben möchtest. Oder ob du dir nicht lieber helfen lässt, die Vergangenheit ruhen zu lassen und nach vorne zu blicken.«

Jetzt war es Frederik, der schwieg und in den Himmel starrte. »Es fühlt sich an wie Betrug, mich wieder mit einer Frau zu treffen. Noch dazu mit einer Frau, die ihr mit Namen und Berufswahl so ähnlich ist«, gab er schließlich mit bedenklich zitternder Stimme zu.

»Ich kann meine Antwort nur wiederholen.« Julian legte ihm eine Hand auf die Schulter. »Wir sind da für dich, aber einige Entscheidungen musst du für dich selbst treffen. Und dazu gehört auch, ob du dich deiner Vergangenheit endlich stellst und frei machst für einen Neuanfang, oder ob du dich wieder in dein einsames Schneckenhaus zurückziehst. Es ist deine Wahl, die dir niemand abnehmen kann.« Er unterdrückte ein Gähnen.

»Ich wünschte, wir hätten die Zeit damals anhalten können«, gab Frederik matt zu und richtete sich wieder auf. Er fröstelte, denn das Gras hatte seine Kleidung durchnässt.

»Die Zeit anhalten …« Julian lächelte. »Und die glücklichen Momente konservieren.«

»Lass uns zurückgehen«, schlug Frederik vor und rieb sich die Arme. »Und … danke.«

Kapitel 8

Ungeachtet seines nächtlichen Ausflugs zum Familiengestüt musste Frederik am nächsten Morgen pünktlich zur Tagschicht antreten. Immerhin nicht die Frühschicht, das schenkte ihm wenigstens drei Stunden mehr Zeit, wirklich viel war das jedoch nicht.

»Hendriksson?« Doktor Hanson betrat die Umkleide der Assistenzärzte, ohne anzuklopfen. »Ich habe Sie heute bei einer Wirbelsäulenstabilisierung eingetragen, Sie werden mir assistieren. Vorher melden Sie sich bitte unverzüglich bei Professor Hendriksson, er hat schon nach Ihnen gesucht.« Schon drehte sich der Oberarzt auf dem Absatz um und ließ die Tür hinter sich ins Schloss fallen.

»Was war das denn?« Martin hob eine Augenbraue. »Was hast du ausgefressen? Papas Auto unerlaubt ausgeborgt? Seinen Whiskey getrunken?«

»Ich habe keine Ahnung«, quetschte sich Frederik durch die Zähne und richtete den Kragen seines Poloshirts. »Wir sehen uns gleich.«

Gereizt eilte Frederik einmal quer durch den Klinikkomplex, durchquerte das Vorzimmer zum Büro seines Vaters und trat, ohne zu klopfen, ein.

»Du wolltest mich unverzüglich sprechen? Hier bin ich«, stellte er fest und knallte die Tür hinter sich zu.

»Ich rufe Sie gleich zurück.« Sein Vater drehte sich

sichtlich genervt zu Frederik um. »Hast du jetzt schon die einfachsten Höflichkeitsformen vergessen?«

Frederik vergrub die Hände in seinen Taschen. »Was willst du, das nicht bis nach Feierabend warten kann?«

»Du triffst dich weiter mit Caroline Wagner, obwohl ich dir erklärt habe, dass das kein angemessenes Verhalten ist. Warum ignorierst du meine Anweisungen?«

»Anweisungen.« Frederik lachte zynisch und wich dem bohrenden Blick des Chefarztes nicht aus. »Ich bin erwachsen und an deine *Anweisungen* nicht gebunden. Ich treffe meine eigenen Entscheidungen, bei denen du kein Mitspracherecht hast.«

»Warum wohnst du dann bei mir?« Maximilian Hendriksson kam um den Schreibtisch herum. »Wenn du nicht willst, dass ich mich in dein Leben einmische, warum bist du dann wieder bei mir eingezogen?«

»Du weißt ganz genau, warum ich zurückgekehrt bin.« Frederik schluckte und wandte sich hastig um, weil ihm allein beim Gedanken an Carolinas Tod die Tränen in die Augen stiegen. »Hast du noch etwas zu sagen?«, fragte er und räusperte sich energisch.

»Ich erwarte eine Entschuldigung und ein angemessenes Verhalten, wenn du weiterhin unter meinem Dach wohnst«, stellte Professor Hendriksson nüchtern fest. Wortlos verließ Frederik das Büro des Chefarztes und kehrte zur neurochirurgischen Station zurück. Da stand ihm in den nächsten Tagen also noch ein Umzug bevor. Denn entschuldigen würde er sich in diesem Konflikt sicher nicht, dafür sah er sich zu sehr im Recht. Es war an der Zeit, dass jemand diesem machtbesessenen Mann die Stirn bot. So schmerzhaft und unbequem es auch sein mochte.

»Steht dein Angebot mit dem Gästezimmer noch?«, fragte er kurz per Chatnachricht bei Niklas Thorsen an, dann schob er seine privaten Probleme energisch beiseite. Er wollte Doktor Hanson nicht schon wieder eine Steilvorlage liefern, ihn aus dem OP zu verbannen. Er wollte endlich wieder operieren und nicht nur den OP-Berichten seiner Kollegen lauschen.

Nachdem es auf Station gerade nichts zu tun gab führte ihn sein Weg in die Notaufnahme. Immerhin musste Frederik noch gut vier Stunden Zeit herumbringen, bevor die geplante Operation zusammen mit Doktor Hanson anstand.

»Hey!« Niklas saß gerade im Arztzimmer am Computer und wertete Röntgenaufnahmen aus. »Die Situation ist also eskaliert?«, vermutete er.

»War absehbar, was?« Frederik zog eine Grimasse. »Also, falls dein Angebot noch gilt, würde ich gern darauf zurückkommen ...«

»Wir haben von heute bis Samstag Besuch von Frejas Freundinnen, die feiern Junggesellinnenabschied. Ich kann dich bestimmt irgendwie einquartieren, oder du überbrückst bis zum Wochenende im Hotel und ziehst dann in eine etwas ruhigere Wohnung«, überlegte Niklas laut. »Beides ist möglich, aber ...«

»Lass Freja ruhig den Junggesellinnenabschied feiern, da muss ich nicht unbedingt dazwischengeraten.« Frederik schmunzelte. »Und drei Nächte im Hotel sind kein Problem, es muss ja nichts Besonderes werden. Danke, du hast echt was gut bei mir.«

»Ich bin mir sicher, du würdest das Gleiche für mich tun.« Seufzend strich sich Niklas über den Brustkorb und stand dann auf. »Hast du noch Zeit für einen schnellen Kaffee, sobald ich das Handgelenk des Patienten geschient habe?«

»Klar.« Frederik runzelte die Stirn. »Was ist los mit dir? Muskelkater?«

»Das ist nur eine Verspannung oder ein beleidigter Nerv, die OP vorhin mit der Bleischürze war zu viel für den angeschlagenen Rücken.« Niklas wandte sich zum Gehen. »Dann versorge ich mal meinen Patienten fertig, du kannst ja derweil saubere Tassen suchen.«

Frederik goss gerade Kaffee in zwei Tassen, als Niklas Thorsen die kleine Küche betrat und sich ächzend auf die Eckbank setzte.

»Du hast dir also einen Nerv eingeklemmt«, stichelte Frederik augenzwinkernd, trug die Tassen an den Tisch und rührte etwas Milch in seinen Kaffee. »Hast du das allein geschafft oder hat dir deine Freundin dabei geholfen?«

»So etwas schaffe ich noch recht gut allein, danke der Nachfrage.« Niklas seufzte und trank einen kleinen Schluck. »Ich muss wieder mehr für meine Fitness tun, dann stören mich die schweren Bleiwesten nicht so, selbst wenn sie während der OP verrutschen.«

»Man könnte es auch einfacher sagen: du wirst alt.« Frederik lachte.

»Genau wie du, wir sind nur ein Dreivierteljahr auseinander«, spielte Niklas den Ball zurück und schloss die Augen. »Na ja, egal. Was war denn bei dir los? Bist du mit deinem Vater hier in der Klinik aneinandergeraten? Das ist ja eine völlig neue Eskalationsstufe bei euch beiden.«

Frederik schüttelte nur den Kopf und betrachtete seinen besten Freund nachdenklich, denn Niklas schien stärkere Schmerzen zu haben, als er zugab. Schon wieder glitt Niklas' Hand seitlich über dessen Brustkorb, während er gequält das Gesicht verzog.

»Bist du sicher, dass es dir gut geht?«, wollte Frederik besorgt wissen. »Das sieht nicht mehr wie ein verspannter Rücken aus, so wie du da sitzt ...«

»Bleib du bei deinem Fachgebiet und ich bei meinem«, schlug Niklas gereizt vor und nahm die Hand wieder von seiner rechten Seite. »Also, was war mit Caroline? Wie lief euer Date?«

»Unser Date ... war ... schwierig und schön zugleich«, druckste Frederik herum und brach ab, weil Niklas' Telefon klingelte.

Was war mit Niklas los?

Was steckte hinter dessen Schmerzen?

»Ja, ich bin gleich bei euch«, versprach Niklas und riss Frederik aus seinen Gedanken. Mit wenigen Schlucken trank Niklas seine Tasse aus, stand auf und atmete angespannt aus.

»Niklas?«, fragte Frederik beunruhigt, sein Herzschlag beschleunigte sich in unguter Vorahnung.

Seine Worte schienen Niklas kaum zu erreichen, denn Frederiks bester Freund sah ihn mit leerem Blick an, schwankte noch einen Moment und sank dann einfach in sich zusammen.

Kapitel 9

Mit einem dumpfen Geräusch fiel die Tür hinter Frederik Hendriksson ins Schloss.

»Was für ein beschissener Tag«, murmelte Frederik, ließ seine Reisetasche achtlos zu Boden fallen und schlurfte zu den bodentiefen Fenstern des Hotelzimmers, durch die er auf das große Klinikgebäude sah. Nur wenige Meter von Frederik entfernt lag Niklas auf der Intensivstation und rang seit einigen Stunden um sein Leben.

»Du musst durchkommen, Niklas. Aufgeben ist keine Option.« Frederik schüttelte verzweifelt den Kopf. »Freja braucht dich und ich ebenso. Du bist doch noch viel zu jung für solche gesundheitlichen Probleme.«

Ein Seufzen entfuhr Frederik, als er sich wieder umwandte und in das kleine Badezimmer schlurfte. Vielleicht wurde er nach einer heißen Dusche etwas ruhiger, ansonsten war die Hotelbar durchaus eine Alternative. Nicht, um sich vollständig zu betrinken, sondern um die aufgewühlten Gedanken endlich zur Ruhe kommen zu lassen.

»Das EKG gefällt mir überhaupt nicht. Wie lange ist der Zusammenbruch her?« Die Stimme von Niklas' behandelndem Arzt klang Frederik in den Ohren, als er seine Kleidung auszog und auf die Ablage warf.

»Blockieren Sie mir einen Notfall-OP, wir werden nach dem CT vermutlich direkt durchlaufen und uns nicht

lange mit Vorbereitungen aufhalten«, befahl Doktor Wrede in Frederiks Gedanken. *»Die Operation wird risikoreich, aber sie ist seine einzige Chance. Und wenn wir noch länger warten, kann ich ihm gar nicht mehr helfen.«*

»Halten Sie die Klappe!«, flehte Frederik und lehnte seine Stirn gegen die kalten Fliesen in der Dusche. Warmes Wasser prasselte auf seinen Kopf und rann ihm über den Rücken. »Halten Sie verdammt noch einmal die Klappe!«

Erst die körperliche und psychische Erschöpfung in Kombination mit einem Schlummertrunk an der Hotelbar ließen Frederik an diesem Abend einschlafen. Doch sobald er die Augen wieder aufschlug, sah er sich mit dem Zusammenbruch seines besten Freundes konfrontiert. An sich kam ihm dieses alles überschattende Thema jedoch ganz gelegen, denn so war er nicht gezwungen, sich mit seinen anderen Problemen zu beschäftigen und von diesen gab es einige.

Sein Date mit Caroline und der Tatsache, dass sie sich zur Polizistin ausbilden lassen wollte.

Die Erinnerungen an seine vorige Beziehung mit Carolina und ihren plötzlichen Tod ließen Frederik durch diese überdeutlichen Parallelen zwischen den Frauen keine Atempause.

Hinzu kam der Streit mit seinem Vater, der der Hauptgrund für den Umzug in das Hotel direkt neben dem Universitätsklinikum gewesen war.

»Wenn schon beschissen, dann an allen Ecken und Enden«, seufzte Frederik und setzte sich im Bett auf.

Die Hauptsache war, dass es Niklas bald besserging.

Alles andere, wie zum Beispiel seinen künftigen Wohnort, konnte man anschließend klären. Vielleicht sollte er auch einfach eine Weile für sich im Hotel bleiben oder zu seinen Brüdern auf das Gestüt ziehen.

Da Doktor Hanson ihm wegen Niklas' Zusammenbruch zusätzlich freie Tage gewährt hatte, blieb Frederik abseits von seinen Besuchen auf der Intensivstation viel Zeit, sich mit den zahlreichen Organtransplantationen der letzten Wochen zu beschäftigen.

Mit seinem Laptop auf dem Schoß machte es sich Frederik auf dem Hotelbett gemütlich und wartete ungeduldig, bis er sich in das Kliniknetzwerk einloggen konnte.

Wieder hatte es einige unerwartete Organspender unter den neurochirurgischen Patienten gegeben, die ihn aufhorchen ließen.

Langsam konnte das kein Zufall mehr sein, doch würde sich ein Muster finden?

Nur auf den Verdacht eines Assistenzarztes würde niemand hören. Da brauchte er schon stichhaltigere Argumente oder Beweise für Ungereimtheiten.

Gezielt suchte Frederik nach den letzten Organspendern, die er bis zu ihrem Hirntod behandelt hatte. Die Krankengeschichte las sich oftmals trivial. Fahrradunfall, ein Sturz von der Leiter, ein Sportunfall. Keine Verletzungen, bei denen man einen solchen Verlauf vermuten würde.

Warum also hatten diese Menschen sterben müssen?

Hatten die Ärzte Fehler in der Versorgung gemacht?

Hätten sie die Patienten engmaschiger untersuchen müssen?

Schon nach kurzer Zeit füllten Frederiks Notizen zu behandelnden Ärzten der einzelnen Fälle ganze Seiten, die er über das ganze Bett verteilte. Irgendwo musste es doch ein Muster geben.

»Wer hat den Hirntod festgestellt?«, überlegte er laut. »Aber wer ist so dumm und verursacht den Hirntod selbst und bestätigt ihn anschließend? Das ist doch viel zu auffällig.« Er raufte sich die Haare. »Es gibt keine bestimmte Tageszeit und es gibt unterschiedliche Ursachen für den Hirntod. Zustand nach Reanimation, Zustand nach Hirnblutung, Zustand nach Gefäßverschluss … Und wenn jemand absichtlich abwechselt, damit man nicht misstrauisch wird?« Frederik seufzte. Vielleicht sollte er sich nächste Woche mit Niklas darüber austauschen, wenn es ihm besserging. Vielleicht hatte Niklas noch eine zündende Idee.

Über seinen Notizen war Frederik letztlich eingeschlafen und schrak mitten in der Nacht auf, weil er fast aus dem Bett gefallen wäre. Schlaftrunken richtete er sich auf und ließ den Blick über die zerknitterten Papiere wandern.

In was hatte er sich da bloß verbissen?

Er schüttelte den Kopf.

Wer würde davon profitieren, wenn man mehr Organe für Transplantationen zur Verfügung hätte?

Gab es eine Möglichkeit, unbemerkt Organe abseits der Regeln zu verteilen?

Das würde jedoch bedeuten, dass zahlreiche hochrangige Ärzte in sämtlichen Klinikbereichen an diesem Unternehmen beteiligt waren, darunter sein Vater.

War ihm so etwas zuzutrauen?

Trotz aller Differenzen war er doch ein brillanter Mediziner und predigte stets nach höchsten ethischen Maßstäben.

Konnte man in so einer Position überhaupt so ein doppeltes Spiel spielen, ohne Verdacht zu erregen?

Diese Gedanken ließen Frederik die ganze Nacht über nicht zur Ruhe kommen. Wieder und wieder wälzte er Patientenakten hin und her und versuchte, Zusammenhänge zu finden. Doch immer, wenn er Parallelen gefunden hatte, passten sie nicht zu anderen Fällen. Es war ein undurchsichtiges Netz aus Toten und deren transplantierten Organen, die im europäischen Raum verteilt worden waren.

Wo sollte man da anfangen?

Und wo aufhören?

Gab es überhaupt ein Ende?

Und wo war der stichhaltige Beweis oder Anhaltspunkt, mit dem er seinen Verdacht begründen und an offizielle Stellen weiterleiten konnte?

So würde er sich nur lächerlich machen.

Oder schlimmer: falls es sich tatsächlich um ein kriminelles Netzwerk handelte, würde er sich selbst zum Ziel der mysteriösen Vereinigung von Ärzten machen. Und so wie sie mit ihren künftigen Organspendern umgingen würden sie wohl mit ähnlicher grausamer Präzision vorgehen, um ihn zum Schweigen zu bringen. Kein erstrebenswertes Ziel, aber konnte er jetzt überhaupt noch einen Rückzieher machen?

Kapitel 10

»Wir bekommen zwei Gehirnerschütterungen zur Überwachung, einer geht direkt auf die Intensiv«, las Frederik. »Im Schockraum wird ein Motorradunfall behandelt. Ich vermute, der geht auch auf die Intensiv.«

»Gut, weniger Arbeit für uns.« Alexandra gähnte und sah auf die Uhr. »Verdammt, noch drei Stunden bis zur Übergabe. Was machen wir denn bis dahin?«

»Ich habe keine Ahnung. Den Rundgang haben wir erledigt, die frisch operierten Patienten haben wir auch schon angesehen. An sich gibt es nichts zu tun.« Frederik drehte sich mit seinem Stuhl hin und her.

»Ich gehe mal in die Notaufnahme, vielleicht findet sich noch ein neurochirurgischer Fall, der nach einer OP bettelt.« Sie schlüpfte wieder in den Kittel. »Wenn es mit den Neuzugängen Probleme gibt, ruf mich an, ich will mitmachen.«

»Klar.« Frederik nahm das klingelnde Telefon aus seiner Tasche, während Alexandra die Station schon verließ. »Okay, ich bin gleich da.«

Frederik verzichtete auf den Aufzug, eilte die Treppe hinunter und zog sich in der Hygieneschleuse eilig einen blauen Kittel über seine weiße Dienstkleidung. Der Notruf war dringend, deswegen hielt er sich nicht lange mit Umziehen auf, sondern eilte gleich weiter in das Überwachungszimmer.

»Was ist los?«, fragte er und desinfizierte sich ein weiteres Mal die Hände.

»Hanson ist im OP, kannst du dir den Patienten anschauen?« Antje Hahn deutete auf den Patienten vor sich. »Bei ihm wurde gestern ein Aneurysma geclippt, Zustand war über den Tag stabil. Seit einer halben Stunde klagt er über immer heftiger werdende Kopfschmerzen.«

»Warum werde ich dann erst jetzt gerufen?« Frederik schüttelte den Kopf.

»Was soll ich sagen, wir sind auch unterbesetzt«, gab Antje Hahn zurück. »Herr Schneider?«, sprach sie ihren Patienten an.

»Du hast ihn vor einer halben Stunde zuletzt untersucht?«, fragte Frederik und kontrollierte wie so oft im ersten Schritt die Pupillenreaktion. An sich war der Test überflüssig, denn schon auf den ersten Blick sah er, dass die Pupillen komplett entrundet waren.

»Wann hast du die Pupillen zuletzt überprüft?«, wollte Frederik erneut wissen und testete Schmerzreize am Oberkörper des Mannes.

»Das muss gerade erst passiert sein«, stellte die Intensivmedizinerin überrascht fest. »Vorhin war alles normal, ich habe ich noch mit ihm gesprochen.«

»Wann war das? Vor einer halben Stunde? Seither kann viel passiert sein!« Frederik trat wütend vom Bett zurück. Schon wieder ein Hirntod, der vermeidbar gewesen wäre, hätte man früher die richtigen Untersuchungen durchgeführt.

»Hör auf, mich anzuschreien!« Antje Hahn funkelte Frederik an. »Du hast keine Ahnung, was hier den ganzen Tag los ist und wenn man bei euch Assistenzärzten immer erst zwei Leute anrufen muss, bis der Dritte vielleicht vorbeikommt, dafür kann ich nichts.«

»Aufhören, alle beide.« Unbemerkt war Frederiks Vater am Patientenbett aufgetaucht. »Von Ihrem Herumgestreite wird der Mann auch nicht mehr lebendig.« Er überflog die letzten Einträge in der Kladde. »Weiß die Familie schon Bescheid?«

Beleidigt schwieg Frederik.

Antje strich sich eine Haarsträhne aus der Stirn. »Das ist gerade erst passiert, ich hatte noch keine Gelegenheit, irgendjemanden zu informieren.«

»Ist der Mann Organspender?«, fragte der Chefarzt kalt, ohne auf ihre Erklärungen einzugehen.

»Warum schaust du nicht in seiner Akte?«, fragte Frederik aggressiv und ließ seinen Vater stehen.

Professor Hendriksson folgte ihm ins Stationszimmer und blätterte im Krankenblatt.

»Dann reserviere ich gleich einen OP für morgen Früh«, freute sich der Allgemeinchirurg und verließ das Zimmer.

»Was war das denn?«, fragte Antje und suchte nach der Telefonnummer, um die Angehörigen über den Hirntod zu informieren.

»Das war ein Arschloch«, erklärte Frederik. »Benimmt er sich schon länger so? Oder fällt nur mir das auf?«

»Es häuft sich, genau wie die Organtransplantationen.« Seine Kollegin senkte den Blick und seufzte. »Seit ein paar Monaten wird sein Verhalten immer schlimmer.«

»Immer schlimmer trifft es nicht einmal im Ansatz«, murmelte Frederik und nahm sich fest vor, nach seiner Nachtschicht bei Niklas vorbeizufahren. Er hatte sich am Vortag selbst aus der Klinik entlassen und erholte sich nun zu Hause. Eine Entscheidung, die Frederik nur bedingt nachvollziehen konnte, denn Niklas hatte sich gestern hinter einer Mauer des Schweigens versteckt. Vielleicht brachte ein Gespräch später Klarheit, erst einmal musste Frederik die Schicht hinter sich bringen und hoffentlich keine weiteren Organspender in den Fängen seines Vaters lassen. Denn nach der Szene eben war er mehr als überzeugt davon, dass sein Vater die Organspenden in irgendeiner Art und Weise manipulierte.

Die große Klinikmaschinerie erwachte langsam zum Leben, da verabschiedete sich Frederik in den Feierabend, hielt beim Bäcker und machte sich dann auf den Weg zu Niklas. Direkt verabredet waren sie nicht, aber wo sollte sein bester Freund in seinem Zustand schon sein, wenn nicht zu Hause?

»Frederik?« Freja, Niklas' Freundin ließ ihn in die Wohnung und musterte ihn müde. »Dir ist schon klar, dass nicht alle Frühaufsteher sind?«

»Es ist dringend, sonst wäre ich nicht direkt nach der Nachtschicht zu euch gefahren. Ist Niklas schon auf?« Frederik reichte ihr die Tüte mit Gebäck als Versöhnungsangebot. Er wusste, dass Freja durch ihren Job im Theater nichts mehr hasste als unangekündigte, morgendliche Besucher.

»Ich wecke ihn«, gab sich Freja gähnend geschlagen. »Derweil kochst du bitte einen starken Kaffee.«

»Klar.« Frederik zog sich Jacke und Schuhe aus und ging in die gemütliche Küche seiner Freunde, um das Frühstück vorzubereiten. Gut, dass sie sich alle schon seit vielen Jahren kannten. Ansonsten wäre sein Überraschungsbesuch wohl anders verlaufen.

»Was gibt es denn um diese Uhrzeit?«, fragte Niklas gequält und steuerte direkt seine Tablettenschachtel an. Mit verkniffener Miene spülte er gleich mehrere Tabletten auf einmal seine Kehle hinunter und setzte sich dann an den Küchentisch. »Nur weil du nachts arbeitest heißt das nicht, dass wir anderen ebenfalls unter Schlafmangel leiden müssen ...«

»Ich weiß.« Frederik schaltete die Kaffeemaschine ein und setzte sich ihm gegenüber an den Tisch. »Aber ich glaube, langsam fügen sich die Puzzleteile zu logischen Abschnitten zusammen. Sie ergeben noch kein vollständiges Gesamtbild, aber man kann erste Details erkennen. Und ich glaube, dass du eines der Puzzleteile bist.«

»Ich bin ein Puzzleteil?« Verständnislos musterte Niklas ihn. »Ich bin noch im Halbschlaf und warte darauf, dass die Schmerzmittel wirken. Wie um alles in der Welt soll ich da ein hilfreiches Puzzleteil sein?«

»Erinnerst du dich an unser Gespräch zu Doktor Hanson? Du hast gemeint, dass er Kollegen die Anweisung gegeben hat, dich mit Medikamenten auszuschalten. Was, wenn du das nicht phantasiert hast? Was, wenn das Gespräch wirklich stattgefunden hat und sie von irgendjemandem gestört wurden?«, fragte Frederik.

»Du weißt schon, unter welchen Medikamenten ich auf der Intensivstation gestanden habe?«, erinnerte Niklas ihn gähnend und fuhr sich mit beiden Händen übers Gesicht. »Ich erinnere mich an nicht viel aus diesen Tagen, außer an die Schmerzen, wenn man mir die nächste Infusion zu spät angehängt hat.«

»Okay …« Frederik runzelte die Stirn. »Vielleicht liegt die Erklärung auch in der Nacht von vorgestern, bevor du dich selbst entlassen hast. Was genau ist da passiert? Außer, dass du dir den Zugang selbst gezogen hast und morgens ziemlich durch den Wind warst?«

»Ich habe beschissen geträumt und ja, Hanson hat eine Rolle gespielt und wollte mich umbringen, aber solche Träume hat jeder mal. Ich meine, schau dir den Mann doch an. Sympathisch geht anders.«

»Du glaubst mir nicht, oder?« Frederik seufzte resigniert. »Die Organtransplantationen häufen sich immer offensichtlicher und du siehst …«

»Ich will genauso sehr wie du, dass der Mist aufhört«, unterbrach Niklas ihn angestrengt und hielt sich die operierte Seite des Brustkorbes. »Aber das klingt zu … es gibt keine Beweise. Selbst wenn ich dieses Gespräch von Hanson auf der Intensivstation belauscht habe, ich kann mich nicht daran erinnern, weil ich unter dem Einfluss starker Medikamente stand. Das ist keine belastbare Aussage, auf der du eine Theorie aufbauen kannst. Und der Traum von vorgestern? Da hast du das gleiche Problem. Kein Polizist wird wegen eines schlechten Traumes eine Sonderkommission auf die Beine stellen und die Klinik durchsuchen.« Er schloss gequält die Augen. »So gern ich dir helfen würde, Frederik, im Moment habe ich nichts Hilfreiches für dich.«

Kapitel 11

Die Suche nach der berühmten Nadel im Heuhaufen gestaltete sich für Frederik immer frustrierender. Immer wenn er glaubte, einen Beweis für manipulierte Organtransplantationen gefunden zu haben, rann er durch seine Finger wie Sand. Diese Organisation war nicht zu fassen und genau deshalb war sich Frederik so sicher, dass er da etwas Großem auf der Spur war.

Die Transplantationsfälle unter den neurochirurgischen Patienten waren in den vergangenen Wochen stark zurückgegangen, was ihn nur weiter misstrauisch machte.

War das die Ruhe vor dem großen Sturm?
Was kam als Nächstes?

Abseits der Schichten im Klinikum vergrub sich Frederik in jeder freien Minute in seinen Notizen, die er zu den unzähligen Transplantationen angefertigt hatte. Gemeinsamkeiten und Auffälligkeiten hatte er farblich markiert und bereits einige Male mit Niklas besprochen, doch wirklich vorangekommen waren die Freunde nicht.

»Und wenn wir Hanson mal etwas auf die Finger klopfen?«, überlegte Niklas laut und lehnte den Rücken an das Kopfteil des breiten Doppelbettes.

»Soll ich ihn etwa direkt fragen, ob er mal wieder einen Patienten vorsätzlich umbringen möchte und ob ich ihm dabei behilflich sein soll?« Frederik schüttelte energisch den Kopf. »Da kann ich auch gleich vom Dach des Krankenhauses springen. Das ist vermutlich sogar noch die angenehmere Alternative.«

»Recht viel mehr bleibt uns langsam aber nicht mehr«, seufzte Niklas. »Wir können diese Papiere noch jahrelang von links nach rechts und wieder zurück wälzen, aber wir werden nichts finden, was uns maßgeblich weiterbringt. Denn unsere Gegenspieler rechnen damit, dass man ihre Arbeit überprüft. So gesehen bleibt uns der Weg nur ins Risiko, oder zur Polizei. Wobei uns letztere kaum Glauben schenken wird aufgrund von Aktenvergleichen und Vermutungen.«

»Was schlägst du vor?«, gab sich Frederik geschlagen.

»Wir könnten Hanson einen anonymen Brief schreiben und ihn beschuldigen, Transplantationen manipuliert zu haben. Wenn er nicht auffliegen will, muss er uns … keine Ahnung, eine Erklärung schreiben oder … oder eine große Summe Geld besorgen. Wenn er dem nachkommt wissen wir, dass er schuldig ist, und können ihn der Polizei übergeben.«

»Das klingt sehr nach einem schlechten Krimi«, kritisierte Frederik. »Und machen wir uns mit der Erpressung nicht selbst strafbar?«

»Wir können ihn mit einem Brief ja auch nur in Kenntnis setzen, dass er aufgeflogen ist. Keine Forderungen, keine Drohungen. Und dann schauen wir mal, was er tut«, schlug Niklas schulterzuckend vor.

»Ich glaube, darüber sollten wir beide nochmal eine Nacht schlafen«, seufzte Frederik und schob die Papiere wieder zusammen. »Du hast heute noch etwas vor mit Freja?«

»Wir sind mit Freunden zum Doppel-Date verabredet. Erica und Mike wohnen ja schon seit fünf Jahren in New York und sind zum ersten Mal wieder in Hamburg zu Besuch. So eine Gelegenheit müssen wir ausnutzen, nachdem sie morgen Mittag schon wieder im Flugzeug sitzen.«

»Kurzbesuch?« Frederik schüttelte den Kopf.

»Sie haben beruflich in London zu tun, da ist für Hamburg leider nicht mehr Zeit.« Niklas lachte. »Aber es ist besser, als sich gar nicht zu sehen. Und du? Triffst du dich noch mit Caroline? Oder ist das heiße Interesse in den letzten Wochen etwas abgekühlt?«

»Spar dir deine Sticheleien«, lachte Frederik. »Ich bin glücklich, so wie es gerade zwischen uns läuft. Wie ihr Ausbildungsbeginn dann Auswirkungen auf die Beziehung hat wird man sehen müssen. Fürs Erste versuche ich, nach vorne zu blicken.« Er packte Laptop und Papiere zurück in seinen Rucksack. »Du bist heute nicht der Einzige mit einer Verabredung zum Abendessen, Caroline ist aus dem Italienurlaub zurück und hat bestimmt viel zu erzählen.«

»Na dann versuchen wir wohl beide, den Kopf etwas freizubekommen. Und vielleicht sehen wir das Gesamtbild mit ein paar Tagen Abstand etwas klarer.« Niklas stand auf und nahm Handy, Autoschlüssel und Geldbörse von der Ablage. »Wir sehen uns morgen in der Klinik?«

Trotz der zahlreichen Parallelen mit der Vergangenheit stellte sich bei Frederik Vorfreude auf sein Wiedersehen mit Caroline ein.

Er freute sich, die Abiturientin endlich wieder in die

Arme schließen zu können, nachdem sie zuletzt nur telefoniert hatten.

Und doch mahnte ihn sein Gefühl zur Vorsicht, sich vorschnell wieder mit ganzem Herzen auf eine Frau einzulassen. Noch einmal wollte Frederik diesen Verlustschmerz nicht durchleben müssen, doch dieses Risiko war mit der Berufswahl seines Dates präsent.

»Frederik!« Caroline kam ihm im Hotelfoyer bereits entgegengelaufen und umarmte ihn freudestrahlend. »Ich habe dich so vermisst.« Sie sah Frederik kurz in die Augen, dann küsste sie ihn zärtlich.

»Und ich dich erst…«, murmelte Frederik und streichelte über ihre Wangen. »Du siehst wunderbar erholt aus, dein Urlaub muss toll gewesen sein.«

Sie lächelte und nahm seine Hand. »Ich erzähle dir gern alles, aber vielleicht können wir nebenbei etwas essen? Ich habe großen Hunger.«

»Klar«, versicherte Frederik und gab ihr noch einen Kuss, dann führte er sie in das Hotelrestaurant.

Frederik und Caroline hatten sich rasch für Getränke und ein gemeinsames Hauptgericht entschieden, dann konnten sie endlich ungestört über die vergangenen Wochen sprechen.

»Wie geht es deinem Freund?«, wollte sie wissen und verschränkte ihre Finger mit seinen. »Er ist inzwischen nach Hause entlassen worden, oder?«

»Niklas steigt langsam wieder in den Dienst ein«, korrigierte er sie lächelnd. »Mit reduzierter Stundenzahl, aber den Mann kannst du nur schwer zu Hause festhalten. Frag Freja, seine Freundin, das ist ein äußerst schwieriges Unterfangen.«

Caroline schmunzelte. »Das kann ich mir gut vorstellen, mein Vater ist da ähnlich. Ihn musst du am Bett festbinden, ansonsten ist er dauernd unterwegs, anstatt sich auszukurieren.«

»Dann kennst du das Problem.« Frederik lachte und hob den Blick, als ihre Getränke serviert wurden. »Du lebst also allein bei deinem Vater?«

»Das stimmt und wie es scheint, sind wir uns in diesem Punkt sehr ähnlich. Warum wohnst du noch zu Hause bei deinen Eltern?«, wollte Caroline neugierig wissen.

»Was? Woher …?« Frederiks Miene verfinsterte sich.

»Oh, entschuldige, das war sehr direkt. Aber das war eines der Hauptthemen, über das auf der Intensivstation getratscht wurde.« Caroline bemühte sich um einen unschuldigen Augenaufschlag.

»Ich hätte es mir denken können«, seufzte Frederik kopfschüttelnd. »Ich bin mit Anfang Zwanzig ausgezogen und habe während des Studiums in Wohngemeinschaften gelebt, bis ich mit meiner damaligen Freundin zusammengezogen bin.« Er atmete tief durch. »Nach ihrem Tod war ich ein Wrack, da war es unausweichlich, zurück zur Familie zu ziehen. Meine Mutter hat mich aufgefangen, was man von meinem Vater nicht gerade behaupten kann.« Er schüttelte den Kopf. »Wie auch immer, inzwischen stehe ich wieder auf eigenen Füßen und brauche den Abstand zu ihm.«

»Deine Freundin … ist … gestorben?«, wiederholte Caroline schockiert.

»Ermordet, am Tag vor unserer Hochzeit.« Frederik trank einen großen Schluck aus seinem Weinglas. Er hatte nie vorgehabt, mit Caroline heute über dieses Kapitel seines Lebens zu sprechen. Doch irgendwie hatte sich ihr Gespräch verselbstständigt. »Der Mörder ist bis heute nicht geschnappt worden, es gibt keine heiße Spur.« Er trank das Glas aus und hob die Hand, um sich vom Kellner nachschenken zu lassen.

»Das tut mir leid.« Betreten sah Caroline auf die Tischplatte und berührte seine Hand dann zögerlich. »Ich hatte ja keine Ahnung ...«

»Woher auch.« Frederik lachte betrübt. »Das ist auch der Grund, warum sich meine Begeisterung über deine berufliche Laufbahn sehr in Grenzen hält. Aber mir ist auch klar, dass ich kein Recht habe, eine Änderung zu fordern. Es ist dein Leben und dein großer Wunsch. Das muss ich akzeptieren und lernen, mit der Vergangenheit abzuschließen. Die Geschichte muss sich nicht wiederholen, nur weil es zwischen euch einige Parallelen gibt. Das muss ich mir immer in Erinnerung rufen.«

Carolines heiterer Urlaubsbericht während des Essens brachte Frederik endlich wieder zum Lachen, doch die Traurigkeit in seinem Herzen blieb.

Noch immer vermisste er Carolina.

Es fühlte sich falsch an, wieder mit einer Frau auszugehen und zu lachen.

Es fühlte sich wie Betrug an.

Der Wein ließ auch diese Gefühle etwas in den Hintergrund treten, sodass Frederik nach dem Abendessen keine großen Hemmungen mehr hatte, sein Date mit aufs Zimmer zu nehmen. Die schwere Tür fiel hinter den beiden dumpf ins Schloss, während sie unter zahlreichen Küssen weiter in das Zimmer stolperten.

»Komm ...«, bat er Caroline mit rauer Stimme und zog sie wieder an seine Brust. Mit beiden Händen streichelte er über ihre rosigen Wangen, sein Daumen glitt über ihre vollen Lippen.

»Ich bin hier«, flüsterte sie. »Und ich will dich.« Sie wich seinem Blick nicht aus.

Kurz verloren sie sich in diesem Moment, dann schlug die Leidenschaft zu. Kleidungsstücke wurden hastig geöffnet und zu Boden geworfen, auch die Bettdecke landete achtlos auf dem Boden.

»Nimmst du die Pille?«, keuchte Frederik und ließ sich auf die kühlen Laken sinken, Caroline kletterte bereits über ihn. »Wir können auch auf Nummer Sicher gehen.« Schon riss sie die Kondomverpackung auf, die sie aus ihrer Handtasche gezogen hatte.

Kapitel 12

Das zufriedene Lächeln von seinem Date mit Caroline hatte sich in Frederiks Gesicht festgesetzt und geriet erst ins Wanken, als Oberarzt Benett Hanson die Assistenzärzte im Stationszimmer versammelte. Dessen verkniffene Miene verhieß nichts Gutes, doch Frederik hatte keine Ahnung, was Hanson schon wieder über die Leber gelaufen war.

»So, meine Herrschaften«, begann Doktor Hanson streng, schloss die Tür zum Flur hinter sich und verschränkte die Arme.

Einen Moment später öffnete sich die Tür erneut und Martin schlüpfte rasch ins Zimmer.

»Schön, dass Sie auch noch Zeit gefunden haben«, bemerkte der Oberarzt sarkastisch und fuhr mit seiner Ansprache fort. »In letzter Zeit lassen die Leistungen von Ihnen allen massiv nach.«

Hansons Blick blieb an Frederik hängen. »Sie sollten vor gut einem Monat eine Studentin in der Notaufnahme betreuen. Und was haben Sie gemacht? Sie waren unfreundlich, haben nichts erklärt und sie stattdessen angeschrien. Die Studentin hat sich bei ihrem Professor beschwert und der hat die Beschwerde an uns weitergeleitet.« Benett Hanson seufzte. »Diese jungen Leute sind Ihre Kollegen von morgen. Die Fehler, die Sie heute im Unterrichten machen, werden morgen auf Sie zurückfallen. Das gilt für Sie alle. Bemühen

Sie sich mehr, in jeglicher Hinsicht. Ich dulde keine weiteren Nachlässigkeiten.«

Die Assistenzärzte nickten stumm und betrachteten interessiert ihre Schuhspitzen.

»Kommen wir zum nächsten Thema, das ich eigentlich für selbstverständlich gehalten habe«, fuhr Doktor Hanson streng fort. »Beziehungen zwischen Ärzten und Patienten sind tabu. Ich will niemanden von Ihnen im Bett eines Patienten oder einer Patientin erwischen. Schlimm genug, dass ich das überhaupt ansprechen muss. Konzentrieren Sie sich auf die Medizin und kümmern Sie sich in Ihrer Freizeit um Ihre Gelüste.« Hanson seufzte. »Und der letzte Punkt sollte eigentlich auch selbstverständlich sein. Meine Herrschaften, ich rede von Pünktlichkeit. Es kann nicht sein, dass Sie den Dienstbeginn als Empfehlung ansehen. Die Frühschicht beginnt um Sechs, da wird um Punkt Sechs im Stationszimmer angetreten. Nicht erst zwanzig Minuten später! Um die Wäsche kann man sich auch nach Dienstende kümmern. Wer sich nicht daran hält, wird mit Konsequenzen rechnen müssen.« Der Oberarzt sah seine Schützlinge streng an. »Haben Sie das jetzt alle verstanden?«

Die Assistenzärzte nickten einstimmig.

»Wunderbar.« Hanson klatschte in die Hände. »Dann kommen wir zum Tagesprogramm. Hendriksson, Sie begleiten mich heute in den OP, die beiden Herren betreuen die Notaufnahme und die Ambulanz.«

»Und ich?« Alexandra runzelte die Stirn.

»Sie bleiben auf Station und koordinieren die Neuzugänge und die OP-Fahrten. Wenn jemand zusätzliches im OP gebraucht wird, rufe ich Sie an.« Der Oberarzt verließ das Zimmer, Frederik folgte ihm wortlos. Seine Begeisterung, den restlichen Tag mit Hanson zu verbringen hielt sich in Grenzen. Doch auf der anderen Seite freute er sich, endlich wieder OP-Luft zu schnuppern. Zuletzt hatte Doktor Hanson ihn ja immer wieder außen vor gelassen und in die Notaufnahme verbannt.

Zwei Aneurysmen und ein Tumor beschäftigten Oberarzt und Assistenzarzt bis zur Mittagszeit, dann war Zeit für eine erste Pause.

»Sie haben sich gar nicht schlecht angestellt«, stellte Hanson überraschend milde fest und stopfte Handschuhe und Kittel in den Müllcontainer.

Frederik schwieg nach diesem fragwürdigen Kompliment und wusch sich erneut Hände und Unterarme.

»In einer Stunde haben Sie eine Wirbelsäulenentlastung im Lendenwirbelbereich?«, erinnerte er sich an den OP-Plan.

»Und Sie sind vorbereitet. Sie überraschen mich, Hendriksson.« Doktor Hanson wusch sich ebenfalls und sah genau wie Frederik durch das Fenster in den OP-Saal. Die Schwestern desinfizierten die Oberflächen, holten frisches Operationsbesteck und räumten den Raum auf. Alles wurde für den nächsten Eingriff vorbereitet.

»Da gibt es allerdings noch etwas, das ich vorher erledigen muss.« Doktor Hanson stellte das Wasser aus, trocknete sich ab und trat von hinten an seinen Assistenzarzt heran. »Und zwar ganz allein mit Ihnen.«

»Okay, worum geht es?« Frederik schaltete das Wasser aus und griff nach einem Trockentuch.

»Was denken Sie?« Augenblicklich hatte sich Doktor

Hansons Tonfall verändert und er stieß ihm von hinten einen spitzen Gegenstand zwischen die Rippen.

Frederik japste in einer Mischung aus Schmerz und Überraschung.

»Wenn Sie einen Mucks machen war das Ihr letzter. Die Waffe ist geladen und entsichert«, drohte Hanson.

Frederik schlug das Herz bis zum Hals. Starr vor Angst nickte er, während er keinen klaren Gedanken fassen konnte.

In welchen Albtraum war er da hineingeraten?

»Sehr gut«, lobte ihn Hanson mit schneidender Stimme. »Haben Sie Ihre Schlüssel in der OP-Umkleide?«

Erneut nickte Frederik und schluckte trocken, doch seine Zunge klebte ihm unnütz am Gaumen und fühlte sich an wie ein Fremdkörper.

»Auch den Autoschlüssel?« Hanson legte Frederik die freie Hand auf die Schulter und drehte ihn langsam zur Flurtür.

»Den auch«, würgte Frederik hervor.

Welchen Plan verfolgte der Oberarzt?

Hatte Benett Hanson herausgefunden, dass er die Transplantationen unter die Lupe genommen hatte?

Steckte Hanson tiefer in diesem undurchsichtigen Sumpf, als Frederik es ohnehin schon vermutet hatte?

»Seid ihr soweit?«

Frederik zuckte zusammen, als Allgemeinchirurg Doktor Peters den kleinen Raum betrat.

»Schlüssel hat er, wir können los.« Doktor Hanson stieß Frederik den Lauf der Waffe erneut in die Rippen. »Hören Sie gut zu, Hendriksson, denn ich werde Ihnen das genau einmal erklären. Wir drei unternehmen heute einen hübschen kleinen Ausflug. Wir werden den OP-Bereich gemeinsam verlassen und mit dem Aufzug ins Erdgeschoss fahren. Dort durchqueren wir den Eingangsbereich und gehen zum Parkplatz des Hotels, wo ihr Wagen geparkt ist. Selbstredend, dass Sie niemanden ansprechen und erst recht nicht versuchen, zu fliehen. Sollten Sie dennoch so dumm sein, werde ich Sie augenblicklich erschießen. Haben Sie das verstanden?«

Frederik nickte mechanisch und taumelte leicht.

»Abmarsch«, kommandierte Doktor Peters und ging voran. Frederik und Hanson folgten ihm nebeneinander. Alles wirkte so normal, dass niemand auf die drei Ärzte in ihren weißen Kitteln über der OP-Kleidung achtete. Die Pistole hatte Hanson in seine rechte Kitteltasche gesteckt, seine Hand hielt den Griff der Waffe weiterhin fest umschlossen, nur verbarg das sein Kittel. Frederik zweifelte keinen Moment daran, dass Benett Hanson die Waffe einsetzen würde. Deswegen fügte er sich vorerst seinem Schicksal und befolgte die Anweisungen der beiden Männer, bis sich eine bessere Gelegenheit ergab.

Doktor Peters hielt ihnen die Aufzugtür auf und wählte das Erdgeschoss aus. Ruckelnd setzte sich die Kabine in Bewegung.

»Was wollen Sie? Warum tun Sie das?«, fragte Frederik entsetzt, nachdem er seine Stimme wiedergefunden hatte.

»Halten Sie den Mund«, fuhr Peters den Assistenzarzt an und übernahm auch im Eingangsbereich die Führung der kleinen Gruppe. Offenbar wusste der Allgemeinchirurg ganz genau, wo Frederik seinen Mercedes vor drei Wochen abgestellt hatte.

Aber warum?

Und woher?

Hatte man ihn beschattet?

»Wo bleibt ihr denn?« Ein grobschlächtiger Mann in schwarzer Lederjacke wartete bereits am Parkplatz neben Frederiks Auto. »Hat er sich gewehrt? So dumm sieht er eigentlich gar nicht aus …«

Hanson schüttelte den Kopf und reichte ihm die Autoschlüssel. »Er war kooperativ«, stellte er kalt fest und schubste Frederik auf den Rücksitz. Der Unbekannte setzte sich ans Steuer.

»Dann wollen wir mal«, brummte er mit tiefer Stimme und parkte rückwärts aus.

Frederik saß eingeklemmt zwischen Hanson und Peters und versuchte krampfhaft, seine Gedanken zu sortieren.

Was hatten die Drei mit ihm vor?

Wohin sollte die Fahrt gehen?

Verwirrt sah er auf die Straße.

Die Straßenschilder flogen an den Fenstern vorbei. Aus Straßennamen wurden Autobahnbezeichnungen, bis tatsächlich nur noch Autobahn vor ihnen lag.

Hamburg blieb hinter dem Mercedes zurück, während die Straße nach Lübeck führte.

Der Assistenzarzt runzelte die Stirn.

Was wollten seine Entführer in Lübeck?

Warum hatten sie ihn überhaupt entführt?

Welches Ziel verfolgten sie?

Hing das überhaupt noch mit den Ungereimtheiten bei den Organspenden zusammen oder ging es längst um etwas ganz anders?

»So, Doktor Hendriksson«, sprach ihn Doktor Peters spöttisch von der Seite an. »Wir haben für Sie einen kleinen Begrüßungscocktail vorbereitet. Sehen Sie es als Entschädigung für unsere wortkarge Begrüßung.«

»Wie bitte?« Frederik wandte ihm ruckartig den Kopf zu und schluckte schwer, als er die Spritze in Doktor Peters Händen erblickte. »Was ist das?«, fragte er mit bebender Stimme.

»Eine kleine Erfrischung des Hauses«, erklärte Hanson kalt, ohne den Blick von der Straße zu wenden. »Machen Sie schon, Peters!«

Grob befestigte Doktor Peters einen Stauschlauch an Frederiks rechtem Oberarm und zog ihn mit Gewalt fest.

»Lassen Sie mich …«, protestierte Frederik und ballte die Hände zu Fäusten.

»Entspannen Sie den Arm, so tut der Stich nur mehr weh«, lockte ihn Peters und tastete nach einem passenden Blutgefäß, doch Frederik winkelte seinen Arm abrupt an. Ein schwacher Protest, um Zeit zu schinden, doch viel würde ihm das nicht bringen.

»Besser, Sie spielen mit.« Hanson streichelte Frederik mit dem Lauf der Pistole über die Wange. »Es würde doch eine furchtbare Sauerei geben, wenn ich hier im Auto einen Schuss abgeben müsste …«

Frederik schluckte schwer und kämpfte gegen das Bedürfnis an, Peters und Hanson mit der Faust ins Gesicht zu schlagen.

»Locker lassen«, befahl Hanson mit eisiger Stimme

und hieb dem Assistenzarzt mit der Waffe ins Gesicht. Frederiks Wange pochte, während Peters das Überraschungsmoment nutzte und Frederiks Arm mit Gewalt ausstreckte. Rasch fand er ein geeignetes Blutgefäß und rammte die Spritze hinein.

»Schlafen Sie gut.« Peters lächelte diabolisch.

Kapitel 13

»Ist Frederik bei dir? Er ist seit heute Mittag nicht auffindbar und langsam mache ich mir echt Sorgen.« Niklas Thorsen riss Frederiks Bruder Julian mit wenigen Worten aus seinem gemütlichen Feierabend.

»Was meinst du, er ist nicht auffindbar?«, wiederholte Julian argwöhnisch. »Bist du sicher, dass er nicht einfach operiert und deswegen nicht erreichbar ist?«

»Seit zehn Stunden?« Niklas schüttelte den Kopf und seufzte schwer. »Ich habe die OP-Pläne gecheckt, er hätte spätestens seit vierzehn Uhr wieder auf Station sein müssen. Außerdem wollte er heute Abend dringend mit mir sprechen, da hätte er mich nie ohne ein Wort versetzt.«

»Okay.« Langsam griff Niklas' Sorge auch auf Julian über. »Dann bist du dir also hundertprozentig sicher, dass Frederik nicht mehr in der Klinik ist?«

»Das sage ich doch schon die ganze Zeit«, bemerkte Niklas ungeduldig. »Ich glaube, dass ihm etwas passiert ist. Etwas … sehr … Schlimmes …«

»Ich weiß, wo Frederik in den letzten Wochen gewohnt hat. Vielleicht lässt man mich in sein Hotelzimmer«, überlegte Julian laut. »Ich rufe dich in gut einer Stunde an, wenn ich im Hotel angekommen bin. Falls du bis dahin etwas von Frederik hören solltest …«

»… dann rufe ich dich sofort an, klar«, versicherte Niklas. »Das Gleiche gilt auch für dich, ja?«

Die Müdigkeit war nun endgültig vergessen, als Julian seine Autoschlüssel holte und in ein Paar saubere Sneaker schlüpfte. »Frederik ist verschwunden, siehst du hier auf dem Hof nach, ob Frederik irgendwo ist?«, bat er Oliver drängend und eilte hinaus zum Parkplatz. »Irgendetwas stimmt hier ganz und gar nicht und Niklas klingt sehr besorgt, dass Frederik etwas zugestoßen sein könnte. Was auch immer er damit meint, aber ...«

»Fahr los, ich kümmere mich hier um den Hof. Ich bin ja nicht alleine und Frederik hat so ein paar Lieblingsplätze, da werde ich nachsehen«, versprach Oliver, doch die Nervosität war bereits auf seine Stimme übergesprungen.

Die Ungewissheit über Frederiks Verbleiben und die fortgeschrittene Uhrzeit machten es für Julian schwer, sich auf die Autofahrt zu konzentrieren.

Warum war sich Niklas so sicher, dass Frederik etwas zugestoßen war? Er war Assistenzarzt, das zählte nicht gerade zu einem der gefährlichsten Berufe ...

Aber was war es dann?

Hatte man Frederik bedroht? Nur, hätte Frederik das dann nicht bei einem seiner letzten Besuche auf dem Familiengestüt erwähnt? Bisher hatten die Brüder untereinander doch ein sehr vertrauensvolles Verhältnis gehabt ...

Julian atmete erleichtert auf, als er vor dem Hotel zum Stehen kam und den Zündschlüssel abzog. Kurz tippte er eine Nachricht an Niklas, dass er jetzt am Hotel war und sich wieder melden würde.

»Na, dann wollen wir mal.« Julian stieg aus und atmete die kühle Nachtluft tief in seine Lungen. Puh, Stadtluft, das war schon lange nichts mehr für ihn. Aber darum ging es gerade nicht. Er musste herausfinden, wohin Frederik vor elf Stunden verschwunden war. Dabei sah es seinem Bruder gar nicht ähnlich, ohne ein Wort abzutauchen. War er vielleicht mit seiner neuen Freundin spontan weggefahren? Aber auch das erklärte sein Verschwinden während der Schicht nicht.

Das Hotelfoyer war um diese Uhrzeit fast menschenleer, die wenigen Gäste saßen an der Bar.

»Wie kann ich Ihnen helfen?« Die Rezeptionistin lächelte ihn professionell an. »Haben Sie reserviert?«

»Äh, nein.« Julian kratzte sich am Kopf und stützte sich mit den Unterarmen leicht auf den Counter zwischen ihnen. »Ich ... ich mache mir große Sorgen um meinen Bruder, er hat hier ein Zimmer gemietet. Und ...« Julian bemühte sich um ein charmantes Lächeln. »Er hatte zuletzt größere gesundheitliche Probleme und jetzt meldet er sich seit einem Tag nicht mehr, ich mache mir sehr große Sorgen um ihn, verstehen Sie?«

»Ich soll Ihnen also seinen Zimmerschlüssel aushändigen?« Die Rezeptionistin runzelte die Stirn. »Wissen Sie, wie oft man mir solche Geschichten erzählt, um an einen Zimmerschlüssel zu gelangen?«

»Nein, nein, meinen Bruder gibt es wirklich«, beteuerte Julian und zog seine Geldbörse aus der hinteren Hosentasche. »Sehen Sie, mein Ausweis. Ich bin Julian Hendriksson, mein Bruder heißt Frederik. Er ...«

»Frederik Hendriksson?« Eine junge Frau kam näher. »Wir waren vorhin verabredet, aber er ist nicht gekommen und geht auch nicht an sein Handy.«

»Und wer sind Sie?« Die Hotelangestellte sah verwirrt zwischen Julian und Caroline hin und her.

»Caroline Wagner, ich … ich bin eine Freundin von Doktor Hendriksson.« Sie errötete leicht.

»Ich darf keine Zimmerschlüssel herausgeben, egal zu wie vielen Personen Sie vor mir stehen«, erklärte die Rezeptionistin bedauernd. »Wenn Sie sich so große Sorgen um Ihren Bruder machen, Herr Hendriksson, dann wenden Sie sich an die Polizei. Wenn die Ihre Sorgen teilt, darf ich auf deren Veranlassung das Zimmer öffnen.«

Julian atmete tief durch. »Und es gibt keinen anderen Weg …?«, versuchte er es noch einmal, Verzweiflung schwang in seiner Stimme mit.

Frustriert verließ Julian das Hotel, Caroline Wagner folgte ihm nach kurzem Zögern.

»Das Polizeikommissariat ist nicht weit, nur die Straße entlang«, stellte sie mit Blick auf ihr Handy fest. »Sollen wir es da versuchen? Irgendjemand muss uns doch helfen, Frederik zu finden.«

»Ob überhaupt jemand will, dass Frederik gefunden wird, ist eine ganz andere Frage.« Julian schloss den Reißverschluss seiner dünnen Jacke und vergrub die Hände in den Jackentaschen. »Versuchen wir unser Glück, vielleicht hat man etwas von Frederik gehört.«

»Bei eurem Vater wird er kaum sein, oder?«, überlegte Caroline laut und folgte Julian zur Fußgängerampel.

»In der Villa?« Julian schüttelte den Kopf. »Freiwillig wird er dorthin nicht zurückkehren. Schon gar nicht, wenn Mama nicht da ist und er nur auf unseren Vater treffen würde. Das halte ich für ausgeschlossen.«

»Mhm ... und ...«

»Es gibt nichts, was Frederik zu einer Rückkehr in unser Elternhaus bewegen könnte«, wurde Julian deutlich und beschleunigte seine Schritte, Caroline lief leichtfüßig neben ihm her. Gut, dass sie nicht weit hatten. Das Polizeikommissariat war bereits in Sichtweite.

»Ihr Bruder ist ein erwachsener Mann und kann seinen Aufenthaltsort selbst bestimmt«, erklärte der müde Polizist eine Viertelstunde später. »Natürlich ist es nicht schön, wenn er keine Angaben zu seinem Verbleib macht, aber letztlich ist es seine Entscheidung.«

»Sie verstehen das nicht. Ihm könnte etwas zugestoßen sein.« Julian sah hilfesuchend zu Caroline, die offensichtlich selbst keinen Ausweg sah.

»Vielleicht hat Ihr Bruder auch nur eine kleine Auszeit gebraucht. Geben Sie ihm doch ein paar Stunden. Wenn er über längere Zeit verschwunden bleibt werden wir Ermittlungen aufnehmen.«

»Das ist nicht hilfreich«, beschwerte sich Julian frustriert.

»Das ist aber die Gesetzeslage, Herr Hendriksson.« Der Polizist unterdrückte erneut ein Gähnen.

Kapitel 14

»Hey! Du!« Ein harter Schlag traf Frederik quer über den Bauch und ließ ich gequält aufstöhnen.

»Du lebst noch, das ist gut.« Der unbekannte Mann kam in Frederiks Sichtfeld und ließ den schwarzen Ledergürtel erneut auf den ungeschützten Bauch seines Opfers niedersausen.

Frederik keuchte und krümmte sich, soweit ihm das in seiner Lage möglich war. Arme und Beine waren ihm ausgestreckt und gefesselt worden, er konnte nur den Kopf bewegen.

»Keine Sorge, das ist nur der Anfang.« Der Mann fixierte ihn mit seinen kalten, grauen Augen. »Es interessiert niemanden, was ich mit dir mache, ich habe völlig freie Hand.« Er ließ sich den Ledergürtel durch die Finger gleiten. »Nur töten darf ich dich vorerst nicht ...« Er seufzte. »Aber ich denke, du wirst mir auch so viel Freude bereiten.« Er verzog den Mund zum Ansatz eines Lächelns, dann ließ er den Gürtel ohne Vorwarnung auf Frederiks Oberkörper knallen.

Tränen des Schmerzes rannen Frederik über die Wangen, er stemmte sich gegen die Fesseln. Doch die waren so fest zugezogen, dass er sich unmöglich selbst daraus befreien konnte.

»Du heulst jetzt schon?« Der Mann mit dem eiskalten Blick schmunzelte. »Da bin ich gespannt, was du noch zu bieten hast, wenn ich mit dir fertig bin. Und keine

Sorge, ich werde es langsam und genüsslich angehen, damit wir beide auf unsere Kosten kommen.« Er beugte sich über Frederik und hieb ihm mit der Faust gegen die linke Wange. Frederiks Kopf wurde von der Wucht zur Seite geschleudert, er verlor fast das Bewusstsein. Schon pochte seine linke Gesichtshälfte und schien sekündlich stärker anzuschwellen. Erst als seine Sicht wieder aufklarte erkannte er die massiven Ringe an der Faust seines Peinigers, die den Schlag so brutal wirken hatten lassen. Verdammt.

Wie sollte er da lebend herauskommen?

»Das genügt.« Benett Hansons Stimme ließ Frederiks Panik nicht gerade kleiner werden. »Vorerst.« Er kam näher und beugte sich über den Assistenzarzt. »So kann sich das Blatt wenden, was, Hendriksson?«

»Wwww…« Frederik bekam kein vollständiges Wort über die Lippen. Zu sehr hatten ihn Schmerz und Panik im Griff.

»Das ist eine gute Frage. Ich würde aus dem Stehgreif sagen, Sie haben Ihre Nase in die falschen Angelegenheiten vergraben.« Hanson nickte andeutungsweise, doch dieses Zeichen galt nicht Frederik.

»Ich kann mit Ihnen machen, was ich will«, fuhr der Chirurg voller Vorfreude fort. »Töten soll ich Sie so oder so, aber die Art und Weise liegt allein in meinem Ermessensspielraum. Ich kann Sie quälen, so lange ich will. Und glauben Sie mir, Hendriksson, nach den letzten Jahren habe ich Ihnen so einiges zurückzuzahlen.« Frederiks Augen weiteten sich vor Entsetzen, als ihm ein Knebel in den Mund gezwungen und sein Kopf damit auf dem Untergrund fixiert wurde. Jetzt war er vollständig bewegungsunfähig. Heftig atmete er gegen die Übelkeit an, die der große Fremdkörper in seinem Mund verursachte.

»Leider muss ich zurück nach Hamburg, aber ich werde mich bald eingehender mit Ihnen beschäftigen, Hendriksson«, erklärte Benett Hanson und zog sich Handschuhe an. Grob zurrte er einen Stauschlauch um Frederiks linkem Oberarm fest und legte ihm ohne Desinfektion der Haut einen venösen Zugang in die Armbeuge. »Damit Sie mir bis dahin auf keine dummen Gedanken kommen …« Er befestigte eine Infusion am Zugang und nahm dann eine vorbereitete Spritze aus der Jackentasche. Deren Inhalt verabreichte er direkt in Frederiks Blutkreislauf und beobachtete dessen Reaktion beinahe belustigt. »Jetzt hilft Ihnen nicht einmal Ihr großer Name, was?«

Frederik schluckte nervös. *Was hatte ihm Hanson da gerade gespritzt? Die Infusion sah wie Kochsalzlösung aus, aber das Medikament …?* Er hatte keine Ahnung und große Angst davor, es herauszufinden. Dem Oberarzt traute er inzwischen alles zu.

»Morgen geben Sie ihm die nächste Infusion«, informierte Hanson den unbekannten Mann. »Und passen Sie auf, dass er nicht stirbt, bevor ich fertig mit ihm bin. Noch brauchen wir ihn lebend.«

Der Unbekannte nickte. »Aber ich darf schon Hand an ihn legen, oder?«

»In Maßen«, ermahnte Hanson ihn und wandte sich zum Gehen. »Okay, dann wünsche ich Ihnen beiden viel Vergnügen beim weiteren Kennenlernen. Hendriksson? Unterstehen Sie sich, in meiner Abwesenheit zu verrecken. Dieses Ereignis will ich nicht verpassen. Versuchen Sie also ausnahmsweise, Rücksicht auf andere zu nehmen, so schwer es Ihnen fallen mag. Haben wir uns verstanden, Hendriksson?«

Frederik starrte ihn wütend an, eine andere Reaktion blieb außerhalb seiner maximal eingeschränkten Möglichkeiten.

Hanson schenkte ihm noch ein widerliches Grinsen, dann verließ er den abgedunkelten Raum, der Unbekannte folgte ihm und überließ Frederik seinem ungewissen Schicksal.

Kapitel 15

»Und er wird aussagen? In vollem Umfang?« Kriminalpolizist Peter Hauser blätterte durch seine Notizen.

»Ich habe die ersten Befragungen in Protokollform
vorliegen, Niklas Thorsen hat seine Aussagen bereits
unterschrieben«, entgegnete seine Kollegin Elisabeth
Baumgartner am Telefon. »Ich habe ihm von Anfang
an klargemacht, dass wir ihm ohne seine Aussage nicht
helfen können, und mit diesem Deal ist er einverstanden.« Sie seufzte. »Er verweist allerdings immer auf
Frederik Hendriksson, habt ihr ihn inzwischen erreichen können?«

»Hendriksson ...« Peter Hauser hielt inne. Wo hatte er
den Namen erst gelesen? Nicht Frederik Hendriksson,
sondern ... Endlich fiel der Groschen. »Deuten Doktor
Thorsens Aussagen nicht immer wieder auf Maximilian
Hendriksson hin, den Allgemeinchirurgen?«

»Ja, schon, die beiden Hendrikssons sind Vater und
Sohn«, überlegte Elisabeth Baumgartner laut. »Sie
meinen, dass ...«

»Es passiert in den besten Familien, dass Eltern auf
Ihre Kinder losgehen. Und wenn wir diesen Transplantationsskandal nach der Razzia morgen annähernd
nachweisen können bekommt Frederik Hendrikssons
Verschwinden einen ganz schalen Beigeschmack. Wie
lange wird er schon vermisst?« Hektisch zog er eine
weitere Mappe zu sich heran. »Ah, da steht es, das

sind schon fast drei Wochen. Drei verdammte Wochen, da kann alles passiert sein! Vor allem ist die Wahrscheinlichkeit verdammt hoch, dass er gar nicht mehr am Leben ist.«

»Mir ist das durchaus bewusst, Herr Kollege«, entgegnete die Polizistin ruhig am Telefon. »Nur liegt mein Fokus auf Niklas Thorsen, nicht auf Frederik Hendriksson. Gab es Hinweise in Hendrikssons Zuhause? Irgendetwas, das sein Verschwinden erklären könnte?«

»Die Vermisstenanzeige ist erst ein paar Stunden alt, die Kollegen auf dem Kommissariat haben erst jetzt einen Grund gesehen, den Fall aufzunehmen. Im Moment wird Hendrikssons Hotelzimmer nach Hinweisen durchsucht.« Peter Hauser verstummte. »Moment mal, das Hotel ist direkt neben der Uniklinik …«

»Was ist mit seinem Auto?«, warf Elisabeth Baumgartner einen weiteren Gedanken in den Raum.

»Verschwunden. Deswegen gab es ja so lange die Vermutung, dass Frederik Hendriksson freiwillig in eine kleine Auszeit abgetaucht ist.« Hauser seufzte. »Ich melde mich, wenn ich neue Erkenntnisse habe. Und Sie versuchen bitte, noch mehr aus Niklas Thorsen herauszubekommen. Vielleicht kennt er doch noch einen Schlupfwinkel von unserem Vermissten …«

Nach der Razzia in der Hamburger Uniklinik hatte Peter Hauser Berge von Akten und mindestens noch einmal genauso viele digitale, sichergestellte Unterlagen in seiner Abteilung gestapelt. Es würde Wochen, wenn nicht gar Monate dauern, das alles durchzusehen.

Die Ermittlergruppe war in den folgenden Tagen personell massiv aufgestockt worden, nachdem sich abzeichnete, dass es tatsächlich ungewöhnliche Häufungen an Organtransplantationen gab. Organspender und die Daten ihrer Einlieferung und OP der Organentnahme zierten bald mehrere Pinnwände, Fäden kennzeichneten Zusammenhänge.

»Die Fäden laufen im wahrsten Sinne des Wortes immer bei zwei Männern zusammen«, stellte Peter Hauser fest und goss sich eine weitere Tasse Kaffee ein. Die Nacht war fast vorüber und wieder hatten sie alle kaum geschlafen und stattdessen Zusammenhänge analysiert.

»Maximilian Hendriksson und Benett Hanson. Der Chefarzt der Allgemeinchirurgie und der leitende Oberarzt der Neurochirurgie.« Julia Förster, eine noch junge Kollegin im Team, gähnte. Plötzlich stutzte sie und schnellte dann in die Höhe. »Hanson war zuletzt der direkte Vorgesetzte von Frederik Hendriksson«, fiel ihr auf. »Sie haben am Tag von Frederiks Verschwinden zusammen operiert. Sie sind noch ein, zwei Mal gemeinsam gesehen worden, danach jedoch nicht mehr! Weil … weil …« Mir fahrigen Händen blätterte sie durch den Dienstplan der betroffenen Woche. »Weil sich Hanson just dann krankgemeldet hat, als Frederik Hendriksson spurlos verschwunden ist.«

Die Puzzleteile setzten sich für die Ermittler immer schneller zusammen und ergaben so ein beunruhigendes Teilbild, das immerhin für einen Durchsuchungsbeschluss für Hansons Wohnung reichte.

»Hoffentlich finden wir Hinweise auf Hendriksson«, wünschte sich Julia Förster und schloss die Klettverschlüsse ihrer schusssicheren Weste, dann stieg sie aus dem VW-Bus aus, die rechte Hand an der Waffe. »Wir werden es gleich herausfinden.« Peter Hauser wirkte angespannt, als er der Vorhut in das Gebäude folgte. »Ich hoffe, wir finden überhaupt etwas, das uns weiterbringt. Uns läuft die Zeit davon.«

Die Wohnung von Benett Hanson war menschenleer und sah aus, als wäre sie eilig verlassen worden.

»Da ist wohl jemand überstürzt aufgebrochen«, stellte Julia Förster fest und zog sich Latexhandschuhe über.

»Wir haben ihn ja auch mehrfach vorgewarnt«, murmelte ihr Kollege und sah die Küchenschränke flüchtig durch. Außer Geschirr und wenigen, haltbaren Lebensmitteln fand er jedoch nichts. Hanson war wohl kein begeisterter Koch …

»Gibt es schon etwas Neues von Niklas Thorsen? Hatte er noch Hinweise zu Hanson?« Boris Weber stöberte bereits in den Schubladen des Rollcontainers unter dem Schreibtisch. Kontoauszüge, ungeöffnete Briefe, unbeschriebenes Papier, alles lag durcheinander und teilweise zerknüllt in insgesamt drei Schubladen.

»Ich habe nichts mehr gehört.« Hauser zuckte mit den Schultern. »Der Mann kann sich doch nicht einfach in Luft auflösen. Familie hat er keine, entfernte Verwandte leben im Westen der USA. Falls er dorthin aufgebrochen wäre muss sein Name auf den Passagierlisten auftauchen.«

»Vielleicht sollten wir es im Keller versuchen?«, überlegte Julia Förster laut beim Anblick des Schlüsselbrettes im Flur.

»Das ist aber kein Kellerschlüssel«, bemerkte einer der übrigen Polizisten im Raum trocken.

»Ein Zweitschlüssel?« Die junge Polizistin wog den Schlüssel in ihrer Hand und betrachtete dann die Wohnungstür nachdenklich.

»Wäre er nicht der Erste, der den im Flur aufbewahrt«, schmunzelte einer der begleitenden uniformierten Polizisten.

»Nur ...« Julia Förster versuchte vergeblich, den Schlüssel ins Schloss zu stecken. »... das ist die falsche Tür für diesen Schlüssel. Peter? Wissen wir, ob Hanson eine weitere Wohnung hat? So eine Art Ferienwohnung oder so? Der Schlüssel passt hier nicht ...« Sie betrachtete den kleinen Anker, der am Schlüssel befestigt war.

Kapitel 16

Schon seit einiger Zeit hatte Frederik jegliches Zeitgefühl verloren. Allein der abgedunkelte Raum machte es mit den lichtundurchlässigen, schweren Vorhängen unmöglich, Tag von Nacht zu unterscheiden. Hinzu kamen die Ganzkörperfixierung und die Medikamente, die ihn zusätzlich lähmten. Er war bei vollem Bewusstsein, doch er konnte nicht einen Finger rühren. Als wäre er nur Passagier in seinem Körper. Ein sehr beunruhigendes Gefühl, denn aufgrund der Wirkung konnte ihm Hanson nur eine Mischung aus Muskelrelaxanzien und Benzodiazepinen gespritzt haben, die ihn lähmten und gleichzeitig vollkommen willenlos machten.

»Ja, wen haben wir denn da? Du bist ja wach!« Der unbekannte Mann mit der Vorliebe für Folter beugte sich über Frederik. »Es wird Zeit, dass wir beide wieder eine Runde Spaß haben, was meinst du? Hast du mich vermisst?«

Frederik schloss nur ergeben die Augen. Er wollte dieses Gesicht nicht sehen und auch nicht die Gegenstände in dessen Händen. Ihm genügte der Schmerz, den sie durch seinen gepeinigten und geschwächten Körper schicken würde. Inzwischen gab es keine Stelle mehr, die nicht schmerzte. Im Gegenteil: der Schmerz war zu einer Art Normalzustand geworden.

Blut rann durch Frederiks Haar und über seine Schläfe, während die Bewusstlosigkeit nach ihm griff. Noch einen oder zwei Schläge, dann bekam er nichts mehr mit. Endlich. Er sehnte sich nach der Schwärze, die ihm immer mehr wie eine Rettungsinsel vorkam.

»Du willst schon aufhören?« Sein Peiniger ließ enttäuscht von ihm ab. »Ich bin doch noch gar nicht fertig mit dir!« Er wechselte den Gegenstand in seiner Hand und hieb damit auf Frederiks rechten Oberschenkel. »Wie gefällt dir das, mhm? Meine neueste Errungenschaft, sie liegt wirklich gut in der Hand.« Der Mann hielt inne. »Reitest du nicht selbst? Dann kennst du dich mit Gerten wohl besser aus als ich …«

Frederik keuchte und verdrehte die Augen vor Schmerz, als ihn weitere Schläge an Armen und Beinen trafen.

»Hendriksson!« Doktor Hansons Stimme drang wie durch Nebel zu Frederik durch. »Na? Wie gefällt Ihnen meine Spezialbehandlung für Assistenzärzte, die ich absolut nicht leiden kann?« Er packte ihn hart am Kinn und schob den Knebel nur noch weiter in Frederiks Mund. Der Würgereiz ließ nicht lange auf sich warten, doch da hatte Hanson ihn schon ruckartig wieder losgelassen.

»Ich muss sagen, ich bin sowohl beeindruckt als auch enttäuscht«, stellte Hanson dicht neben Frederiks Ohr fest. »Beeindruckt, dass Sie noch bei Bewusstsein sind. Und enttäuscht, dass Sie Ihrem Herrn Vater rein überhaupt nichts wert sind. Ich hätte schon erwartet, dass ihm sein Mediziner-Spross nicht vollkommen gleichgültig ist, aber na ja, es ist, wie es ist. Das heißt aber auch, Hendriksson, dass es von nun an egal ist, ob Sie leben oder nicht. Sie sind vogelfrei. Die Frage ist nur: wollen Sie sich langsam oder schnell verabschieden?«

Kapitel 17

Angespannt lauschte Peter Hauser den Funksprüchen über den Kopfhörer, doch noch gab es nichts Neues, seit sie Hansons Wochenendhaus auf Rügen entdeckt hatten. Eine Spezialeinheit wurde im zweiten Polizeihubschrauber vor ihnen befördert. Hamburg hatten sie rasch hinter sich gelassen, nun tauchte nach gut einer Dreiviertelstunde die Insel unter ihnen auf.

»Wir haben Rückenwind, das hat uns einiges an Zeit gespart«, bemerkte der Pilot. »Wir lassen erst die Spezialeinheit landen und das Gebäude stürmen, danach werden wir zur Landung ansetzen.«

Hauser nickte knapp.

Waren sie endlich am richtigen Ort?

Waren sie noch rechtzeitig?

Oder kam für Frederik Hendriksson längst jede Hilfe zu spät?

Sein Verschwinden lag Wochen zurück, dementsprechend ging Hauser inzwischen vom Schlimmsten aus. Im besten Fall erwartete er den Vermissten in schlechter gesundheitlicher und psychischer Verfassung, das waren so oder so keine rosigen Aussichten.

»Wenn Hanson seinem Muster treu bleibt ist er längst über alle Berge«, stellte Julia Förster nachdenklich fest.

»Das ist gut möglich.« Hauser verschränkte die Arme.

»Tür wird geöffnet in drei … zwei … eins …«, hörte er

den Einsatzführer der Spezialkräfte über Funk. Dazu konnte er die Bewegungen seiner Kollegen aus der Luft gut beobachten. Sie öffneten die Eingangstür des kleinen Häuschens gewaltsam, dann begannen sie mit der Durchsuchung.

Aus der Ferne näherte sich der bodengebundene Notarzt, seinem Fahrzeug folgte ein Rettungswagen. Sie blieben eine Querstraße von Hansons Häuschen entfernt stehen und warteten wie über Funk zuvor besprochen auf weitere Anweisungen.

»Landeerlaubnis erteilt«, meldete sich der Einsatzführer der Spezialkräfte wieder über Funk.

Ungeduldig wartete Peter Hauser, bis der Eurocopter auf dem Boden aufgesetzt hatte und der Rotor zum Stehen gekommen war, sodass sie gefahrlos aussteigen konnten. Unterdessen waren auch Notarzteinsatzfahrzeug und Rettungswagen vorgefahren.

»Wie sieht es aus?«, fragte Hauser angespannt und folgte dem Notarzt in das Gebäude.

»Hier hinten.« Der Einsatzführer kam aus einem kleinen Nebenzimmer und ließ den Notarzt eintreten.

»Was zur …« Entsetzt starrte Peter Hauser auf die Liege, die mittig im Raum stand. Mit ausgestreckten Armen und Beinen war ein Mann darauf festgezurrt worden, ein Infusionständer war links neben der Liege.

»Wir haben schon ein paar Fotos zur Beweisaufnahme gemacht und können ihn sofort losbinden«, erklärte der Einsatzführer und half dem Sanitäter, die Gurte an den Handgelenken zu lösen, die tief in die Haut geschnitten hatten.

»Das ist Frederik Hendriksson?«, fragte Julia Förster

schockiert und hielt sich die Hände vor Mund und Nase. »Tut mir leid, lässt sich hier vielleicht ein Fenster öffnen? Das ist ja …« Sie atmete wie ihre Kollegen möglichst flach, doch der Gestank nach Exkrementen, Blut, Schweiß und Erbrochenem war nur schwer zu ertragen. Die junge Polizistin erwartete keine Antwort und öffnete die beiden Fenster des Raumes, die hinter schweren, dunklen Vorhängen verborgen gewesen waren.

»Wie sieht es aus?«, fragte Peter Hauser knapp und starrte auf die Hände des Notarztes, die gerade den Gurt um Frederik Hendrikssons Hals lösten und den Knebel aus dessen Mund holten.

»Er lebt, das ist bei diesem Anblick mehr als erstaunlich«, stellte Doktor Svensson gefasst und professionell fest, doch selbst der erfahrene Notarzt wirkte schwer geschockt angesichts dieser Situation. »Frederik?«, sprach er seinen Patienten deutlich an. »Können Sie mich verstehen? Ich bin Mark Svensson und werde Ihnen helfen. Sie sind in Sicherheit, Frederik.«
Er bekam keine sichtbare oder hörbare Reaktion, doch das verwunderte niemanden.

»Ich werde Sie jetzt untersuchen, Frederik«, fuhr der Notarzt laut fort, als wäre sein Patient bei vollem Bewusstsein. »Ich fange am Kopf an und überprüfe, ob Sie Verletzungen haben.«

»Intubation vorbereiten?«, wollte der Notfallsanitäter wissen und öffnete den Rucksack.

»Monitoring, ich brauche zwei Zugänge. Vermutlich werden wir am Hals oder Schlüsselbein reingehen, die Arme sehen nicht geeignet aus für weitere Zugänge.«
Doktor Svensson sah wieder in Frederiks Gesicht und

betastete dessen Kopf mit beiden Händen. »Auf der rechten Schädelseite ist eine frische Wunde, Kompresse!« Er wischte etwas Blut beiseite, um die Wunde beurteilen zu können. »Oberflächlich, keine offensichtlichen knöchernen Verletzungen.« Schon betastete er Frederiks geschwollenes Gesicht, das von mehreren schlecht verheilten, kleinen Platzwunden und unterschiedlich alten Blutergüssen übersät war. »Jochbein links stark geschwollen, Verletzung der Augenhöhle kann ich gerade nicht ausschließen.« Er nickte ungeduldig, bis seine Kollegin die Kleidungsschere aus dem Rucksack gekramt hatte und begann, das verfärbte und von undefinierbaren Flüssigkeiten verklebte OP-Hemd aufzuschneiden.

»Verdammt«, entfuhr es Peter Hauser, der den Blick nicht von der Untersuchung hatte wenden können.

»Massive Prellmarken am Brustkorb«, diktierte der Notarzt weiter, doch auch seine Stimme hatte sich verändert. »Rippenfrakturen rechts und links müssen ausgeschlossen werden. Abdomen mit leichter Abwehrspannung, oberflächliche Wunden ohne frische Blutungen …«

»Was haben sie mit ihm nur gemacht?«, fragte Julia Förster und wandte sich dann entsetzt ab. »Das … wie kann man eine wehrlose Person so …«

»Eine gute Frage.« Peter Hauser straffte die Schultern. »Lassen wir die Kollegen arbeiten und erledigen unseren Job.« Er ging zurück in die Wohnküche, wo die übrigen Polizisten die ersten Ergebnisse der Hausdurchsuchung zusammentrugen. »Was wissen wir über den Foltermeister?«, fragte er und stützte sich mit den Unterarmen auf die Arbeitsfläche.

»Er schweigt, deswegen wird er auf dem Kommissariat erkennungsdienstlich behandelt. Mal sehen, was wir finden.« Ein weiterer Beamter aus Hausers Team zuckte mit den Schultern. »Die Schnelleinsatztruppe ist auf dem Rückzug und wartet auf Ihr Okay, dass sie zurück nach Hamburg fliegen dürfen.«

»Klar.« Hauser kratzte sich am Kopf. »Und der Foltermeister? Kommt er hier vor Ort auf das Kommissariat oder nehmen wir ihn gleich mit nach Hamburg?«

»Können Sie eben mit anpacken?« Die Sanitäterin kam aus dem Nebenzimmer gelaufen.

Wortlos folgten Hauser und Julia Förster ihr erst zum Rettungswagen, um Bergehilfen zu holen, und kehrten mit ihr gemeinsam zum Notarzt zurück. Er hatte Frederik inzwischen mit Infusionen und einer Sauerstoffmaske versorgt und obendrein mit dem Monitor verkabelt.

»Wir heben ihn mit der Schaufeltrage auf die Spezialmatratze«, erklärte er den Polizisten. »Wichtig ist, dass Sie uns mit den Kabeln und Schläuchen helfen.«

Hauser nickte, während die Schaufeltrage auseinandergezogen und von Sanitäterin und Notfallsanitäter behutsam unter den Patienten geschoben wurde. Der Notarzt blieb an Frederiks Kopf und erklärte ihm ruhig die nächsten Schritte. »Wir heben Sie jetzt hoch, nicht erschrecken«, warnte er ihn, bevor er am Kopfende der Schaufeltrage selbst mit anfasste. Die Spezialmatratze lag bereits vorbereitet auf dem Boden, sodass sie keinen weiten Weg vor sich hatten.

»Wie sieht es aus?«, fragte Julia Förster bedrückt, als die Sanitäterin die Spezialmatratze vollständig aushärten ließ, um Frederik weitertransportieren zu können.

»Wir müssen die bildgebende Diagnostik abwarten«, antwortete Doktor Svensson an ihrer Stelle und überprüfte den korrekten Sitz eines der Zugänge. »Auf den ersten Blick hat Frederik viel Glück gehabt, doch das schließt einige schwere Verletzungen nicht vollständig aus. Deswegen müssen wir so schnell wie möglich in die Klinik fahren.«

»Der Schockraum ist bereit, Allgemeinchirurgen und Neurochirurgen sind in Standby und können im Notfall sofort operieren«, stellte die Sanitäterin fest und packte die verbliebene Ausrüstung zusammen.

»Das werden wir noch gründlich analysieren müssen, wie uns diese Verbindung zu Hanson und dessen Wochenendhaus entgehen konnte.« Peter Hauser sah den beiden Einsatzfahrzeugen von Rettungsdienst und Notarzt mit finsterer Miene hinterher. »Wir hätten Hendriksson Tage, wenn nicht sogar Wochen früher finden können. Vor allem, wenn sein Verschwinden früher aufgenommen worden wäre.«

»Das sollten wir tun«, stimmte ihm seine junge Kollegin zu. »Aber jetzt sollten wir uns noch einmal im Nebenzimmer umsehen. Im restlichen Haus war kaum etwas zu finden…«

»Ich glaube kaum, dass sie die Foltergeräte im ganzen Haus verteilt haben.« Hauser seufzte und zog sich frische Latexhandschuhe an. »Dieser Hanson … ich habe ihn ja bei der Razzia im UKE kurz befragt … er ist kalt wie eine Hundeschnauze. So ganz überrascht mich diese Brutalität nicht. Die Frage ist vielmehr, warum Hendriksson? Wo ist das Motiv? Und hat er wirklich auf eigene Faust gehandelt oder nur auf Befehl?«

»Das sind viele gute Fragen und wir haben nicht eine befriedigende Antwort.« Julia Förster ließ den Blick im Nebenzimmer schweifen. »Hoffentlich können wir die Verantwortlichen zur Rechenschaft ziehen.«

Stumm und nachdenklich musterte Peter Hauser die karge Einrichtung und öffnete schließlich den Schrank neben der Tür. Infusionen und Medikamentenfläschchen waren sorgsam aufgereiht worden, Spritzen und Infusionsbesteck fanden sich in der Schublade darunter.

»Das war von langer Hand geplant. Nur, warum hat er Hendriksson überhaupt gefangen gehalten und nicht sofort umgebracht, nachdem der ihm auf die Schliche gekommen ist?«, überlegte der Ermittler laut.

»Familie Hendriksson besitzt ein gewaltiges Vermögen, dazu habe ich erst vor einigen Wochen einen Bericht gelesen. Sie zählen zu den reichsten Bewohnern der Hansestadt«, erinnerte sich Julia Förster. »Vielleicht war Geld ein Motiv? Vielleicht wollte Hanson Geld von der Familie erpressen?«

»Das ist interessant. Wir haben Maximilian Hendriksson befragt. Er hat nichts von einer Lösegeldforderung gesagt.« Hauser legte die Stirn in Falten. »Entweder wollte er das selbst regeln oder es gab nie eine Lösegeldforderung ...«

Kapitel 18

»Doktor Hendriksson? Können Sie mich verstehen?«
Eine Frauenstimme riss Frederik nur mit äußerster
Hartnäckigkeit aus seinem Dämmerzustand.

Widerwillig blinzelte er.

»Verstehen Sie mich?«, fragte die Frau mit den kurzen
schwarzen Haaren vor ihm.

»Mhm ...«, brummte er und verzog das Gesicht. Ihm
tat alles weh, er spürte jeden Knochen überdeutlich.

»Sie bekommen gleich etwas gegen die Schmerzen,
ich möchte Sie vorher noch einmal untersuchen.« Die
Frau lächelte freundlich, während Frederik schon wieder die Augen zufielen. Er war unendlich erschöpft,
gleichzeitig ließen ihn die Schmerzen nicht zur Ruhe
kommen. Schon hob die Frau seine Bettdecke an und
schob das Flügelhemd soweit zurück, dass sie seinen
Bauch abtasten konnte.

»Die leichte Abwehrspannung werden wir weiter beobachten«, erklärte sie. »Wie es aussieht sind Ihre Organe heilgeblieben. Die Prellungen und Blutergüsse jedoch sind massiv und werden Sie noch eine Weile begleiten.«

»Mhm ...« Frederik blinzelte erneut.

»Wir lassen Sie heute erst einmal zur Ruhe kommen,
ab morgen werden Physiotherapeuten und Ergothera-
peuten mit Ihnen an der Mobilisierung der Extremitä-
ten arbeiten.«

»Au«, murmelte Frederik nur.

»Wir werden Sie gleich noch anders lagern, damit die Wunden und Druckstellen an Ihrem Rücken entlastet werden«, fuhr die Frau fort. »Heute Abend werden wir auch mit Schonkost beginnen, damit sich Ihr Verdauungssystem langsam wieder an die Nahrungsaufnahme gewöhnen kann.«

»Au«, wiederholte Frederik matt.

»Am besten fangen wir mit einer Infusion an«, stellte die Frau schließlich fest und deckte ihn wieder zu. »Ich bin gleich zurück, Doktor Hendriksson.«

Von den nächsten Stunden bekam Frederik kaum etwas mit, er hatte dank der starken Schmerzmittel tief und traumlos geschlafen. Eine Pflegerin flößte ihm spät am Abend noch einige Löffel Brühe ein, dann schlief er gleich weiter.

»Wie gefällt dir das?« Die Stimme seines Peinigers in seinem Ohr ließ Frederiks Puls augenblicklich in die Höhe schnellen. »Wollen wir gleich mit dem Gürtel weitermachen? Oder bevorzugst du die Faust?«

»Nnnein!«, wehrte sich Frederik mit schriller Stimme voller Panik. »LLllassen Sie mich!«

»Doktor Hendriksson?« Ein weiterer Mann tauchte neben ihm auf und hielt ihn an den Händen fest.

»Stopp«, wimmerte Frederik und presste die Augen zu in Erwartung der nächsten Schläge.

Wo würde er ihn als erstes treffen?

Brust oder Bauch?

Arme oder Beine?

Oder doch der Kopf?

»Shht, es ist alles gut, Frederik. Sie sind in Sicherheit.«

Der Mann kam näher, sodass Frederik seinen Atem im Gesicht spürte. »Ich bin Pfleger Benno.«

»Mhm …« Frederik brauchte einen langen Moment, die Worte zu verstehen. »Wwwwo?«, fragte er mit geschlossenen Augen.

»Sie meinen, wo Sie sind?« Der Pfleger setzte sich auf die Bettkante und ließ Frederiks Hände auch weiterhin nicht los. »Sie sind auf der Intensivstation in der Sana Klinik Bergen, das ist auf der Insel Rügen.«

»Rü…gen?«, wiederholte Frederik mit schwerer Zunge. Sein Mund war schon wieder trocken und fühlte sich ohne den großen Fremdkörper sehr ungewohnt an.

»Sie wurden mit dem Notarzt eingeliefert«, erklärte der Pfleger und überlegte sich sehr genau, welche Informationen er seinem Patienten in diesem Zustand zumuten konnte. »Sie haben sehr viele Prellungen, Blutergüsse und oberflächliche Wunden. Dazu sind Sie stark abgemagert und körperlich sehr geschwächt.«

»Mhm …« Frederik öffnete langsam die Augen. Bis auf eine kleine Lampe im Hintergrund war es angenehm dunkel im Raum.

»Möchten Sie etwas trinken?«, bot Pfleger Benno an. Stumm nickte Frederik. Er war zu erschöpft, um sich darüber Gedanken zu machen, dass er gerade für jede noch so kleine Tätigkeit Hilfe brauchte und er sich nicht einmal selbst aufrichten konnte. Gierig sog er am Trinkhalm. Der lauwarme Tee war eine Wohltat für seine wunde Kehle und kitzelte ein wenig die Geschmacksnerven, die etwas eingetrocknet zu sein schienen.

Kapitel 19

Mit seiner Verlegung auf die internistische Station gestatteten die Ärzte stark eingeschränkten Besuch, sodass sich Frederik als erstes mit zwei Kriminalpolizisten konfrontiert sah.

»Wie geht es Ihnen, Doktor Hendriksson?«, fragte der Ermittler mittleren Alters, der sich zuvor als Peter Hauser vorgestellt hatte.

»Mhm ...« Frederik räusperte sich. »Es ... es geht«, meinte er ausweichend. Noch immer hatte er keinen vollständigen Überblick über seine Gesamtsituation und wie er dort hineingeraten war.

»Wir ermitteln in Ihrem Vermisstenfall und würden Ihnen gern ein paar Fragen stellen. Fühlen Sie sich dazu in der Lage?«, fragte Hauser zurückhaltend.

»Versuchen wir es.« Ohne aufzusehen bewegte Frederik seine Finger, ganz wie er das vorhin gemeinsam mit der Ergotherapeutin geübt hatte. Sein Körper erwachte langsam aus seiner Starre, doch Muskeln und Gelenke litten immer noch spürbar unter der langen Bewegungslosigkeit.

»Können Sie sich an Ihre Entführung erinnern?« Peter Hauser setzte sich auf einen der Stühle neben Frederiks Bett, damit sein Gegenüber nicht so weit nach oben sehen musste.

»Dunkel, wie ... wie in einem schlechten Traum. Es ...« Frederik brach ab und dachte lange über diese Frage nach. »Es sind Erinnerungsfetzen und vieles fühlt sich nicht real an.«

»Worum geht es in den Erinnerungsfetzten?«, fragte der Ermittler ruhig weiter, ohne ihn zu bedrängen.

»Hanson, er …« Frederik schloss die Augen, doch die aufkommenden Tränen blieben dem Kriminalpolizisten nicht verborgen. »Er … er hat so viele Patienten zu Organspendern gemacht, das …« Seine Stimme brach, dazu verlor Frederik vorerst den Kampf gegen die Tränen. »Ich … ich habe mit Niklas darüber gesprochen und …«, schluchzte er. »Was … ist er auch … entführt worden?«

»Sie meinen Doktor Niklas Thorsen?« Peter Hauser schüttelte den Kopf. »Nein, er wurde nicht entführt. Er ist für den Prozess über diesen Transplantationsskandal unser Kronzeuge. Er ist an einem sicheren Ort.«

»Mhm …« Ungelenk wischte sich Frederik über das Gesicht. »Und … wer …?«

»Sie hatten recht, was Doktor Hanson angeht«, fuhr Hauser fort. »Wir haben Ihre Unterlagen im Hotel gefunden, Sie haben uns damit sehr geholfen. Nur, warum haben Sie sich niemandem anvertraut? Warum haben Sie das nirgends gemeldet?«

»Es waren nur … lose Zusammenhänge und keine Beweise«, murmelte Frederik und atmete entspannt aus. Die Augen waren ihm längst wieder zugefallen.

»Wir machen später weiter, Doktor Hendriksson. Vielen Dank fürs Erste und erholen Sie sich gut.« Peter Hauser stand leise auf und verließ den Raum mit seiner Kollegin, die kein einziges Wort gesprochen hatte. Merkwürdig. Doch Frederik war zu müde, um weiter darüber nachzudenken.

Mit dem Ansatz eines Lächelns auf den Lippen schmiegte Frederik seine Wange in die warme Hand, die seit einer Weile über seinen Kopf streichelte.

»Na du?«, fragte Victoria Hendriksson, seine Mutter. Sie beugte sich vor und gab ihm einen Kuss auf die Stirn. »Wie fühlst du dich?«

»Mama«, murmelte er noch ein wenig schlaftrunken und schlug die Augen auf. »Was …«

»Was für eine Frage.« Sie lächelte und legte ihm beide Hände an die Wangen. »Du wurdest entführt. Glaubst du, ich warte am anderen Ende der Welt auf Berichte über deinen Zustand?« Sie schüttelte den Kopf. »Nein, ich bin sofort nach dem Anruf der Polizisten nach Rügen gefahren, aber man hat mich nicht zu dir gelassen. Also habe ich im Flur gewartet und alle vorbeilaufenden Ärzte gefragt, wie es dir geht und ob sich dein Zustand schon gebessert hat.«

»Mhm …« Frederik erwiderte ihr Lächeln. Seine Kräfte kehrten nur langsam zurück, doch die Präsenz seiner Mutter gab ihm psychisch einen großen Schub in die richtige Richtung.

»In was bist du da nur hineingeraten, Frederik?«, wollte Victoria Hendriksson bekümmert wissen und streichelte mit den Daumen über die verkrusteten Platzwunden im Gesicht ihres Sohnes. »Wem bist du zu nahe getreten, dass man dich so zurichtet?«

Frederik schwieg und dachte nach. »Ich kann es dir nicht sagen, Mama«, entschuldigte er sich schließlich. »Nicht, bevor ich weiß, dass alles gut wird und niemandem etwas geschieht.«

»Frederik?« Seine Mutter suchte seinen Blick, doch er schloss schon wieder die Augen. »Was meinst du damit, Frederik? Stehst du deswegen unter Polizei-schutz? Wirst du verfolgt?«

»Ich weiß es nicht, Mama«, murmelte Frederik und ku-schelte sich tiefer ins Kissen. »Bleib … bitte …« Er schmiegte seine Wange wieder in ihre Handfläche. »Bleib …«

»Ich bleibe hier«, versicherte Victoria mit sanfter Stimme. »Ich bin da für dich, Frederik, ich passe auf dich auf, während du schläfst.« Sie beugte sich vor und gab ihm einen Kuss auf die Schläfe. »Ich bin da …«

Kapitel 20

Seine Mutter war für die nächsten Tage die einzige Person, die Frederik überhaupt sehen wollte und in seiner Nähe tolerierte. Seine Brüder ließen ihn jeden Tag grüßen und fragten, ob sie ihn besuchen durften, doch Frederik lehnte ab.

»Caroline hat vorhin auch schon wieder angerufen«, stellte Victoria fest und beobachtete ihn bei seinen letzten Bewegungsübungen für diesen Vormittag.

»Mhm ...« Frederik verstellte das Kopfende des Bettes so, dass er sich im Sitzen bequem anlehnen konnte. Aufatmend sank er gegen das Kissen. »Was hältst du von ihr?«, fragte er nachdenklich.

»Caroline war in den vergangenen Wochen sehr besorgt um dich.« Seine Mutter lächelte. »Und sie scheint nett zu sein.«

»Mhm ...«, wiederholte Frederik. »Sie bringt nur viel Vergangenes wieder in die Gegenwart.« Er atmete langsam aus. »Hat sie erzählt, dass sie Polizistin wird? Ich habe keine Ahnung, ob die Ausbildung schon angefangen hat, aber ... sie wird Polizistin, genau wie ...« Er brach ab und schloss ergeben die Augen. Der Verlustschmerz über den Carolinas Tod war ihm wie in Messer in die Brust gefahren und trieb ihm die Tränen in die Augen.

»Ich weiß, an wen sie dich erinnert.« Victoria nahm seine Hände und drückte sie leicht. »Ich weiß ...«

Stumm hatte Frederiks Mutter gewartet, bis seine Tränen getrocknet waren.

»Vielleicht solltest du das mit den Psychologen hier mal ansprechen? Immerhin hast du mit diesem Thema auch nie abgeschlossen?«

Heftig schüttelte Frederik den Kopf. »Ich hatte zwei Gespräche, das war reinste Zeitverschwendung«, wiegelte er sofort ab.

»Dann war es wohl nicht der richtige Therapeut«, versuchte Victoria, ihrem Sohn ins Gewissen zu reden. »Vielleicht, wenn du …«

»Mama, lass es gut sein«, seufzte Frederik. »Ich will im Moment mit niemandem über dieses Kapitel meines Lebens sprechen, schon gar nicht mit einem Therapeuten. Vielleicht ändert sich das eines Tages, das will ich nicht ausschließen. Nur jetzt ist nicht der richtige Zeitpunkt dafür.«

»Und was ist mit den letzten Wochen? Vielleicht würde dir da ein Psychologe …?«

»Die Antwort kennst du bereits, Mama.« Frederiks Tonfall hatte sich verschärft. Unwillen spiegelte sich in seiner Miene wider. »Gib mir Zeit, die Narben sind einfach noch zu frisch.«

»Deine ältere Narbe eitert bereits«, gab sie zurück. »Und du als Chirurg weißt sehr genau, dass man da manchmal einfach ranmuss, damit sich Besserung einstellt.« Sie lächelte aufmunternd. »Aber ich respektiere deine Entscheidung natürlich, auch wenn ich mir einen anderen Weg gewünscht hätte.«

»Das wird schon.« Frederik deutete zum Nachtkästchen. »Hilfst du mir bitte mit dem Becher? Ich hoffe, das gibt sich die nächsten Tage noch …«

Weitere Tage zogen eintönig an Frederik in der Klinik vorbei, ehe er soweit wiederhergestellt war, dass man ihn nach Hause entließ.

»Und wie lange spielen Sie noch meinen Babysitter?«, fragte Frederik schlecht gelaunt, weil er von zwei Polizisten aus dem Krankenhaus eskortiert wurde.

»So lange es nötig ist.« Der ältere der beiden schloss den Streifenwagen mit der Fernbedienung auf. »Sie kehren also nach Hamburg zurück?«

Frederik seufzte und setzte sich umständlich auf den Rücksitz neben seine Mutter. »Ich … ich will nicht ins Hotel«, murmelte er und dachte nach. »Bei Julian und Oliver auf dem Hof ist sicher Platz für mich.«

»Deine Brüder werden sich freuen«, war sich Victoria sicher.

»Verstehe ich das richtig und Sie werden mich nicht allein zum Hof fahren lassen?« Frederik beugte sich vor. »Ihnen ist schon klar, dass mich Ihre Anwesenheit kein bisschen beruhigt?«

»Wir haben unsere Anweisungen, Doktor Hendriksson. Sie können Ihren Aufenthaltsort frei wählen, wir sind für Ihre Sicherheit verantwortlich«, erklärte der Fahrer ungerührt.

»Ihre Anweisungen …« Frederik schüttelte den Kopf. »Der Hof liegt mitten im Nirgendwo, wovor wollen Sie mich da denn bitte beschützen? Vor Pferdemist, Schubkarren und Mistgabeln?«

»Es reicht, Frederik«, unterbrach ihn Victoria. »Wir wollen dir alle nur helfen.«

»Aber so hilft mir niemand«, blockte Frederik frustriert ab und starrte aus dem Fenster. »Niklas, der würde mich verstehen. Nur das ist gerade die einzige

Person, mit der ich keinen direkten Kontakt aufnehmen darf. So hat mir das zumindest dieser ... Hauser von der Kriminalpolizei erklärt.«

»Wenn du mit Niklas kommunizieren möchtest solltest du es vielleicht auf dem indirekten Weg versuchen, das ist mehr als gar nichts.« Victoria lehnte sich zurück, während der Polizeiwagen den Klinikparkplatz hinter sich ließ. »Schon gut, ich sage nichts mehr dazu.«

»Danke.« Frustriert schloss Frederik die Augen und lehnte den Kopf gegen die Nackenstütze.

Die Fahrt zum Familiengestüt der Hendrikssons war überwiegend schweigend verlaufen. Frederik und seine Mutter hatten einige Male versucht, zurück in ein Gespräch zu finden, doch sie hatten nach wenigen Worten wieder abgebrochen. Frederik tat sich schwer, die richtigen Worte zu finden, und seine Mutter versuchte vor allem zu vermeiden, ihn emotional aufzuwühlen.

»Hier sind wir richtig, nicht?« Der Fahrer bremste den Wagen und bog von der Bundesstraße ab auf die lange Zufahrt.

»Wo ist ... Vater?«, fragte Frederik stockend.

»In der Klinik, wie üblich. Du wirst so schnell also nicht mit ihm zusammentreffen«, versicherte Victoria Hendriksson und löste ihren Sicherheitsgurt.

»Wenigstens etwas.« Frederik streckte seine Finger und bewegte die Gelenke durch, bevor er die Autotür öffnete und etwas unbeholfen ausstieg. Seine Beweglichkeit wurde zwar mit jedem Tag besser, doch langes Sitzen oder Liegen warf ihn jedes Mal etwas zurück.

»Und Sie bleiben jetzt hier, oder was?«, wandte er sich an die Polizisten.

»Wir waren nur für Ihren Transport zuständig. Kollegen aus einer anderen Abteilung werden sich von nun an um Ihre Sicherheit kümmern. Sie sollten bald da sein. So lange werden wir ein Auge auf Sie haben«, erklärte der Fahrer und ließ sich auch von Frederiks verkniffener Miene nicht beeindrucken.

»Na schön.« Frederik seufzte und folgte seiner Mutter ins Haus. Ein bisschen mulmig war ihm schon – hinzu kam sein schlechtes Gewissen, weil er seine Brüder nicht im Krankenhaus hatte sehen wollen. Nahmen sie ihm diese Entscheidung übel? Oder …

»Frederik!« Julian kam ihm bereits im Flur entgegen und schloss ihn, ohne zu zögern, in die Arme. »Es tut gut, dich so zu sehen, Mann. Wir haben uns große Sorgen um dich gemacht!«

Die unbewusste Anspannung fiel augenblicklich von Frederik ab, denn auch Oliver begrüßte ihn mit einer langen Umarmung.

»Danke.« Er lächelte zaghaft. »Und … es tut mir leid, dass ich zuletzt nur Mama …«

»Schon gut«, unterbrach ihn Julian. »Wir können uns wahrscheinlich nicht einmal im Ansatz vorstellen, was du durchgemacht hast. Da ist es das Mindeste, dass wir Rücksicht darauf nehmen, was du möchtest und was dir im Moment zu viel ist. Nimm dir die Zeit, die du brauchst.«

Stumm nickte Frederik und sah sich unentschlossen um. Alle schienen auf eine Reaktion von ihm zu warten oder eine Entscheidung, wo er jetzt hingehen wollte.

»Lasst mich bitte eine Weile in Ruhe«, seufzte Frederik

und betrat den Hausflur. »Ich brauche einen Moment nur für mich, ohne dass mich jemand beobachtet.« Mit hängenden Schultern durchquerte er die Wohnküche und ging nach oben in den ersten Stock. Das Gästezimmer gleich neben dem Treppenaufgang hatte ihm schon oft als Rückzugsort bei spontanen Übernachtungen gedient, auch jetzt schien alles für ihn bereit zu sein. Sogar seine Kulturtasche und Wechselkleidung lagen im Schrank.

»Wo steckst du, Niklas?«, fragte Frederik in die Stille hinein, zog die Schuhe aus und legte sich auf das ordentlich gemachte Bett. »Wo bist du, dass ich dich nicht direkt erreichen kann? Was hat Hanson dir angetan?« Er schloss die Augen und versuchte, sich an das letzte Gespräch mit Niklas zu erinnern. Es war wie so oft um den Transplantationsskandal gegangen, das wusste er noch, doch die Erinnerungen waren wie im Nebel und nicht vollständig zu erkennen. »Hätte es etwas geändert, wenn wir tatsächlich mit dem ersten Verdacht zur Polizei gegangen wären?« Frederik fuhr sich mit der rechten Hand durch das Haar und betastete die Naht an seinem Kopf. In den nächsten Tagen durfte er die Fäden auch ziehen lassen. Ein weiterer Schritt zurück Richtung Normalität. Nur, würde es die für ihn je wieder geben?

Kapitel 21

Die Tage auf dem Familiengestüt mit seinen Brüdern und seiner Mutter taten Frederik gut und gaben ihm Kraft und Geborgenheit. Nur, lange würde diese Idylle nicht mehr bestehen, denn Victoria hatte als Konzertpianistin Verpflichtungen, die sie nicht mehr aufschieben konnte. Ihr Rückflug zum Orchester zur großen Asien-Tournee fand in drei Tagen statt. So lange konnte sie noch bei ihren Söhnen bleiben.

»Weißt du schon, wie es für dich weitergeht?«, wollte Victoria Hendriksson bei ihrem üblichen Nachmittagsspaziergang mit Frederik wissen.

»Ich …« Er seufzte. »Das ist eine gute Frage. Ich glaube, ich muss eine Weile weg von hier. Abstand zu Hamburg, zu Vater und dem Transplantationsskandal … einfach zu allem. Krankgeschrieben bin ich bis auf weiteres, das bekomme ich allein aus körperlicher Sicht noch eine Weile verlängert.«

»Mhm …« Seine Mutter ließ den Blick über die zahlreichen Koppeln schweifen, die sich vor ihnen erstreckten. »Du wirst die Medizin also erst einmal pausieren?«

»Ich habe gerade ganz andere Probleme als meinen Job, Mama, du hast die letzten Nächte selbst mitbekommen. Ich schlafe äußerst schlecht, ständig quälen mich Flashbacks zur …« Er atmete tief durch. »… du weißt schon. Ich habe Angst, die Augen zu schließen, weil ich dann nicht sehe, wo und mit welcher Brutalität mich der nächste Schlag trifft.« Er sah sie warnend an. »Spar dir die Erwiderung. Ich werde mich immer noch nicht mit den Meisendoktoren auseinandersetzen. Die Erinnerungen sind nur einfach zu frisch, als dass ich sie komplett zurückdrängen könnte.«

Victoria blieb stumm, auch wenn sie gern etwas gesagt hätte. Doch das würde wie in den letzten Tagen nur im Streit enden.

»Wo willst du also hin? Hast du schon ein Ziel oder heißt die Richtung *nur weg*?«, fragte sie nach langem Nachdenken.

»Ich habe überlegt, Onkel Karl in München zu besuchen«, gab sich Frederik halbwegs auskunftsfreudig. »Ich habe ihn zuletzt vor Jahren gesehen und würde sein Angebot gern annehmen, mir sein Gestüt anzusehen. Da komme ich bestimmt auf andere Gedanken.«

»Hast du ihn denn schon gefragt?«

»Ich habe ihm auf die Mailbox gesprochen und um Rückruf gebeten. Na ja, andere Leute arbeiten ja im Gegensatz zu mir ...« Er zuckte mit den Schultern. »Ich denke, er wird mich heute Abend oder morgen im Laufe des Tages zurückrufen.«

»Das wird sich schon finden«, war sich Frederiks Mutter sicher und lächelte. »Und ich denke auch, dass dir ein Umgebungswechsel guttut.« Sie musterte ihren Sohn gedankenverloren. »Wenn du die Neugier einer Mutter erlaubst, wie steht es eigentlich um deine Liaison mit Caroline? Ich höre von deinen Brüdern mehr über sie als von dir. Ist ... hast du denn noch Interesse an ihr?«

Frederik vergrub seine Hände nur noch tiefer in den

Jackentaschen und dachte eine lange Zeit über seine Antwort nach.

»Sie … sie schreibt mir viele Nachrichten«, gab er zu und räusperte sich, doch den Kloß im Hals bekam er damit nicht weg. Schuldgefühle seiner verstorbenen Freundin gegenüber mischten sich mit seinem schlechten Gewissen gegenüber Caroline. Keine gute Kombination in seiner ohnehin angeschlagenen Verfassung. »Aber ich habe ihr bisher nur geschrieben, dass … es mir einigermaßen gut geht und ich Zeit brauche, mich zu sortieren.«

»Das ist nach den letzten Wochen nur verständlich.« Seine Mutter blieb wachsam. »Was blockiert dich?«

»Sie ist in gewisser Weise eine Wiederauferstehung der Vergangenheit, Mama. Der nahezu identische Name, ihre Berufswahl. Und ich weiß nicht, ob ich jemanden noch einmal so nah an mich heranlassen kann mit dem Risiko, dass er mir durch einen Vorfall im Dienst wieder genommen werden kann. Ich weiß nicht, ob ich mit diesem Risiko leben kann, ohne daran kaputt zu gehen.«

»Mhm …« Victoria Hendriksson nickte. »Ich verstehe, worauf du hinauswillst. Letztlich ist es deine Wahl, die du ganz allein treffen darfst und musst. Du solltest dann nur fair gegenüber Caroline sein und mit offenen Karten spielen.«

»Das ist mir auch klar.« Frederik seufzte und sah in den wolkenverhangenen Himmel. »Ich frage mich in diesen Tagen oft, wie mein Leben ohne diesen einen, verfluchten Tag aussehen würde. Ich wäre mit der Liebe meines Lebens verheiratet … vielleicht hätten wir auch schon eine Familie gegründet … wir hätten so glücklich sein können ...« Erneut seufzte er und schüttelte den Kopf. »Ich würde jetzt vermutlich kurz vor der Facharztprüfung stehen ... ach, wer weiß, was noch alles anders gelaufen wäre und ob es überhaupt zu den ... Ereignissen der letzten Wochen gekommen wäre.«

»Das stimmt schon, Frederik«, gab ihm seine Mutter recht und hielt ihn sanft am Oberarm fest. »Nur darfst du nicht vergessen, dass Carolina tot ist. Sie ist ein wichtiges und prägendes Kapitel deiner jüngeren Vergangenheit, aber sie hat nur wenig Einfluss auf die Gegenwart. Du kannst dich für diese Schicksalsschläge selbst bemitleiden und tief in deinem Loch einigeln, Frederik, das ist deine Entscheidung. Aber du kannst dich auch aufrappeln und anfangen, wieder zu leben.«

»Wieder leben ...« Frederiks Mundwinkel zuckten. »Ich fürchte, ich ...« Er brach ab, weil sich ein Reiter in hohem Tempo näherte.

»Hier steckt ihr!« Julian zügelte das Pferd und kam neben seinem Bruder und seiner Mutter zum Stehen. »Kommissar Hauser ist da und besteht darauf, dich sofort zu sprechen. Und er ist ziemlich sauer, dass du ohne die Aufpasser unterwegs bist.«

»Ist er das...« Frederik verdrehte die Augen. »Sie lungern doch auf dem Hof herum, wer soll mich hier am Arsch der Welt denn bitte finden?« Er hielt inne. »Es sei denn, er hat konkrete Hinweise, dass ...?«

»Das musst du ihn selbst fragen, ich soll dich gleich zu ihm bringen.« Julian saß ab.

»So weit kommt es noch, dass mich niemand mehr für eine Sekunde aus den Augen lassen wird.« Frederik griff nach den Zügeln. »Darf ich?«

Er hatte seine Fitness gnadenlos überschätzt, doch bis zum Hauptgebäude des Gestüts kam Frederik irgendwie, ohne vom Pferd zu fallen.

»Doktor Hendriksson.« Peter Hausers Miene wechselte von erstaunt zu besorgt, weil Frederik den beiden uniformierten Polizisten fast in die Arme fiel, als er aus dem Sattel glitt. »Ihr Bruder ...«

»... kommt mit unserer Mutter nach«, keuchte Frederik und nickte dankbar, weil Oliver die Zügel nahm und das Pferd zurück zu den Stallungen führte. »Es geht schon wieder.« Er befreite sich aus dem Griff der Beamten und ging voran ins Haus, dort waren sie erst einmal unter sich. »Was verschafft mir die unerwartete Ehre?«

Aufmerksam sah sich Peter Hauser um, dann setzte er sich an den langgezogenen Esstisch. »Sie wissen, Doktor Hendriksson, dass Sie und Doktor Thorsen einem unsauberen Geschäft mit Organtransplantationen auf die Spur gekommen sind. Wir haben bei einer Razzia in der Universitätsklinik eindeutige Beweise dafür gefunden. In welchem Umfang die Transplantationen manipuliert wurden, wird sich noch herausstellen, wir sind noch dabei, die Daten auszuwerten.« Der Kriminalpolizist räusperte sich.

»Ist Niklas deswegen unerreichbar?«, fragte Frederik dazwischen. »Wegen des Skandals?«

»Vielmehr, weil sein Leben akut gefährdet ist. Ich darf Ihnen keine Details nennen, doch es war unausweichlich, ihn an einen unbekannten, sicheren Ort zu bringen. Im Gegenzug wird er im Prozess in vollem Umfang aussagen.« Hauser beugte sich vor. »Und das bringt mich zu Ihnen, Doktor Hendriksson. Auch Sie verfügen über ein großes Wissen über die Ungereimtheiten bei Organtransplantationen, immerhin haben Sie und Doktor Thorsen den Stein erst ins Rollen gebracht. Man wird weiterhin versuchen, Sie zum Schweigen zu bringen, deswegen halte ich es für unabdingbar, Sie ebenfalls aus der Schusslinie zu nehmen. Ich empfehle Ihnen dringend, Hamburg fürs Erste zu verlassen und Ihrem Polizeischutz nicht immer wieder zu entwischen, wie Sie es vorhin getan haben.«

»Im Gegenzug muss ich aussagen?« Frederik schüttelte den Kopf. »Das mache ich in jedem Fall, da müssen Sie überhaupt nicht mit mir handeln. Und einen Abstand von Hamburg brauche ich, das habe ich in den letzten Tagen selbst festgestellt. Ich habe mich dazu entschlossen, meinen Onkel in München zu besuchen, ob mit Polizisten in meinem Schatten oder ohne. Aber ich lasse mir weder meinen Aufenthaltsort vorschreiben noch mit wem ich kommunizieren darf, so wie Sie es offenbar mit Niklas tun. Dieses Spiel spiele ich nicht mit, Herr Hauser.«

Der erfahrene Kriminalpolizist musterte ihn abschätzend, dann nickte er. »In Ordnung, ich werde das mit den Kollegen entsprechend abstimmen und vorbereiten. Sind Sie mit Ihrem Onkel in München bereits verabredet?«

Kapitel 22

Die verbliebenen beiden Tage auf dem Familiengestüt verbrachte Frederik ausschließlich mit seinen Brüdern und seiner Mutter. Sie unternahmen kurze Ausritte zu viert, immer im Blickfeld der Polizisten, die ein Auge auf Frederik hatten. Abseits vom hektischen Alltag hatten sie zudem endlich Zeit, tiefergehende Gespräche zu führen. Da hatte sich vieles angesammelt und Frederik war froh, einige Themen mit seiner Familie besprechen zu können.

Am Freitagmorgen herrschte dann Aufbruchsstimmung, denn Victoria Hendriksson konnte ihren Abflug nach Shanghai nicht länger aufschieben und musste zum Flughafen. Und Frederik würde nach dem Frühstück gemeinsam mit den Polizisten nach München aufbrechen. Sein Onkel hatte ihm zugesichert, sich Zeit für ihn zu nehmen und auch, dass er bei ihm übernachten konnte, wenn er das wollte.

»Mach es gut.« Frederik umarmte seine Mutter lange. »Und lass uns telefonieren, ja?«

»Du darfst mich jederzeit anrufen, Frederik«, versicherte Victoria und gab ihm einen Kuss auf die Wange, die inzwischen nicht mehr von dunklen Blutergüssen verfärbt war. Die sichtbaren Erinnerungen an die Entführung waren deutlich weniger geworden, doch die seelischen Narben würden Frederik wohl länger begleiten. »Lass dich nicht unterkriegen, hörst du? Es ist dein Leben und du entscheidest, wen du in deinen inneren Kreis lässt und wen nicht. Es ist allein deine Entscheidung.« Sie löste sich sanft aus Frederiks Umarmung und sah zu Oliver, der ihren Koffer bereits im Auto verstaut hatte.

»Wir können los, Mama«, meinte Oliver und verabschiedete sich ebenfalls von Frederik.

Um möglichst wenig Spuren zu hinterlassen, reiste die Gruppe um Frederik mit dem Auto nach München, wenngleich sie mit dem Zug oder Flugzeug deutlich schneller an ihr Ziel gekommen wären. Danach ging es leider nicht, doch Frederiks Frust hielt nicht lange. Er nutzte die Zeit vielmehr, um online nach dem Transplantationsskandal zu recherchieren. Die Polizisten hatten bisher nur selten auf seine Nachfragen geantwortet und immer wieder auf die noch laufenden Ermittlungen verwiesen. Das war für Frederik sehr unbefriedigend und frustrierend, deswegen versuchte er, seine Wissenslücken nun anders zu schließen. Selbst Halbwahrheiten aus den Medien waren besser als überhaupt keine Informationen.

Während sich die Polizisten vorne leise unterhielten, scrollte Frederik durch die Nachrichten der letzten Wochen.

»Zweiter Assistenzarzt wie vom Erdboden verschluckt. Was steckt hinter dem mysteriösen Verschwinden der jungen Ärzte?«

»Transplantationsskandal! UKE vergibt Organe nach eigenem Ermessen.«

»Neurochirurg Benett Hanson – steiler Aufstieg und tiefer Fall.«

Die letzten beiden Fahrtstunden nach München hatte Frederik dann erschöpft verschlafen, von den vielen Berichten schwirrte ihm der Kopf.

»Doktor Hendriksson?« Polizist Paul Miller drehte sich im Sitz zu Frederik um und berührte ihn leicht am Knie. Augenblicklich fuhr Frederik keuchend hoch, die Hände hielt er abwehrend vor dem Oberkörper.

»Entschuldigung, ich wollte Sie nicht erschrecken.« Der Polizeibeamte lächelte andeutungsweise. »Wir sind da, hier wohnt Ihr Onkel.«

»Mhm …« Frederik atmete tief durch und ließ die Hände wieder sinken. Er brauchte einen Moment, um aus diesem Alarmzustand herauszukommen. Dann öffnete er die Tür und kletterte mit steifen Gliedern aus dem dunkelgrauen Kombi. Die frische Luft füllte seine Lungen und ließ ihn etwas wacher werden.

Neugierig sah sich Frederik um. Die Wohngegend war geprägt von Einfamilienhäusern und sah sehr gepflegt aus. Sein Onkel hätte es deutlich schlechter treffen können.

Das Zuschlagen der Autotüren riss Frederik aus seiner Analyse und ließ ihn seufzen. »Sie bringen mich bis zur Tür?«, fragte er resigniert.

»Die sehen wir von hier«, schmunzelte Paul Miller. »Nein, wir brauchen auch etwas frische Luft.«

»Na schön.« Frederik drehte sich um und ging langsam auf das halbhohe Eingangstor zu.

Wie lange war es jetzt her, dass er seinen Onkel persönlich gesehen hatte?

Fünf Jahre waren das mindestens, er hatte damals noch studiert und … Carolina war noch an seiner Seite gewesen. Richtig, dann musste das letzte Wiedersehen bei der Beerdigung gewesen sein … An viel konnte er sich nicht erinnern, zu sehr war er an diesem Tag in seinem Schmerz gefangen gewesen.

Der Öffner surrte, kurz nachdem Frederik geklingelt hatte, und so gab das Tor den Weg zum Haus frei. Der Garten war einfach gehalten, vermutlich weil sein Onkel oft auf dem Gestüt war und wenig Zeit mit Gartenarbeit verbrachte.

»Frederik?« Der jüngere Bruder seines Vaters erwartete ihn bereits in der geöffneten Haustür und musterte ihn abwartend, jedoch mit einem Lächeln auf den Lippen. »Ich freue mich, dich wiederzusehen. Wie war die Fahrt?«

Stumm umarmte Frederik ihn. Obwohl sich sein Vater und Onkel Karl rein optisch sehr ähnlich sahen waren sie charakterlich vollkommen gegensätzlich. »Danke, dass das spontan geklappt hat.«

Karl von Gerblung führte seinen Neffen ins Wohnzimmer und kehrte kurz darauf mit zwei Tassen Kaffee zu ihm zurück.

»Greif ruhig zu«, ermunterte er Frederik mit Blick auf die Keksdose auf dem Tisch zwischen ihnen.

»Ich wollte schon viel früher zu Besuch kommen«, begann Frederik zusammenhangslos und starrte in seine Kaffeetasse. »Aber die letzten Prüfungen im Studium und dann die Facharztausbildung, irgendwie hat es zeitlich nie für ein Wochenende bei dir gereicht.«

»Du bist immer willkommen, Frederik, ganz gleich, wie kurz der Besuch ausfällt oder wie sehr Maximilian versucht, euch drei Brüder von mir fernzuhalten.« Karl rührte etwas Milch in seinen Kaffee. »Mit Julian und

Oliver habe ich unregelmäßig Kontakt, dabei geht es aber vor allem um die Pferde. Nur mit dir war das immer schwieriger, weil Max dich so abgeschirmt hat.«

»Warst du seit …« Frederik räusperte sich energisch. »Also, warst du seit der Beerdigung noch einmal in Hamburg?«

Sein Onkel schüttelte den Kopf. »Maximilian und ich haben uns am Tag nach der Beerdigung heftig gestritten und er hat mir deutlich zu verstehen gegeben, dass ich mich besser nicht mehr in seiner Nähe – das heißt, in Hamburg – blicken lassen sollte. Nachdem ich kein Freund von Konflikten bin und es mich auch sonst nicht in den Norden gezogen hat, bin ich seiner Ansage gefolgt und ihm aus dem Weg gegangen.«

»Ihr habt euch gestritten? Daran kann ich mich gar nicht erinnern …« Frederik runzelte die Stirn.

»Lange Geschichte und es geht immer um die gleichen Themen, nur dass Maximilian mit den Jahren immer schlimmer wird.« Karl trank einen Schluck Kaffee. »Du warst in diesen Tagen kaum ansprechbar. Ich vermute, du hast von all dem Drumherum nicht wirklich etwas mitbekommen. Ich meine, es wäre nur nachvollziehbar, immerhin … hast du einen ziemlich wichtigen Menschen in deinem Leben verloren.«

»Es hat mir den Boden weggerissen«, gab Frederik zu und stützte sich mit den Unterarmen auf die Tischplatte. »Und es verfolgt mich bis heute, Carolina war die Liebe meines Lebens.« Er lachte freudlos auf. »Die Ironie ist nur, dass ich vor ein paar Wochen eine junge Frau kennengelernt habe, die die Vergangenheit schlagartig lebendig werden lässt. Sie heißt Caroline und lässt sich zur Polizistin ausbilden. Das ist ein äußerst geschmackloser Witz des Lebens auf meine Kosten.«

»Ich verstehe.« Karl drehte den kleinen Löffel zwischen seinen Fingern. »Das sind ja ganz schön gehaltvolle Themen gleich zum Einstieg, damit hatte ich nicht unbedingt gerechnet.«

»Bei mir gibt es gerade kaum leichte Themen, fürchte ich. Vom Transplantationsskandal an der Uniklinik in Hamburg hast du vielleicht schon gehört?«

»Und du meinst, dass Maximilian hinter diesem Transplantationsskandal steckt?« Karl von Gerblung schüttelte ungläubig den Kopf, nachdem Frederik mit seinem Bericht geendet hatte.

»Ich kenne den aktuellen Ermittlungsstand nicht.« Frederik beugte sich vor. »Aber selbst ohne diese Informationen kommt man darauf. Die Transplantationen wurden in der Klinik für Allgemeinchirurgie durchgeführt, deren Chefarzt ist …? Und glaubst du, dass dort auch nur eine Operation durchgeführt wird, von der er nichts weiß?«

»Das leuchtet tatsächlich ein …« Karl stand auf. »Trinkst du einen Whiskey mit? Auf diesen Schock …?« Frederik zuckte mit den Schultern, doch an sich hinderte ihn nichts am Trinken.

»Wie lange wollen die eigentlich noch ermitteln?«, fragte er und kehrte mit zwei Gläsern und einer Whiskey-Flasche an den Tisch zurück. Er goss ihnen ein. »Ich meine, lassen die alles wie gewohnt laufen, bis sie vielleicht einen Beweis gefunden haben? Was muss noch passieren, dass gehandelt wird?«

»Das ist ja häufiger das Problem.« Frederik verzog das

Gesicht, griff nach dem Glas und prostete ihm zu. »Auf die Ehrlichkeit.«

»Und auf geliebte Mitmenschen, egal wo sie jetzt sind.« Karl stieß mit ihm an und lehnte sich nach dem ersten Schluck in seinem Stuhl zurück. »Im Grunde zieht es dich so schnell also gar nicht zurück nach Hamburg?«, wollte er neugierig wissen.

»So in etwa. Die Polizisten haben mir nahegelegt, etwas aus der Schussbahn zu verschwinden. Und wenn ich ehrlich bin, ich habe den Umgebungswechsel wirklich gebraucht.« Frederik zuckte mit den Schultern. »Wie es nach dem Wochenende hier weitergeht weiß ich noch nicht, vielleicht bleibe ich noch ein paar Tage in München und erkunde die Stadt ein wenig …«

»Du kannst bleiben, so lange du willst, Frederik. Im Gästezimmer und auf dem Gestüt ist immer Platz für dich. Ich kann dich aber auch verstehen, wenn du erst einmal im Hotel übernachten möchtest. Die Entscheidung liegt ganz bei dir«, versicherte ihm Karl lächelnd. »Ich freue mich sehr über deinen Besuch, Frederik. Nur an deine Aufpasser werde ich mich noch gewöhnen müssen, fürchte ich.«

Frederik seufzte. »Das geht nicht nur dir so. Bei Julian und Oliver auf dem Hof bin ich ihnen weitestgehend aus dem Weg gegangen, das fand der leitende Ermittler alles andere als komisch und hat mir vor ein paar Tagen gründlich den Kopf gewaschen. Seither bemühe ich mich, sie zu ignorieren.« Er verzog das Gesicht. »Ist leichter gesagt als getan.«

»Es ist schon befremdlich«, gab ihm sein Onkel recht. »Als wir deinen Besuch beschlossen hatten, standen als nächstes zwei Polizisten vor meiner Tür, um *die*

Lage zu sichern. Sie haben mich befragt, als stünde ich kurz davor, dich zu entführen, oder hätte was-weiß-ich für ein Verbrechen begangen.«

»Da sind dir andere zuvorgekommen.« Frederik trank den Whiskey in einem Zug aus. Er verstummte für einen Moment und wechselte dann abrupt das Thema, um den aufkommenden Erinnerungen und Flashbacks keine Chance zu geben. »Wir fahren also morgen Früh zu deinem Gestüt?«

Kapitel 23

»Lasst mich in Ruhe!«, fauchte Frederik verzweifelt und grub sich beide Hände in das ohnehin schon zerzauste Haar. »Lasst mich!« Er sank neben dem Bett zusammen und schluchzte. »Lasst mich ... lasst mich ...«

»Du wirst es nie zu etwas bringen, wenn du so weitermachst. Du bist ein Hendriksson, verhalte dich auch so«, wies ihn die kalte Stimme seines Vaters zurecht.

»Es ist dein Leben, du entscheidest, wen du in deinen inneren Kreis lässt und wen nicht. Es ist allein deine Entscheidung.« Seine Mutter verdrängte die Finsternis um Frederik herum mit ihrer positiven Aura. »Ich will, dass du glücklich wirst, Frederik. Du verdienst es.«

»Niemand sucht nach dir, niemand bezahlt Lösegeld. Du bist deinem Vater keinen Cent wert, du bist ein Nichts.« Hanson löschte die positiven Gefühle schlagartig aus. »Es interessiert niemanden, ob ich dich umbringe, Hendriksson. Es muss hart sein, wenn man niemandem etwas bedeutet.« Spott schwang in jedem seiner Worte mit.

»Aufhören!«, flehte Frederik mit tränenüberströmten Wangen. Er zitterte am ganzen Körper.

»Frederik?« Carolines Stimme schien ganz nah zu sein. »Ich vermisse dich ...«

»Sie ist unwürdig«, urteilte sein Vater kalt. »Sie entspricht nicht deiner Stellung. Du wirst dich nie wieder mit dieser Frau treffen.«

»Es ist meine Entscheidung.« Frederiks Stimme war kaum zu hören. »Es ist mein Leben. Lasst mich in Ruhe. Ich …«

»Ohne mich würde es dich gar nicht geben.«

»Sei glücklich, lebe dein eigenes Leben.«

»Du bist es nicht wert, noch einen Moment länger auf dieser Erde zu wandeln.«

»Vermisst du mich auch?«

»Ihr sollt aufhören!«, schrie Frederik und presste sich die Hände auf die Ohren, doch das ließ die Stimmen nicht verstummen. »Aufhören!«

Karl von Gerblung lauschte der Stimme seines Neffen im Nebenzimmer mit gerunzelter Stirn.

Mit wem sprach er da?

Wer oder was sollte aufhören?

Hatte er einen sehr real wirkenden Albtraum?

Oder steckte da mehr dahinter?

Seufzend schwang er die Beine aus dem Bett und ging in den Flur. Auch dort war Frederiks Stimme deutlich zu hören. Langsam näherte sich Karl der Tür zum Gästezimmer und lauschte angespannt.

War das noch ein normaler Albtraum oder ein psychischer Zusammenbruch, der direkt mit der Entführung zusammenhing? Viel dazu gesagt hatte Frederik am Abend nicht, doch Karl kannte die Medienberichte. Eine Gefangenschaft über Wochen und Misshandlungen hatten gewiss Spuren hinterlassen, die professioneller Behandlung bedurften.

»Ich kann nicht mehr, hört auf!«, schrie Frederik aus Leibeskräften und nahm damit seinem Onkel die Entscheidung ab, das Zimmer zu betreten und nach dem

Rechten zu sehen. Mit schmerzverzerrtem Gesicht wälzte sich Frederik auf dem Holzfußboden neben dem Bett hin und her. »Hört auf!«

»Frederik?« Karl von Gerblung ging in etwas Abstand zu ihm in die Hocke und berührte ihn mit den Fingerspitzen an der linken Schulter. »Frederik, ich bin es, Onkel Karl.«

Er bekam keine Reaktion, doch das hatte er auch nicht unbedingt erwartet.

»Hier geschieht dir nichts, komm her ...« Nach kurzem Zögern nahm er Frederik an den Handgelenken und löste dessen verkrampften Hände von dessen Ohren. »Ich bin es, Karl ...«

Endlich blinzelte Frederik und schien ihn tatsächlich zu erkennen, denn er warf sich schluchzend in Karls Arme und klammerte sich an ihn wie ein Ertrinkender an einen Rettungsring.

Die restliche Nacht war für Frederik und seinen Onkel gleichermaßen schlaflos gewesen. Er hatte Angst, wieder einzuschlafen und Karl konnte Frederiks Zustand nicht gut genug einschätzen, um beruhigt schlafen zu gehen. Also zogen sie das Frühstück einige Stunden vor und brachen recht früh zum Gestüt auf. Das Begleitfahrzeug der Polizisten folgte ihnen.

»Das war nicht deine erste Nacht dieser Art?«, vermutete Karl von Gerblung und fuhr auf den mittleren Ring – eine von Münchens Hauptverkehrsrouten – auf.

Stumm starrte Frederik auf die Straße und schüttelte dann andeutungsweise den Kopf. »Es ist nicht immer so schlimm«, murmelte er und zog an seinen Fingern.

»Ich hätte dich wohl vorwarnen sollen ...«

144

»Schon gut.« Karl wechselte die Spur und warf einen Blick in den Innenspiegel. Der blaue Mercedes – die Teams der Polizisten hatten nachts gewechselt – blieb dicht hinter ihnen.

Frederik unterdrückte ein Gähnen. »Es ist nur … ich hatte erste Gespräche mit Psychologen, aber das war reinste Zeitverschwendung. Im Grunde muss die ganze Sache ja auch nur zur Ruhe kommen, dann lösen sich viele Probleme wie die Albträume in Wohlgefallen auf.«

»Da kenne ich mich zu wenig aus, Frederik, als dass ich mit dir darüber diskutieren könnte.« Er nahm den Autobahnzubringer. »Ich vertraue darauf, dass du deinen Zustand selbst am besten einschätzen kannst und mit mir sprichst, falls ich dir irgendwie helfen kann.«

Sie waren gute eine Dreiviertelstunde unterwegs, dann parkte Karl seinen Wagen auf seinem Gestüt. »Da sind wir.« Er zog den Zündschlüssel ab. »Wollen wir gleich eine Runde über den Hof gehen? Oder möchtest du erst noch einen Kaffee trinken?«

»Bewegung ist gut.« Frederiks Mundwinkel zuckten, doch ein Lächeln wollte sich nicht auf seinen Lippen zeigen.

»Das Gestüt existiert seit sechs Generationen«, berichtete Karl und stieg aus. »Die Geschichte ist ähnlich der des Hofes im Norden, die Familienteile hatten seit jeher einen regen Austausch. Traditionell werden hier Dressurpferde gezüchtet und ausgebildet, während im Norden der Schwerpunkt auf Springpferden liegt.«

»Mhm …« Frederik drehte sich um die eigene Achse und ließ den Blick schweifen.

»Dort hinten haben wir zwei große Hallen, zwei Reitplätze findest du hinter dem Verwaltungsgebäude«, erklärte Karl und setzte sich langsam in Bewegung. »Komm, ich zeige dir alles.«

»Lebst du dann die meiste Zeit hier?«, fragte Frederik nachdenklich und folgte seinem Onkel in die erste Stallgasse. »Ich kenne die Arbeit ja selbst, die so ein Hof mit sich bringt.«

»Die meiste Zeit bin ich tatsächlich hier«, bestätigte Karl und streichelte eine weiße Pferdenase, die an ihm schnupperte. »Ich habe allerdings auch einen Verwalter, der sich um das Tagesgeschäft kümmert.«

»Mhm ...« Frederik runzelte die Stirn. »Lebst du allein? Oder gibt es da jemanden?«

»Ich lebe allein, aber ich bin nicht allein.« Sein Onkel schmunzelte. »Es ist besser so, wir sind beide gebrannte Kinder nach unseren vorigen Beziehungen.«

»Jeder bringt sein Päckchen mit.« Frederik umklammerte die Gitterstäbe an der Pferdebox mit beiden Händen. Er atmete tief durch und ließ dann ruckartig wieder los. »Wie ist deine Freundin? Woher kennt ihr euch? Also nur, wenn ich nicht zu neugierig bin.«

»Schon gut.« Karl lachte. »Und nein, du bist mir nicht zu neugierig, ich freue mich vielmehr über dein Interesse. Sabine und ich haben uns über gemeinsame Freunde kennengelernt. Sie ist Ärztin und eine sehr lebensfrohe Frau. Das habe ich lange nicht gekannt, seit meine zweite Ehe zerbrochen ist.« Frederiks Onkel verlor sich kurz in Erinnerungen. »Aber das ist ein ganz anderes Kapitel. Jedenfalls hat Sabine mich aus dieser Lethargie und dem Endloskreislauf aus Arbeit herausgeholt.«

»Das klingt schön, ich freue mich sehr für dich.« Frederik lächelte andeutungsweise.

»Manchmal gibt es verdammt dunkle Phasen, und verflixt einsame Zeiten, Frederik. Ich kenne beides.« Karl suchte seinen Blick, doch Frederik starrte zu Boden. »Ich werde unsere Leben nicht vergleichen, denn das kann man nicht. Ich habe nie meine große Liebe beerdigen müssen. Ich bin nie entführt und gefangen gehalten worden. Ich kann deinen Schmerz und deine Verbitterung also nur vermuten, doch …«

»Es ist schon gut«, murmelte Frederik und räusperte sich. »Du bist für mich da und versuchst nicht, mich umzubringen. Das ist verglichen mit Hamburg eine angenehme Abwechslung.«

»Ich gebe mir große Mühe.« Karl stupste ihn sanft an. »Wollen wir noch einige Schritte gehen?«

Frederik nickte und folgte seinem Onkel nachdenklich. »Dann stammt dein Nachname aus einer der beiden Ehen?«, fragte er, ohne seinen Onkel anzusehen.

»Es ist der Name meiner ersten Ex-Ehefrau. Ich habe mich damals entschieden, den Namen *Hendriksson* abzulegen, um mich endlich von Maximilian abzugrenzen«, erklärte Karl von Gerblung.

»Und ist es dir gelungen? Also, das mit der Abgrenzung?«, fragte Frederik sofort weiter.

Sein Onkel lachte trocken. »Das kommt immer auf die Sichtweise an, Maximilian würde deine Frage klar mit *Nein* beantworten. Ich hingegen würde sagen, dass ich diesen Schritt unbedingt gehen musste, um endlich eine gewisse emotionale Distanz zu ihm herstellen zu können.«

Kapitel 24

Spaziergänge, kurze Ausritte und lange Gespräche hatten die beiden Tage von Frederik und seinem Onkel auf dem Gestüt geprägt und die Zeit wie im Flug vergehen lassen. Schon waren sie auf dem Weg zurück nach München.

»Hast du dir schon Gedanken gemacht, wie es ab morgen für dich weitergeht?«, fragte Karl neugierig.

»Ich mache mir im Moment viel zu viele Gedanken«, schmunzelte Frederik und wurde gleich wieder ernst. »Mir hat das Wochenende bei dir sehr gut gefallen und ich würde dein Angebot gern annehmen, etwas länger zu bleiben.« Er deutete über seine Schulter, denn der Wagen der Polizisten fuhr wie üblich hinter ihnen.

»Darüber muss ich später auf jeden Fall noch mit meinen Wachhunden sprechen. Ich denke aber nicht, dass sie groß etwas dagegen haben.«

»Das wird schon keine Probleme mit sich ziehen.« Karl schaltete den Tempomat ein und lehnte sich etwas entspannter in den Sitz. Die Autobahn lag gerade vor ihnen, weitere Fahrzeuge waren nicht unterwegs.

»Hast du denn schon eine Idee, wie es generell für dich weitergehen soll? Ich meine, du willst doch nicht ein Leben lang davonlaufen. Du hast einen Job, bei dem du dich nicht gerade verstecken kannst. Du ...«

»Stimmt schon.« Frederik rieb sich über die Stirn. »Ich hoffe, dass mit dem Prozess etwas Ruhe einkehrt.

Wann immer der stattfindet, drüber habe ich noch überhaupt nichts gehört.« Er seufzte. »Und selbst dann weiß ich nicht, ob ich langfristig überhaupt wieder nach Hamburg zurückkehren möchte. Vielleicht fange ich in irgendeiner Stadt noch einmal von vorne an. Vielleicht kehre ich Deutschland komplett den Rücken. Mein Auslandsaufenthalt während der Facharzttausbildung in Vancouver war eine prägende Erfahrung und fachlich könnte ich von den Besten lernen.«

»Lass dir Zeit mit dieser Entscheidung, Frederik«, stellte sein Onkel gelassen fest. »Komm erst einmal zur Ruhe und werde dir klar darüber, was du eigentlich willst. Das gilt ja nicht nur für berufliche Entscheidungen, sondern auch für diese junge Frau, von der du am Freitag erzählt hast.«

»Caroline?« Frederik verzog das Gesicht. »Sie meldet sich immer noch jeden Tag und ich weiß immer noch nicht, was ich ihr schreiben soll. Ich weiß nicht, ob ich mich auf sie einlassen kann und will. Ihr Job schwebt wie ein Damoklesschwert über mir.«

»Sie scheint dir dennoch nicht aus dem Kopf zu gehen.« Karl schmunzelte. »Frederik, ich kann mich nur wiederholen. Du musstest in den letzten Wochen mehr einstecken und verkraften als andere in ihrem ganzen Leben. Erhol dich davon, sammle Kraft und überleg dir dann, wie es weitergehen soll. Mach nicht den zweiten Schritt vor dem ersten.«

Immer einen Schritt nach dem anderen. Ein toller Rat, doch er brachte Frederik nicht so recht weiter.

»Was soll ich denn machen, mhm? Ich brauche eine Aufgabe, ich kann nicht den ganzen Tag zu Hause herumsitzen.«

»Davon sagt ja niemand etwas, Frederik.« Karl warf ihm einen kurzen Seitenblick zu. »Nur, kannst du einfach so weitermachen nach allem, was passiert ist? Du hast in den letzten Tagen immer wieder betont, dass du Zeit und Abstand zu einigen Personen und Geschehnissen brauchst, damit deine Wunden heilen können.«

»Mhm …« Frederik unterdrückte ein Gähnen. »Lass uns die Tage noch einmal darüber philosophieren.«

»Waren lange Tage, ich weiß.« Sein Onkel lächelte mitfühlend. »In einer Viertelstunde sind wir zu Hause, dann kannst du schlafen.«

»Schlafen. Hoffen wir es …« Frederik lehnte den Kopf ans Seitenfenster. »Wobei, so schlimm wie in der Nacht auf Samstag war es noch nie. Die übrigen Nächte sind etwas … annehmbarer.« Er blinzelte, weil ihn die Scheinwerfer eines entgegenkommenden Fahrzeugs blendeten.

»Wenn ich dir irgendwie helfen kann, sag mir Bescheid.« Frederiks Onkel hielt an einer roten Ampel.

Kapitel 25

Der Herbstwind peitschte Graupel und Regen zusammen mit bunt verfärbtem Laub gegen die Fenster und lud nicht gerade zu einem Spaziergang ein.

»Dann wird es wohl der Lieferdienst«, schmunzelte Karl von Gerblung und sah zurück auf seinen Laptopbildschirm. »Oder wolltest du unbedingt nach draußen?«

Frederik lachte kurz auf und schüttelte dann den Kopf. »Etwas Bewegung wäre nicht schlecht, aber nicht bei diesem nasskalten Wetter. Ich bin es aus Hamburg zwar gewöhnt, ein Fan davon bin ich in all den Jahren trotzdem nicht geworden.« Frederik verschränkte die Hände im Nacken und streckte die Schultern durch.

»Was hältst du von Burgern?« Sein Onkel hatte schon die Seite des Lieferdienstes aufgerufen und studierte die verfügbare Auswahl an Restaurants. »Ich kenne da einen guten Laden, der auch recht zeitnah liefert.«

»Gern.« Langsam stand Frederik auf, schlenkerte kurz mit den Armen und kam dann zum Esstisch. »Bestellst du mir einen Beef-Burger? Das ...«

Die Klingel ließ beide Männer zusammenzucken.

»Sag jetzt nicht, dass meine Wachhunde das nicht vorhandene Essen gerochen haben und mitbestellen wollen.« Frederik seufzte. »Ich gehe schon.« Er sah durch die Glasscheibe neben der Haustür. Beide Polizisten standen am Tor, zwischen ihnen eine dritte Person, die

Frederik wegen deren Kapuze nicht erkennen konnte. Unwillkürlich beschleunigte sich sein Herzschlag, dennoch öffnete er die Haustür.

»Doktor Hendriksson?« Der größere der beiden Beamten kam auf ihn zu gelaufen. »Hier ist eine junge Dame, die behauptet, Ihre Freundin zu sein.«

»Frederik!« Caroline schob die Kapuze ein Stück zurück und winkte.

»Ich … äh … ja, also ich kenne sie«, stammelte Frederik überfordert. »Lassen Sie sie durch.«

»Wir behalten Sie im Blick und können jederzeit eingreifen«, versicherte der Polizist und kehrte zum Gartentor zurück, wo er abwartend stehen blieb.

Caroline hingegen kam zögerlich auf Frederik zu. »Hier bist du nun also gelandet«, stellte sie schlicht fest. Ihren Tonfall konnte Frederik nicht recht einordnen, das trug nicht gerade zu seiner Beruhigung bei.

»Ich … es tut mir leid, dass ich nicht auf deine Nachrichten geantwortet habe«, begann er zerknirscht und kratzte sich am Kopf. »Ich wusste nicht, was ich dir schreiben soll.«

Caroline blieb in etwas Abstand zu ihm stehen.

»Frederik?« Karl von Gerblung tauchte nun auch im Flur auf. »Oh, wir haben Besuch?«

»Das wird sich noch herausstellen.« Frederik biss die Zähne aufeinander. Woher diese plötzliche innere Anspannung kam, konnte er gar nicht genau sagen.

»Was haltet ihr davon, das im trockenen Flur zu klären?«, fragte sein Onkel und berührte ihn sanft an der Schulter. »Auch wenn das ein kurzes Gespräch wird, muss doch niemand im strömenden Regen stehen. Was meinst du?«

Stumm gab Frederik den Weg frei und ließ Caroline eintreten.

»Sag Bescheid, ob wir noch eine weitere Portion zum Abendessen brauchen. Ich warte noch ein paar Minuten mit der Bestellung.« Karl ließ die beiden allein und zog sich ins Wohnzimmer zurück.

»Mhm ...« Frederik vergrub die Hände in den Hosentaschen und sah angestrengt zu Boden. »Was ... was machst du hier, Caroline?«, fragte er schließlich.

»Ich habe mir Sorgen um dich gemacht.« Sie zog den Reißverschluss ihrer Regenjacke auf und schob sich die Kapuze vom Kopf. »Du warst wochenlang verschwunden und kaum bist du da verkriechst du dich ohne ein Wort. Ich habe für vieles Verständnis, Frederik, aber wenigstens eine kurze Nachricht wäre doch machbar gewesen. Ich meine, habe ich denn gar keine ...«

»Manchmal ist keine Antwort auch eine Antwort«, murmelte Frederik und schüttelte den Kopf.

»Wenn du mit mir Schluss machen willst, ist das dein gutes Recht und ich akzeptiere das«, unterbrach ihn Caroline. »Aber dann sprich es aus und lass mich nicht am ausgestreckten Arm verhungern. Ohne ein einziges gesprochenes oder geschriebenes Wort wird das nicht funktionieren.«

»Ich habe nie gesagt, dass ich Schluss machen möchte. Noch dazu kannst du das zwischen uns kaum eine Beziehung nennen, Caroline«, erklärte er leise, aber bestimmt. Den Blick zu ihr vermied er weiterhin. »Wir hatten in Hamburg ein paar Verabredungen und wir haben uns gut verstanden. Aber mehr ...« Er verzog gequält das Gesicht. »... bevor mehr daraus werden konnte sind mir einige Dinge dazwischengekommen.

153

Eine Entführung kann man leider nicht vorhersehen.«

»Das sage ich doch nicht.« Carolines Stimme wurde etwas sanfter. »Nur … für mich war das alles doch auch eine beschissene Zeit. Ich mache mir immer noch große Sorgen um dich und ich würde dir gern helfen. Aber das geht nicht, wenn du vor mir davonläufst.«

»Mir kann man im Moment nicht helfen, ich kann mir ja noch nicht einmal selbst helfen.« Endlich hob Frederik den Blick. »Gib mir Zeit«, bat er eindringlich. »Lass mich wieder im Hier und Jetzt ankommen und mir darüber klarwerden, was ich wirklich will.«

Caroline nickte andeutungsweise und machte zögerlich einen Schritt auf ihn zu. »Dann gehe ich jetzt besser«, stellte sie traurig fest.

»Bleib …«, rang sich Frederik ein kleines Zugeständnis ab. »Du hast meinen Onkel gehört, wir könnten noch eine zusätzliche Portion zum Abendessen bestellen.« Er wandte sich um. »Ich hoffe, du isst Burger?«

Rasch zog sich Caroline ihre nassen Schuhe und die Regenjacke aus, dann folgte sie Frederik. »Klar, das ist kein Problem«, versicherte sie.

Argwöhnisch behielt Karl von Gerblung seinen Neffen im Blick, der mit dem unerwarteten Damenbesuch wie ausgewechselt war. Sein ganzer Körper war angespannt und er vermied es, Caroline physisch zu nahe zu kommen. Wahrscheinlich wäre es besser gewesen, er hätte sie auf einen anderen Tag vertröstet.

»Und wie lange bleibst du hier?«, fragte Caroline nach-nachdenklich und blieb neben Frederik an der Terassentür stehen. »Oder ist München nur eine Zwischenstation und dich zieht es eigentlich weiter weg?«

»Ich weiß es nicht«, wiederholte Frederik seine Lieblingsantwort, die Karl ebenfalls schon ausgiebig kennengelernt hatte. Verdenken konnte er es seinem Neffen nicht, mit der Entführung und den Misshandlungen hatte man ihm buchstäblich den Boden unter den Füßen weggerissen.

Jetzt versuchte er, erste Schritte zu machen, doch er taumelte sichtlich.

Er wusste nicht, wohin es gehen sollte.

Er wusste nicht, welche ausgestreckte Hand er ergreifen konnte.

Und wem er in seinem Leben überhaupt noch vertrauen konnte.

Ein schwieriges Spannungsfeld, in dem er sich da bewegte.

Am besten wäre wohl eine psychologische Begleitung, doch Frederik wehrte sich mit Händen und Füßen dagegen, das hatte Karl in der einen Woche mit seinem Neffen schon mitbekommen.

»Ich weiß nicht, wie es weitergeht«, drang Frederiks Stimme wieder an Karls Ohr. »Ich …« Er schüttelte den Kopf. »Ich weiß gerade überhaupt nichts.«

Kapitel 26

»Das war ein ziemlich schräges Essen«, schmunzelte Karl von Gerblung und wischte den Tisch ab.

»Schräg trifft es nicht einmal im Ansatz.« Frederik schüttelte den Kopf. »Gott sei Dank warst du da, allein mit ihr hätte ich keine zehn Minuten durchgestanden. Das war so ein peinliches Schweigen ... puh, wie wenn Papa richtig sauer auf einen war und man trotzdem beim Essen am Tisch sitzen musste.«

»Das kann ich nicht beurteilen, so oft hatte ich nicht das Vergnügen, mit euch allen am Tisch zu sitzen.« Karl hängte das Wischtuch ordentlich über den Wasserhahn in der Küche. »Diese Caroline ... ihr habt euch also erst kurz vor deiner Entführung kennengelernt?« Frederik nickte und blieb vor der Anrichte mit den Whiskey-Flaschen stehen. »Trinken wir noch ein Glas? Ich glaube, das tut nach diesem Essen gut.«

»Natürlich.« Karl schmunzelte schon wieder. »Du weichst Fragen wirklich meisterhaft aus, das muss ich dir lassen.« Er nahm das Whiskey-Glas in die Hand und roch kurz daran. »Gute Wahl.«

Sie stießen an und machten es sich nach dem ersten Schluck auf Sofa und Sessel gemütlich.

»Dieses Ausweichen ... es wird irgendwann zur Normalität«, sinnierte Frederik und fuhr mit dem Zeigefinger am Glasrand entlang. »Es ist inzwischen so normal geworden, dass ich es kaum noch merke. Dabei sollte ich gerade bei Menschen, denen ich vertrauen kann, ehrlich sein und offen reden.« Er seufzte. »Vor meiner Entführung hätte ich der Sache mit Caroline sicherlich eine Chance gegeben. Ich hätte ausgetestet, ob ich noch einmal bereit bin, diesen Job mit all seinen Risiken bei meiner Partnerin zu akzeptieren. Wir hätten einfach geschaut, wohin uns die Reise führt.«

»Und das ist jetzt anders?«, schloss Karl aus Frederiks Worten und sah aus dem Fenster. Sie führten diese ernsten Gespräche schon seit Frederiks Ankunft vor gut einer Woche, inzwischen hatte sich eine gewisse Vertrautheit eingestellt. Langsam wusste Karl, wie Frederik auf das eine oder andere Thema reagierte. Das machte es für ihn um einiges leichter. Er konnte die Situation eher einschätzen.

»Anders … das trifft es nicht einmal im Ansatz. Mein Leben, mein Alltag und meine Ziele von vor zwei, drei Monaten fühlen sich so verdammt weit weg an«, gab Frederik zu und trank einen kleinen Schluck. »Ich weiß, dass ich die Ereignisse nicht rückgängig machen kann. Und ich weiß auch, dass ich mich nicht in Selbstmitleid vergraben sollte. Das löst keines meiner Probleme.«
Karl blieb stumm und ließ seinen Neffen reden. Er wusste ohnehin nicht, was er ihm noch raten sollte. Im Grunde wusste Frederik, wo das Problem lag.

»Vielleicht treffe ich mich noch einmal mit ihr«, überlegte Frederik laut. »Vielleicht war das heute auch nur das Überraschungsmoment, das mich so gestört hat.« Er seufzte. »Vielleicht sollte ich einfach weniger denken und mehr handeln.«
»Das könnte am Anfang helfen.« Frederiks Onkel suchte sich eine bequemere Position und seufzte dann

entspannt. »Du könntest morgen beispielsweise nicht mit zum Hof fahren und stattdessen den Tag mit deiner … Überraschungsbesucherin verbringen. Vielleicht kommt ihr etwas entspannter ins Gespräch, wenn du dich nicht hinter mir und einer Mauer des Schweigens versteckst.«

»Am Sonntag komme ich aber mit. Ich denke, etwas Training schadet mir nicht«, überlegte Frederik laut.

»Dann bleibt das morgen bei dir nur ein Tagesausflug und wir fahren am Sonntag zusammen?«

»Das können wir gern so machen, Frederik«, versicherte Karl. »Ich bin flexibel und so weit ist der Hof ja auch nicht weg.«

Dankbar nickte Frederik. »Ich habe mir im Moment noch keine großen Gedanken dazu gemacht, wann ich dich wieder verlasse. Falls ich deine Gastfreundschaft über die Maßen strapaziere, sag mir bitte Bescheid, ja? Und ich habe ja schon angeboten, mich für die Zeit hier zu …«

»Du kennst meine Antwort«, unterbrach ihn sein Onkel mit ruhiger Stimme. »Ich habe dich eingeladen, so lange zu bleiben, wie du willst und es dir guttut. Das kann eine Woche sein oder zwei Monate. Es ist mir egal, im Gegenteil: ich freue mich, dass wir nach all den Jahren endlich Zeit miteinander verbringen können. Und was dein Angebot angeht, ich lehne es ab, dass du mir etwas für das Zimmer zahlst. Es ist schon in Ordnung so.«

»Danke.« Endlich tauchte ein richtiges Lächeln auf Frederiks Gesicht auf.

»Was ist eigentlich mit deiner Freundin?«, fragte Frederik in die Stille hinein. »Weiß sie, dass ich hier bin?

Und … sehr ihr euch dann im Moment … eher selten?«
Karl schmunzelte. »Sabine weiß, dass ich gerade Besuch von meinem Neffen habe. Sie arbeitet überwiegend nachts und im Bereitschaftsdienst, da gestalten sich Treffen immer etwas schwierig. Nächsten Monat sieht der Dienstplan wieder etwas sozialverträglicher aus. Na ja, du kennst das Problem ja selbst.«

»Und ihr kommt mit getrennten Wohnungen oder Häusern klar in eurer Beziehung?«, fragte Frederik nachdenklich weiter. Getrennte Wohnungen kamen für ihn auf Dauer nicht infrage, mit Carolina war er bereits nach gut einem halben Jahr Beziehung zusammengezogen. Wenn man einen anderen Menschen liebte, wollte man dann nicht möglichst viel Zeit mit ihm verbringen und neben ihm einschlafen?

»Wenn du deine zweite Scheidung hinter dir hast, siehst du das auch anders.« Sein Onkel hatte Frederiks Gedanken erraten und lachte herzhaft.

Kapitel 27

Es hatte Frederik etwas Überwindung gekostet, Caroline am nächsten Morgen anzurufen und um ein Treffen zu bitten, auch wenn er ihre Antwort im Grunde schon gekannt hatte.

»Ich bin so froh, dass du dich gemeldet hast.« Caroline umarmte ihn zur Begrüßung und gab ihm einen Kuss auf die Wange. »Nach gestern ... puh, ich dachte, ich hätte es komplett versaut.«

»Du hattest ja recht und ich habe mich unmöglich verhalten.« Frederik drückte sie sanft an sich und atmete tief durch. »Entschuldige bitte mein unangemessenes Benehmen gestern.«

»Entschuldigung angenommen.« Caroline küsste ihn erneut auf die Wange und runzelte dann die Stirn, als sie die beiden Polizisten wenige Meter entfernt stehen sah. Zwar trugen die beiden keine Uniform, doch es waren die gleichen Männer, die sie gestern am Gartentor von Frederiks Onkel abgefangen hatten. »Du hast eine Eskorte oder täuscht der Eindruck?«

»Leider nicht.« Frederik löste sich von ihr und legte Caroline einen Arm um die Schultern. »Die Ermittler im Transplantationsskandal glauben, dass mich die Hintermänner immer noch zum Schweigen bringen wollen. Deswegen habe ich Polizeischutz, damit ich im Prozess aussagen kann.«

»Der Prozess? Gibt es für den schon einen Termin?«

»Noch wird ermittelt, aber ich will diesen Hauser am Montag anrufen. Vielleicht gibt es endlich Neuigkeiten und ein baldiges Ende dieser … angespannten Situation.« Frederik schüttelte den Kopf. »Na ja, aber dafür bist du nicht extra nach München gekommen. Worauf hast du Lust? Was wollten wir unternehmen?«

»Mit zwei Kollegen im Schatten sind die Möglichkeiten für Unternehmungen etwas eingeschränkt, findest du nicht?« Caroline schob die Unterlippe vor. »Was hältst du von einem Spaziergang und wir schauen spontan, was wir noch tun?«

»Viel wird nicht möglich sein, da hast du recht.« Augenrollend machte Frederik eine Kopfbewegung in Richtung der Polizisten. »Da vorne ist ein Bäcker, lass uns einen Kaffee holen und dann gemütlich eine Runde um den Block gehen. Das darf ich immerhin.«

»Wirst du denn akut bedroht oder ist der Polizeischutz der Gesamtsituation geschuldet?«, fragte Caroline gedankenverloren.

»Ich habe nichts mehr gehört oder mitbekommen, aber ich bin seit …« Er räusperte sich energisch. »… seit meiner Befreiung komplett abgeschottet. Mein Handy habe ich vielleicht einmal am Tag in der Hand, um mit meinen Brüdern oder meiner Mutter Kontakt zu halten. Ansonsten habe ich gerade niemanden aus meinem Freundes- oder Kollegenkreis, dem ich ausreichend vertraue, um …« Schon wieder brach Frederik ab und atmete tief durch, um seine aufkommenden Gefühle und Emotionen niederzukämpfen.

»Du hast niemanden aus dem früheren Umfeld, dem du noch vertrauen kannst?«, fragte Caroline ungläubig und nahm seine Hand. »Das, … das ist doch grausam.«

»Eine Person gibt es«, murmelte Frederik und kämpfte gegen den Drang an, ihr seine rechte Hand gleich wieder zu entziehen. »Niklas, aber er steht selbst unter Polizeischutz und niemand darf direkt Kontakt mit ihm aufnehmen. Ich weiß nicht einmal, wo er ist.«

»Das klingt aber nach größerem Aufgebot als schlichtem Polizeischutz«, murmelte Caroline.

»Es ist ja auch egal, mich interessieren die Hintergründe im Moment nicht, solange ich die Folgen dieser Maßnahmen so zu spüren bekomme.« Abrupt entriss er Caroline seine Hand und entfernte sich einige Schritte. Er atmete heftig, seine Brust fühlte sich an wie zugeschnürt. Wie ein Gurt, der immer fester zugezogen wurde. Fast so … Er schloss die Augen und schlug die Hände vor das Gesicht. Fast so wie in seiner Gefangenschaft. Wo man ihn mit Riemen gewaltsam fixiert hatte, obwohl er sich längst nicht mehr hatte bewegen können. Ihm war, als konnte er auch jetzt, seinen eigenen Angstschweiß riechen, der ihm aus jeder Pore getreten war. Angst davor, womit man ihn als nächstes schlagen würde. Und wo der Schlag auf seinen geschundenen Körper auftraf. Obwohl seine Muskeln gelähmt gewesen waren, gespürt hatte er vieles. Wobei der Schmerz auch irgendwann relativ und zum Normalzustand geworden war.

»Frederik?« Carolines Stimme drang wie durch Watte an sein Ohr.

Wieder schien er wie gelähmt zu sein.

Unfähig, sich zu bewegen.

Unfähig, ein Wort zu sprechen.

Als wäre das für seinen Körper ein neuer Schutzmechanismus.

»Doktor Hendriksson?« Der Klang der Männerstimme dicht vor ihm war zu viel für Frederik.

»Lassen Sie mich!«, schrie er mit sich vor Panik überschlagender Stimme und wehrte sich blind mit Händen und Füßen. »Lassen Sie mich!«

»Frederik, shht.« Da war sie wieder, Carolines Stimme. »Niemand tut dir etwas, ich passe auf dich auf.« Sie kam näher und berührte ihn zaghaft an der Schulter. »Ich bin hier ...«

»Das soll aufhören!« Frederik hielt sich den Kopf. »Ich will das nicht, das ist zu viel!«

»Doktor Hendriksson?«

Zaghaft blinzelte er und schlang sofort fröstelnd die Arme um seinen Oberkörper.

»Ich bin Mareike Wegener und Notärztin«, erklärte die Stimme vor ihm.

»Mhm ...« Frederik schlug die Augen ganz auf und blickte sofort in zahlreiche besorgte Gesichter. Die Polizisten, Caroline, dazu die Notärztin und ihre zwei Kollegen in rot-neongelber-Uniform.

»Sie können mich verstehen?«, fragte die Notärztin mit ernster Miene.

Andeutungsweise nickte Frederik und setzte sich langsam auf. Wieso lag er überhaupt mitten auf dem Fußweg? Was war geschehen?

»Offenbar hatten Sie einen psychischen Zusammenbruch, Doktor Hendriksson«, erklärte Doktor Wegener und sah kurz über ihre Schulter zu den Polizisten, die nur zustimmend nickten. »Sind Sie in psychologischer Behandlung? Oder gab es andere Auslöser für diesen Zusammenbruch?«

Frederik schüttelte den Kopf und zupfte sich den Clip vom Zeigefinger, mit dem bisher Puls und Sauerstoffsättigung gemessen worden waren.

»Es geht schon wieder«, stellte er zugeknöpft fest. »Sonst noch etwas?«

Die Ärztin ließ sich von seiner Art nicht beeindrucken. »Ihr Zustand ist alles andere als stabil, Doktor Hendriksson. Ich empfehle Ihnen dringend die Einweisung in Klinik für akute …«

»Es ist mir egal, was Sie empfehlen«, unterbrach Frederik sie schroff. »Das gebe ich Ihnen gern schriftlich, aber mitnehmen werden Sie mich nicht.« Sein Blick ging zu den Polizisten. »Ich bin weder selbstmordgefährdet noch im Begriff, mit Waffen auf mein Umfeld loszugehen. Sie haben also keine Handhabe, mich für unzurechnungsfähig erklären zu lassen.« Umständlich kam er wieder auf die Füße, taumelte kurz und stand dann mit Carolines Hilfe wieder sicher auf den Beinen. Herausfordernd sah er die Notärztin an. »Also, muss ich Ihnen noch das Formular unterschreiben oder belassen wir es dabei?«

Aufatmend ließ sich Frederik auf das Sofa im Wohnzimmer sinken. Die Polizisten hatte wieder ihre Position vor dem Haus bezogen, er war also allein mit Caroline.

»Tut mir leid, das … war bestimmt kein schöner Anblick, schon gar nicht bei einem Date.« Er versuchte ein Lächeln, doch das wollte ihm kaum gelingen.

»Du hast viel durchgemacht«, stellte Caroline sachlich fest und nahm nach kurzem Zögern seine Hand. »Nur, bist du dir sicher, dass du keine Hilfe brauchst?«

»Du meinst also auch, ich soll zu einem Meisendoktor gehen?« Frederik entzog ihr seine Hand und sprang auf. »Warum glaubt jeder, zu wissen, was gut für mich ist und was ich jetzt brauche? Warum will niemand verstehen, dass ich nach den Erfahrungen in der Klinik nichts mehr von Kollegen dieser Fachrichtung hören möchte? Am Ende pumpen sie mich eh nur mit Medikamenten voll. Vielen Dank, aber darauf kann ich verzichten!« Er atmete schwer.

»Ich meine überhaupt nichts, Frederik.« Caroline stand ebenfalls wieder auf. »Ich mache mir Sorgen um dich und wollte nur wissen, ob dir vielleicht jemand anderes besser helfen kann als … wir alle im Moment.«

»Entschuldige«, murmelte Frederik. »Ich … es reden gerade so viele auf mich ein und jeder glaubt, zu wissen, was ich jetzt tun soll. Das ist einfach zu viel.«

»Du brauchst Zeit«, stellte Caroline fest. Langsam kam sie näher und strich ihm eine verirrte Haarsträhne aus der Stirn. »Ich gebe dir so viel Zeit, wie du brauchst. Wenn ich dir irgendwie helfen kann, werde ich das tun. Ich möchte für dich da sein, Frederik, wenn du mich lässt.«

Lange starrte Frederik ihr in die Augen. Diese kleine Geste eben hatte ihn mehr berührt als er erwartet hätte. Mit einem Mal waren da wieder diese Nähe und Anziehung, der er sich schon im Krankenhaus nicht hatte entziehen können. Wortlos hob er die rechte Hand und glitt mit den Fingerspitzen über Carolines Wange. Warm und weich fühlte sich ihre Haut an.

Ein zaghaftes Lächeln zeigte sich auf Carolines Lippen, während sie den Blickkontakt weiterhin nicht unterbrach. Vorsicht war in ihren Augen zu sehen, aber auch große Zuneigung. Sie wartete ab, wie weit er sich vorwagte, um ihn nicht wieder in die Enge zu treiben.

»Gib mir Zeit«, bat er mit belegter Stimme. »Ich will dich nicht verlieren.«

»Ich verspreche es.« Caroline nickte andeutungsweise und schmiegte ihre Wange in seine Handfläche.

Endlich hellte sich Frederiks versteinerte Miene auf. Ein Lächeln zierte seine Lippen als er einen kleinen Schritt nach vorne ging. Kurz zögerte er, dann fasste er sich ein Herz und gab Caroline einen schüchternen Kuss. Mit seiner linken Hand an ihrem Rücken drückte er sie sanft an sich. Schüchternheit und Zurückhaltung wichen Verlangen, das sie beide schwer atmen ließ. Ruckartig hob Frederik Caroline hoch und stöhnte leise auf, als sie ihre Beine um seine Hüften schlang und sich an seiner Erregung rieb.

»Ich will dich«, keuchte er und wanderte mit seinen Lippen ihren Hals entlang, bis er vom Stoff des warmen Pullovers gebremst wurde. »Verdammt, ich brauche dich.«

Er bekam nur ein wohliges Aufstöhnen als Antwort, doch das genügte ihm. Äußerst widerwillig ließ er Caroline los, nahm sie an der Hand und zog sie nach oben in das Gästezimmer. Achtlos warf er die Tür ins Schloss, schlüpfte aus seinem Pullover und ließ ihn einfach zu Boden fallen. Carolines Blick ruhte weiterhin auf ihm, während sie sich selbst eilig auszog.

»Ich gebe dir, was du brauchst«, versprach sie und sank auf die Matratze.

Kapitel 28

Mit einer Tasse Tee neben sich startete Frederik seinen Laptop und googelte erneut nach seinem Vermisstenfall. Die Artikel, die er während der Fahrt nach München gelesen hatte, gingen ihm nicht so recht aus dem Kopf, deswegen wollte er da noch einmal nachfassen.

»Noch immer keine Spur«, las Frederik und trank einen kleinen Schluck Tee. »Was ihr nicht sagt ...« Er schüttelte den Kopf und stützte den Kopf schwer auf die Hände. Der Artikel war gut vier Wochen nach seinem Verschwinden erschienen und verwies auf eine Fernsehsendung für ungelöste Kriminalfälle. »Da habe ich es ja weit gebracht...« Frederik wartete ungeduldig, bis sich die Seite aufgebaut hatte, und klickte dann den Videobeitrag an.

»Wir beginnen mit dem ersten Vermisstenfall der Sendung, der in den letzten Tagen bereits durch die Medien gegangen ist«, begann Moderator Udo Pohl und blickte ernst in die Kamera. »Ein junger Assistenzarzt verschwindet spurlos während der Arbeitszeit aus der Hamburger Uniklinik. Die Polizei geht zunächst davon aus, dass Frederik Hendriksson freiwillig untergetaucht ist, doch dann gibt es ernstzunehmende Hinweise, dass der angehende Chirurg einem Gewaltverbrechen zum Opfer gefallen ist.«

Frederik schluckte, als der Videobeitrag eingespielt

wurde. Schauspieler stellten den Stand der damaligen Ermittlungsergebnisse dar, bis hin zur möglichen Entführung aus dem OP-Bereich. Ob das alles tatsächlich so abgelaufen war, konnte Frederik nicht sagen. Er erinnerte sich nicht an diese Stunden, darüber war er an sich sogar froh.

»Dieser Fall ist in vielerlei Hinsicht kurios. Doktor Frederik Hendriksson wurde während der Dienstzeit aus dem OP-Bereich der Hamburger Uniklinik entführt. Was können Sie uns dazu sagen?«

»Doktor Hendriksson wurde am zweiten August zuletzt gesehen, als er zusammen mit seinem Oberarzt operiert hatte.« Hauptkommissar Peter Hauser räusperte sich und studierte kurz seine Notizen. »Der weitere Verlauf wird immer unklarer. Laut OP-Bericht endete die Operation um zehn nach Zwölf, danach verliert sich Doktor Hendrikssons Spur.«

»Sie gehen also davon aus, dass Frederik Hendriksson entführt wurde?«, fragte der Moderator.

»Es deutet einiges darauf hin«, bestätigte der Kommissar und fuhr fort. »Wir suchen nach wie vor das Auto des Vermissten, einen schwarzen Mercedes S-Klasse mit folgendem Hamburger Kennzeichen.«

Im Hintergrund wurde das Foto eines Vergleichswagens eingeblendet.

»Doktor Hendriksson hat das Universitätsklinikum im Übrigen in Dienstkleidung verlassen, seine Freizeitkleidung und anderen persönlichen Dinge sind in der Umkleide gefunden worden.«

»Das ist wirklich seltsam«, bemerkte Udo Pohl und sah kurz auf seine Moderationskarten. »Was wissen Sie sonst über den Fall?«

»Bei der Familie sind bisher keine Lösegeldforderungen eingegangen«, sagte Kommissar Hauser und stockte. »Das kann leider auch bedeuten, dass Doktor Hendriksson Opfer eines Tötungsdeliktes geworden ist.«

Frederik schluckte. Das so deutlich zu hören war hart.

»Was möchten Sie von unserem Publikum wissen?«, läutete Pohl bereits das Ende des Interviews ein.

»Wer hat Doktor Hendriksson am zweiten August nach zwölf Uhr fünfzehn gesehen und kann Angaben zu dessen Verbleib machen? War er in Begleitung? Wo wollte er hin? Wo ist sein Auto?« Peter Hauser sah direkt in die Kamera. *»Jeder noch so kleine Hinweis kann in diesem Fall lebensentscheidend sein.«*

»Sie haben es gehört«, drang die Stimme des Moderators wie durch Watte an Frederiks Ohr. *»Bitte melden Sie sich hier im Studio oder direkt bei der Kriminalpolizei Hamburg unter den eingeblendeten Nummern. Für Hinweise, die die Ermittlungen maßgeblich voranbringen, ist eine Belohnung von über fünfzigtausend Euro ausgelobt.«*

Fünfzigtausend Euro. Frederik schluckte. War das der Preis, den man für sein Leben zu zahlen bereit war? Angesichts des Familienvermögens eine lächerlich kleine Summe.

»Oh, du bist noch wach?« Sein Onkel betrat das Wohnzimmer und schaltete das kleine Licht an der Anrichte ein. Angesichts von Frederiks versteinerter Miene war er sofort auf der Hut und blieb in etwas Abstand stehen. »Was ist los?«

Frederik atmete angespannt aus und klappte den Laptop einfach zu. »Ich habe zu meinem Vermisstenfall recherchiert«, gab er zu. »Nicht meine beste Idee, denn bisher hat das immer zu beeindruckenden Albträumen geführt …«

»Okay.« Karl von Gerblung setzte sich ihm gegenüber an den Esstisch. »Aber dir lässt diese Ungewissheit keine Ruhe?«

»Ich kann mich nicht an die Entführung erinnern«, murmelte Frederik. »Ich habe keine Ahnung, wie viele Stunden oder Tage der Erinnerung mir fehlen. Das ist ein furchtbares Gefühl. Also ja, ich klammere mich gerade an jedes Fitzelchen, das diesen dunklen Fleck mit etwas Erkenntnis aufhellt.«

»Mhm …« Sein Onkel beobachtete ihn aufmerksam. »Hast du mal mit diesem … wie heißt er noch … Hauser darüber gesprochen? Also, ob er vielleicht die eine oder andere Erinnerungslücke schließen kann?«

Betrübt schüttelte Frederik den Kopf. »Er verweist in vielen Fragen auf die laufenden Ermittlungen, das hilft mir nicht gerade weiter.« Er seufzte und trank seinen inzwischen kalt gewordenen Tee aus.

»Und wie war dein … Treffen mit Caroline?«, fragte Frederiks Onkel nachdenklich weiter. »Habt ihr etwas ungezwungener sprechen können als gestern?«

»Ungezwungen ist schwierig, wenn man zwei Polizisten im Schatten hat.« Frederik schob die Tasse über die Tischplatte. »Und es ist schwierig, ja oder nein zu einer Beziehung zu sagen, wenn man selbst nicht weiß, wo man steht und wo man eigentlich hinmöchte. Es ist ihr gegenüber nicht fair, aber Caroline lässt mich nicht los.« Er schüttelte den Kopf. »Na ja, aber unser Date an sich lief ganz gut. Alles weitere wird sich zeigen.« Ein Lächeln hatte sich auf seine Lippen gestohlen, als er an den zweiten Teil des Dates hier im Haus dachte.

Da hatte die Welt für einen Moment stillgestanden. Er hatte an nichts anderes gedacht als sein Verlangen für die Frau, die sich vor ihm auf dem Bett räkelte.

»Ganz gut also …« Sein Onkel schmunzelte. »… ich lasse das besser unkommentiert.« Er stützte sich mit den Unterarmen auf den Tisch und wurde wieder ernst. »Manchmal muss man sich einfach ein Herz fassen, Frederik. Wenn man nur zaudert und alle Möglichkeiten hin und her überlegt, wird man nie vorankommen. Ja, du hast ganz schön was mitgemacht, was ich mir nicht einmal im Ansatz vorstellen kann. Aber, willst du dich wirklich einigeln oder Carolines Hand ergreifen und mit ihr zusammen wieder zu leben anfangen?«, redete ihm sein Onkel ernst ins Gewissen. »Du brauchst dich vor mir nicht zu rechtfertigen, Frederik, du wirst Gründe für dein Verhalten haben. Nur, manchmal muss man über seinen Schatten springen und in das Ungewisse gehen, um sein Glück zu finden.«

Kapitel 29

Die Nacht war wie erwartet schlaflos gewesen. Nach den Ereignissen des Tages hatte Frederik allerdings auch nichts anderes erwartet.

Die Flashbacks am Vormittag, die ihn so heftig in ihren Bann gezogen hatten, dass ihn die Notärztin am liebsten in eine psychiatrische Klinik gefahren hätte.

Dann das ausgiebige Gespräch mit Caroline, die Nähe und Vertrautheit bis hin zum puren körperlichen Verlangen.

Frederik schüttelte den Kopf über sich selbst. Wie schon in Hamburg war er, ohne darüber nachzudenken, mit Caroline im Bett gelandet. Kurzzeitig verschaffte ihm das Linderung, dann kehrte das schlechte Gewissen zurück.

Er klammerte sich mit aller Kraft an diese Frau, von der er eigentlich wusste, dass diese Beziehung keine Chance hatte. Wegen ihres Jobs, den er nicht mittragen konnte, so sehr er es sich wünschte. Doch gehenlassen konnte er Caroline auch nicht, sie war gerade einer seiner emotionalen Anker.

»Wenn ich es nicht besser wüsste, würde ich sagen, du hättest gestern Abend noch ordentlich Whiskey getrunken und laborierst an einem ausgewachsenen Kater.«, bemerkte Frederiks Onkel, ohne den Blick von der Straße zu wenden.

»Mhm …« Mit Mühe schob Frederik das Bild von Caroline vor seinem inneren Auge beiseite, wie sie gestern nackt unter ihm gelegen hatte. Ihr Körper, der sich im Einklang mit seinem bewegt hatte…

Frederik räusperte sich energisch. »Was hattest du gesagt?«, fragte er zerstreut.

Sein Onkel schmunzelte nur. »Das Treffen von gestern mit Caroline beschäftigt dich immer noch«, stellte er fest. »Das kannst du nur schwer leugnen, aber ich freue mich für dich. Dafür, dass du …«

»So schön ist es nicht«, unterbrach ihn Frederik. »Ich benutze sie, um mich kurzzeitig besser zu fühlen. Um die verdammten Gedanken für einen Moment zum Schweigen zu bringen. Um für einen Moment allem anderen zu entfliehen. Das Schlimmste ist, dass dieses Verhalten genau das ist, was ich bei meinem Vater immer gehasst und verurteilt habe. Egoismus und Rücksichtslosigkeit. Ich versuche, meinem Schatten zu entfliehen und doch holt er mich immer wieder ein.«

Karl von Gerblung schwieg und sah auf die Straße.

»Ich kann keine Beziehung mit dieser Frau eingehen, nicht mit ihrem Beruf«, redete Frederik weiter. »Ich ertrage es nicht, noch einmal in so eine Situation zu kommen wie mit Carolina damals. Dass meine Partnerin jederzeit schwer verletzt oder gar getötet werden könnte. Ich kann und will mit diesem Risiko nicht leben.« Er schüttelte den Kopf. »An sich weiß ich das, aber ich kann ihr das so nicht sagen. Ich komme nicht los von ihr.«

»Wie stellst du dir das dann weiter vor mit euch? Über kurz oder lang wird Caroline weitere Schritte in euer Beziehung gehen wollen«, wollte sein Onkel ruhig wissen und wechselte die Fahrspur.

»Ich habe keine Ahnung, wie das weitergehen soll.« Frederik seufzte. »Diese Entscheidung wird ihr das Herz brechen, so viel steht fest. Und ein Gespräch zu führen in dem Wissen, dass man dem anderen gleich sehr wehtun wird … das …« Frustriert legte er den Kopf zurück. »Ich habe es mir selbst zuzuschreiben, nur macht es das nicht unbedingt einfacher. Hast du einen Rat für mich?«

»Die Einsicht ist da, das ist ein erster wichtiger Schritt«, meinte sein Onkel und warf ihm einen kurzen Seitenblick zu. »Ich kann dir nur eindringlich raten: warte nicht zu lange. Es wird euch beiden immer wehtun. Aber es ist nicht fair Caroline gegenüber, sie zu benutzen, um dich selbst für einen kurzen Moment besser zu fühlen.«

Kapitel 30

Keuchend stellte sich Frederik in den Steigbügeln auf und ließ gleichzeitig die Zügel locker.

»Sehr sauber geritten, fließende Übergänge. Das sah sehr gut aus.« Trainer Mike hielt den Daumen hoch. »Bist du sicher, dass du hier nicht längerfristig aushelfen möchtest?«

»Noch ist nichts entschieden und das letzte Wort spricht mein Onkel.« Schmunzelnd ließ sich Frederik zurück in den Sattel sinken und saß dann ab. »Ich führe sie noch trocken und bringe sie dann zurück in die Box. Ich glaube, auf Onkel Karl muss ich eh noch eine Weile warten.«

»Die üblichen Absprachen, ich weiß.« Mike wandte sich zum Gehen. »Wir sehen uns, schönen Abend noch!«

»Dir auch.« Frederik klopfte der Stute den Hals, lockerte den Sattelgurt und führte sie dann in gemütlicher Runde um den Reitplatz. »Vielleicht wäre ein längerer Aufenthalt hier tatsächlich eine Möglichkeit, was meinst du? So schlecht stelle ich mich nicht an und hier lauern keine finsteren Erinnerungen...«

Er erntete ein Schnauben als Antwort.

»Niklas würde es hier wahnsinnig gut gefallen«, seufzte Frederik und ließ den Blick über die weitläufigen Anlagen schweifen. »Er ist von uns beiden der bessere Reiter, ich habe das in den letzten Jahren viel zu sehr schleifen lassen.« Er war immer langsamer geworden und schließlich stehen geblieben. »Niklas ist mein bester Freund, weißt du? Und jetzt ist er seit Monaten einfach weg. Polizeischutz an einem unbekannten Ort, damit ihm nichts passiert. Ich würde viel dafür geben, mich mit ihm treffen und einfach über den ganzen Mist hier sprechen zu können.«

Wieder bekam er ein Schnauben zu hören, dann drückte sich die Pferdenase gegen seine Schulter.

»Ich bringe dich in den Stall, dann ist Feierabend für uns beide.« Frederik klopfte ihr den Hals und führte die dunkelbraune Stute zurück in den Stall.

Nachdem sein Onkel offensichtlich immer noch mit Besprechungen und Turniervorbereitungen beschäftigt war, ließ sich Frederik Zeit, die Stute zu versorgen. In Hamburg hatte er das aus Zeitgründen oft seinen Brüdern oder Angestellten überlassen, doch hier konnte er sich komplett um das Tier kümmern. Sei es das Satteln vor dem Training oder die Pflege hinterher. Es gehörte schließlich alles zusammen. Seine Weste hatte er längst ausgezogen und striegelte nun das Fell mit gleichmäßigen Bewegungen.

»Ich wiederhole mich nur ungern.« Mit einem Mal waren Stimmen in der Stallgasse zu hören. Zwar noch etwas weiter weg, doch von Frederiks Position aus gut zu verstehen. »Ich akzeptiere ein solches Verhalten nicht. Sollten Sie sich noch eine winzige Kleinigkeit zu Schulden kommen lassen, können Sie Ihre Sachen packen!« Onkel Karl klang äußerst verärgert. »Und jetzt gehen Sie mir aus den Augen!«

Schritte näherten sich, dann sah Frederik über den

Pferderücken hinweg seinen Onkel auf sich zu laufen.

»Ach, hier steckst du.« Karls angespannte Miene glättete sich augenblicklich wieder. »Mike hat mir gerade schon berichtet, dass euer Training sehr gut gelaufen ist. Das freut mich.«

»Mhm …« Frederik löste den Haltegurt vom Zaumzeug und führte die Stute zurück in ihre Box. »Ich bin hier fertig, wollen wir dann gleich nach Hause fahren? Ich könnte eine Dusche und etwas zu Essen gebrauchen.«

»So geht es mir auch.« Sein Onkel lächelte. »Lass uns nur gleich etwas zu Essen bestellen, dann sind wir in etwa zeitgleich mit dem Lieferanten zu Hause.«

Frederik unterdrückte ein Gähnen, als sie das Gestüt hinter sich ließen, und lehnte sich entspannt im Sitz zurück.

»Wer hat dich vorhin eigentlich so sauer gemacht? Das Ende eures Gespräches hat man im halben Stall gehört«, fragte er in die angenehme Stille hinein.

»Hartung, mein Verwalter.« Seufzend überholte Karl einen langsamen Kleinwagen. »Ich kenne ihn schon seit vielen Jahren, wir haben immer gut zusammengearbeitet. Seit einigen Wochen allerdings … er wird immer unzuverlässiger und ich werde den Verdacht nicht los, dass er mir hinterher spioniert.«

»Er spioniert?« Überrascht sah Frederik seinen Onkel von der Seite an.

»Vorhin hat er versucht, mein Handy zu entsperren«, berichtete Karl kopfschüttelnd. »Angeblich hat er es mit seinem eigenen verwechselt, aber das glaube ich ihm nicht, weil wir völlig verschiedene Geräte haben. Irgendetwas stimmt mit dem Mann nicht. Nur entlassen kann ich ihn für diese vermeintliche Verwechslung nicht.«

»Du könntest ihm regulär kündigen«, schlug Frederik vor. »Dann musst du dich zwar noch ein bisschen mit ihm herumschlagen, wärst ihn aber definitiv los.«

»Wir werden sehen, eine Entscheidung treffe ich heute Abend nicht mehr.« Karl ließ sich nun doch von Frederiks Gähnen anstecken. »Und du? Hast du dir schon überlegt, wie es für dich weitergeht? Versteh mich nicht falsch, ich genieße sowohl die Wohngemeinschaft als auch die Zusammenarbeit auf dem Gestüt sehr. Ich würde mich nur gern ein wenig darauf einstellen, wann du mich wieder verlässt.«

»Mike hatte heute sehr gutes Feedback nach dem Training und angeregt, ob ich vielleicht für eine Weile dort mit einsteige ...« Frederik verzog das Gesicht, als Regen auf die Frontscheibe traf und das ohnehin schon graue, kalte Wetter noch ungemütlicher erscheinen ließ. »... natürlich nur, wenn du einverstanden bist.«

»Du hast ein gutes Gespür für die Tiere, Frederik, natürlich freue ich mich, wenn du mein Team verstärkst und dich auf dem Gestüt mit einbringst.« Konzentriert sah Karl auf die Straße und beschleunigte bei der Auffahrt auf die Autobahn stark. »Wenn du möchtest, können wir uns morgen noch einmal ausführlicher darüber unterhalten.«

Frederik nickte. »Ich glaube, dass mir diese Abwechslung guttut, um mich zu sammeln und wieder richtig zu Kräften zu kommen. In meinem Zustand brauche ich erst einmal nicht in meinen eigentlichen Job zurückkehren, das wird keine drei Tage gut gehen.«

Kapitel 31

Die heiße Dusche hatte Frederik nach einem langen Nachmittag zu Pferd bei frühwinterlichem Wetter wieder aufgetaut. Jetzt stand er mit einer Tasse Tee am Fenster seine kleinen Appartements in einem Nebengebäude des Gestüts, wo viele der Angestellten untergebracht waren. Aus praktischen Gründen hatte sich Frederik dazu entschieden, unter der Woche ganz auf dem Gestüt zu bleiben und auf das Pendeln zu verzichten. Gleichzeitig wurde er so wieder etwas unabhängiger von seinem Onkel, so gern er mit ihm zusammenwohnte. Die Polizisten waren wenig begeistert über den erneuten Umzug, wenngleich sie die Mitarbeiter auf dem Hof schon vor Frederiks erstem Besuch dort überprüft hatten.

Das Handy riss Frederik aus seinen Gedanken. Eine Hamburger Festnetztelefonnummer wurde angezeigt. Endlich.

»Doktor Hendriksson? Hauser, Kripo Hamburg. Sie haben um einen Rückruf gebeten?«, meldete sich der leitende Ermittler, kaum dass Frederik das Gespräch angenommen hatte.

»Äh ja.« Frederik wandte sich um und setzte sich auf das ordentlich gemachte Bett. »Ich … gibt es Neuigkeiten zu meinem Fall? Wie lange stehe ich noch unter Polizeischutz? Wann kommt der Fall vor Gericht?«

»Ich verstehe Ihre Ungeduld, Doktor Hendriksson.«

Peter Hauser räusperte sich. »Wir sind immer noch mit der Auswertung der Transplantationsfälle beschäftigt. Ihre und Doktor Thorsens Aussagen helfen uns natürlich, doch die ersten Ungereimtheiten bei Transplantationen liegen annähernd zehn Jahre zurück. Sie können sich vorstellen, wie viele Fälle seither zusammengekommen sind.«

»Zehn Jahre?«, wiederholte Frederik geschockt. »Seit zehn Jahren werden Organe willkürlich an Patienten abseits der Regelungen vergeben? Das ... das ist doch krank!«

»Wir haben unser Team erneut aufgestockt, um noch schneller voranzukommen, und hoffen, dass der Prozess vor Sommer nächsten Jahres beginnen kann«, redete Hauser weiter, als hätte es Frederiks Zwischenruf gar nicht gegeben.

»Vor Sommer nächsten Jahres?! Das ist sind noch sieben Monate! So lange muss ich unter Polizeischutz leben? Wie stellen Sie sich das vor? Das ...«, protestierte er. »Das geht doch nicht...«

»Ich verstehe Sie, Doktor Hendriksson.« Der erfahrene Kriminalpolizist seufzte. »Nur sind uns die Hände gebunden, was Ihren Schutz angeht. Solange Ihr Leben akut gefährdet ist, können wir die Polizisten nicht abziehen. Wir brauchen Sie lebend und bei guter Gesundheit, damit Sie im Prozess aussagen können.«

»Dann gibt es also Drohungen?« Frederik schluckte schwer. Bisher hatte er nichts dergleichen mitbekommen, diese Feststellung kam für ihn aus dem Nichts.

»Unsere Schutzmaßnahmen haben sich bewährt«, blieb Peter Hauser vage. »Es gab Versuche, die Kollegen zu überlisten und zu Ihnen vorzudringen. Ich möchte Sie also eindringlich bitten, Doktor Hendriksson, bleiben Sie in der Nähe der Beamten und vermeiden Sie Alleingänge.«

»Wer steckt dahinter? Wer will mich zum Schweigen bringen?«, fragte Frederik mit bebender Stimme. »Ist es jemand, den ich kenne? Einer meiner ehemaligen Kollegen? Ist es Hanson?«

Am anderen Ende der Leitung blieb es für eine Weile stumm. »Wir haben einen Verdacht, wer der Drahtzieher sein könnte«, ergriff Hauser schließlich wieder das Wort. »Uns fehlen jedoch noch stichhaltige Beweise, das ist das Problem. Wir haben es mit einem weit verzweigten Netzwerk zu tun.«

»Und was ist mit Niklas?«, wollte Frederik wissen und schluckte schwer. »Wie geht es ihm? Ist er noch in Gefahr? Steht er noch unter Polizeischutz?«

»Doktor Thorsen befindet sich immer noch an einem unbekannten, sicheren Ort und wird von Kollegen abgeschirmt.« Peter Hauser ließ sich auch hier keine Details entlocken. »Wir haben bei Ihnen beiden große Sorge, dass unsere Gegenspieler bald einen Vorstoß wagen werden. Dieses Netzwerk geht über Leichen, Doktor Hendriksson, nehmen Sie das nicht auf die leichte Schulter.«

»Wie könnte ich das auf die leichte Schulter nehmen, nach alldem, was man mir während der Gefangenschaft angetan hat«, murmelte Frederik und stutzte. »Dazu habe ich eine Frage, Herr Hauser. Man hat mir immer wieder gesagt, dass ich noch nicht sterben darf, weil man mich noch braucht. Für mich sieht das so aus, als hätte Hanson Lösegeld erpresst. Nur, in den ganzen Berichten rund um meine Entführung wird eine Lösegeldforderung mit keinem Wort erwähnt. Stimmt es, dass Doktor Hanson Lösegeld gefordert hat?«

»Wir haben Ihre Familie mehrfach zu diesem Thema befragt«, räumte Peter Hauser ein. »Nur haben wir keine Hinweise gefunden, die die Theorie der Lösegeldforderung bestätigen. Wir vermuten vielmehr, dass auch Sie als Organspender vorgesehen waren. Dazu passt, dass die meisten Ihrer Verletzungen oberflächlicher Natur waren. Zudem haben wir im Haus Operationsbesteck gefunden, das …«

»Man wollte …« Frederik brach ab und hielt sich am Fensterbrett fest. Er schwankte, vor seinen Augen drehte sich alles.

»Doktor Hendriksson?« Wie durch Watte hörte er die Stimme des Ermittlers, doch Frederik war unfähig, ihm zu antworten.

Ohnmacht hatte sich gnädig über Frederiks Sinne gelegt und ihn für einen Moment der brutalen Realität entzogen.

»Doktor Hendriksson?« Polizist Paul Miller atmete erleichtert auf, als Frederik blinzelte. »Da sind Sie ja wieder. Mann, Sie haben uns vielleicht einen Schrecken eingejagt!«

»Mhm …« Frederik schlug die Augen vollständig auf und ließ sich aufhelfen.

»Hauser? Ja, er ist wieder da. War wohl alles etwas viel«, erklärte der zweite Beamte mit Frederiks Handy am Ohr. »Was? Ja, gebe ich weiter. Erstmal soll er sich wieder fangen.« Er beendete das Telefonat und legte das Handy auf Frederiks Nachtkästchen. »Wie fühlen Sie sich, Doktor Hendriksson?«

Matt schüttelte Frederik den Kopf und stützte die Unterarme auf die Oberschenkel. »Was … was hat Herr Hauser gesagt?«, fragte er mit belegter Stimme und räusperte sich.

»Wir haben einen Vorfall gemeldet bekommen«, berichtete der Polizist.

»Ist etwas mit Niklas?!« Schon fuhr Frederik in die Höhe, sank jedoch einen Moment später unter erneutem Schwindel zurück auf die Matratze.

Beunruhigt wechselten die beiden Polizisten einen langen Blick.

»Nein, es geht nicht um Doktor Thorsen«, versicherte Paul Miller und zögerte erneut.

»Wer ist es dann? Mein Onkel? Reden Sie schon!« Panik hatte längst von Frederik Besitz ergriffen.

Kapitel 32

Die Polizisten hatten Frederiks Onkel hinzugeholt, denn sie konnten nicht mehr zu ihm durchdringen. Frederik reagierte weder auf direkte Ansprachen noch auf Berührungen, er war wie weggetreten.

»Was ist denn passiert?«, fragte Karl von Gerblung irritiert beim Betreten des kleinen Appartements und sah an Paul Miller vorbei zu seinem Neffen auf dem Bett.

»Wir hatten eine … beunruhigende Nachricht für Doktor Thorsen«, erklärte Miller gedämpft. »Heute Vormittag kam es in der Hamburger Polizeischule zu einer Schießerei, zahlreiche Polizeianwärter im ersten Ausbildungsjahr wurden zum Teil schwer verletzt.«

Kurz schloss Frederiks Onkel die Augen und atmete tief durch. »Ich vermute, dass Caroline Wagner unter den betroffenen Polizeischülern ist?«

Miller nickte bestätigend. »Sie ist unter den Verletzten, Näheres wissen wir gegenwärtig noch nicht.«

»Es gibt innerhalb von sechs oder sieben Stunden keine Neuigkeiten?« Karl von Gerblung schüttelte den Kopf. »Was ist da los? Von wie vielen Polizeischülern reden wir?«

»Ich werde versuchen, an neue Informationen zu kommen«, versprach Paul Miller und zog sich in den kleinen Eingangsbereich des Appartements zurück.

»Frederik?« Karl setzte sich auf die Bettkante und

legte ihm eine Hand auf die Schulter. »Ich bin hier, du musst da nicht allein durch.«

Er bekam keine Reaktion. Doch Frederik war wach, das sah Karl an dessen geöffneten Augen.

»Lassen Sie uns für einen Moment allein?«, bat Frederiks Onkel die Polizisten, die das Appartement ohne ein weiteres Wort verließen. Vermutlich würden sie direkt vor der Tür warten.

»Warum habe ich mich überhaupt auf diese Frau eingelassen?«, flüsterte Frederik mit bebender Stimme, die ihm immer wieder wegbrach. »Genau diese Situation wollte ich nie wieder erleben.«

»Diese Frage kannst du dir selbst am besten beantworten, Frederik. Irgendetwas an Caroline hat dich vielleicht doch mehr gefesselt, als du zuzugeben bereit bist. Etwas, dass diese Ablehnung wegen deiner Vorgeschichte aufgehoben hat.« Onkel Karl sah ihm aufmerksam in das Gesicht. Tränen hatten sich in Frederiks Augen gesammelt und rannen nun über dessen Wangen. »Shhht, komm her ...« Er ließ ihn sich aufrichten und schloss seinen Neffen dann fest in die Arme. »Ich bin hier für dich, ich passe auf dich auf«, versprach er, während Frederiks Körper von Schluchzern geschüttelt wurde.

Die Polizisten hatten zwei Mal in das Zimmer gesehen und sich beim Anblick von Frederik gleich wieder zurückgezogen. Inzwischen war es dunkel geworden. Schneeregen mischte sich mit Graupel und wurde von kräftigen Windböen immer wieder gegen die Fenster gepeitscht.

Frederiks Tränen trockneten langsam, doch erst als ihn

der Schlaf übermannte, ließ er seinen Onkel wieder los und sank rücklings auf das Kissen.

»Ich bleibe hier«, versprach Karl von Gerblung und stand auf. Vor geraumer Zeit hatte sein Handy den Eingang neuer Nachrichten angezeigt, doch war das Gerät auf der Küchenzeile zuletzt unterreichbar gewesen. »Was ist denn noch los?«, wollte er neugierig wissen und entsperrte das Display. Keine neuen Nachrichten. Irritiert sah Karl auf das zweite Handy. Offenbar hatte die Nachricht doch Frederik gegolten, denn dessen Sperrbildschirm zeigte zahlreiche Messenger-Benachrichtigungen an.

»Wie sieht es aus?« Paul Miller betrat das Appartement leise und musterte Frederiks Onkel nachdenklich.

»Er schläft.« Müde fuhr sich Karl von Gerblung mit der rechten Hand über das Gesicht. »Und Sie? Haben Sie etwas herausfinden können? Was war überhaupt los? Was genau ist passiert?«

»Wir haben tatsächlich mehr zu Caroline Wagners Verbleib herausgefunden.« Paul Miller räusperte sich. »Sie zählt zu den Leichtverletzten mit zwei Streifschüssen und einem Durchschuss am Oberschenkel. Sie wird über Nacht in einer Klinik überwacht.«

»Es hätte schlimmer ausgehen können.« Erleichtert atmete Frederiks Onkel durch. »Weiß man schon mehr zu den Hintergründen? Wer steckt dahinter? Wer läuft ausgerechnet in einer Polizeischule Amok?«

»Die Ermittlungen wurden aufgenommen, es gab bereits erste Festnahmen.« Der Polizist seufzte. »Morgen Mittag soll es eine Pressekonferenz geben. Vorher

werden auch wir kaum Details erfahren, fürchte ich.«
»Das wird eine lange Nacht.« Karl von Gerblung schüttelte den Kopf. »Gibt es nach diesem Vorfall denn …
eine verschärfte Bedrohungslage für meinen Neffen?
Oder ist es schon erwiesen, dass es keinen Bezug zu
ihm gibt, obwohl Caroline Wagner seine Freundin ist?«
»Ich wünschte, ich könnte Ihnen etwas Konkretes sagen.« Paul Miller sah ihn entschuldigend an. »Wir verabschieden uns für heute, die Folgeschicht ist bereits
hier. Gute Nacht, Herr von Gerblung.«

Obwohl er selbst hundemüde war, blieb Karl neben
dem Bett seines Neffen sitzen und behielt ihn im Auge.
Nach den Schocknachrichten wartete er nur auf den
nächsten Albtraum, die er in den vergangenen Wochen bereits zur Genüge kennengelernt hatte. Und
auch jetzt musste er keine Stunde warten bis Frederik
schreiend aufwachte und einen langen Moment
brauchte, um ihn überhaupt zu erkennen.
»Was … Wie … Warum bist du hier?«, stammelte Frederik verwirrt und lehnte sich zitternd mit dem Rücken
gegen die Wand.
Sein Onkel musterte ihn nachdenklich. »Kannst du
dich an die Nachricht heute Nachmittag erinnern, dass
Caroline angeschossen wurde?«, fragte er mit müder
Stimme.
»Das war kein Traum?« Schon wieder schloss Frederik
die Augen und legte den Kopf in den Nacken. »Verdammt, ich … ich hätte es wissen müssen. Dieser
Traum hat sich viel zu real angefühlt. Nur gehofft hatte
ich trotzdem …« Er brach ab. »Gibt es etwas Neues?«
»Ich habe nichts mehr von den Polizisten gehört, offi-

zielle Informationen werden heute Mittag auf einer Pressekonferenz herausgegeben.« Karl gähnte. »Dein Handy hat allerdings einige Nachrichten angezeigt, vielleicht ...«

Weiter kam er nicht, denn Frederik schnellte vor und schnappte sich sein Handy vom Nachtkästchen, wo Karl es zuvor platziert hatte.

»Was zur ...« Schon glitt ihm das Smartphone wieder durch die Finger und landete auf der Matratze.

»Frederik?« Alarmiert stand sein Onkel auf. »Was hast du? Was ist los?«

Zitternd deutete Frederik auf das Gerät und wich zurück. Er schlang sich die Arme um den Oberkörper und schaukelte sich selbst zurück, wie um sich selbst zu beruhigen. Doch auch das wollte ihm kaum gelingen.

Wortlos ließ Karl von Gerblung die Fotos auf sich wirken, die Frederik gemailt worden waren. Sie waren gestochen scharf und zeigten panische Polizeischüler, die wild durcheinanderliefen. Auf dem Boden lagen Verletzte, viele bluteten stark. Und das letzte Foto war eine Nahaufnahme von Caroline. Die junge Polizeischülerin schrie vor Schmerzen und hielt sich den Oberschenkel.

»Das ist dann wohl der Zusammenhang, den wir vorhin alle schon vermutet haben.« Frederiks Onkel räusperte sich. »Ich zeige das den Polizisten, vielleicht können wir dem Ganzen dann endlich ein Ende setzen.«

»Wer tut so etwas? Wer schießt wahllos auf Polizeischüler?«, fragte Frederik mit dünner Stimme. »Was hat jemand davon? Was bringt jemanden zu so einer Wahnsinnstat?«

»Wenn wir das wüssten, Frederik, wären wir ein großes Stück weiter.« Sein Onkel stand auf. »Ich bin gleich wieder bei dir.« Leise verließ er das Appartement und sprach kurz mit den Polizisten, die wie erwartet im Flur Position bezogen hatten.

»Jemand will mich mit allen Mitteln zerstören«, stellte Frederik bei der Rückkehr seines Onkels überraschend klar fest. »Es reicht ihm nicht länger, mir allein weh zu tun. Nein, es muss auch noch die Menschen treffen, die mir nahestehen und die mir wichtig sind.«

»Ich würde ja gern sagen, dass du dich da in etwas verrennst.« Karl seufzte. »Nach den letzten Wochen jedoch halte ich alles für möglich.«

Frederik knabberte auf seiner Unterlippe herum. »Wenn das alles mit dem Transplantationsskandal zu tun hat, laufen die Fäden bei einer Person zusammen«, dachte er weiterhin laut nach. Er hob den Blick und sah seinen Onkel verzweifelt an. »Du weißt, auf wen ich hinauswill.«

»Maximilian.« Karl atmete tief durch. »Du meinst, dass mein Bruder und dein Vater hinter einem gewaltigen Transplantationsskandal steckt und keine Skrupel kennt, seinen eigenen Sohn töten zu lassen. Das ist … ich meine, ja, Maximilian kann brutal sein, ich kenne ihn lange genug. Aber das übertrifft meine kühnsten Vorstellungen, sollten nur Teile davon wahr sein.«

»Wenn er nicht zurückschreckt, mich zu töten – wer garantiert uns, dass er auch bei Mama, Julian oder Oliver keine Skrupel hat? Wir stehen alle in der Schusslinie.« Frederik sprang auf. »Ich muss diesen Hauser anrufen! Ich kann nicht zulassen, dass auch nur noch einer Person wehgetan wird.«

»Du weißt aber auch, dass wir beide ein viel größeres Problem haben als es ohnehin schon den Anschein macht.« Sein Onkel stand ebenfalls auf. »Wenn Maximilian hinter alldem steckt, weiß er besser als jeder andere, wo er uns finden kann. Und er verfügt über mehr als genug Geld und Macht, andere für die Suche einzuspannen.«

»Da habe ich dich mit meinem Besuch ja in eine Scheiß-Situation gebracht.« Frederik sah ihn entschuldigend an.

»Wenn ich auf Maximilians Liste stehe, würde er mich so oder so finden.« Karl legte ihm die Hand auf die Schulter. »Na komm, lass uns diesen Hauser anrufen. Hast du seine Nummer griffbereit?«

Kapitel 33

Geschlafen hatten Frederik und sein Onkel nicht mehr in dieser Nacht, das Adrenalin ließ die Müdigkeit nebensächlich erscheinen. Beide standen unter Strom, während sie versuchten, Caroline oder Peter Hauser telefonisch zu erreichen.

»Das bringt doch alles nichts«, fluchte Frederik und warf das Handy aufs Bett. »Ich werde selbst nach Hamburg fahren und mich davon überzeugen, dass es Caroline gut geht. Dass sie versorgt ist. Und vor allem, dass sie in Sicherheit ist.«

Stumm sah Karl von Gerblung seinen Neffen an. »Ich verstehe dich gut«, meinte er schlicht und nickte andeutungsweise.

»Aber?« Irritiert hielt Frederik inne.

»Nur sollten wir einen solchen Ausflug wohl besser mit deiner Polizeieskorte abstimmen, bevor es da zu größeren Schwierigkeiten kommt.«

»Sie werden informiert, aber nicht nach ihrer Meinung gefragt.« Frederik ging zum Schrank und stopfte etwas Wechselwäsche in seinen Rucksack.

»Ich begleite dich«, bot sein Onkel an. »Es ist eine lange Fahrt und vielleicht brauchst du ab und zu doch jemanden zum Reden.«

Kurz zögerte Frederik, dann nickte er. »Ich will keine Zeit verlieren und nach Möglichkeit gleich losfahren.«

»Ich packe auch ein paar Sachen zusammen, treffen

wir uns in einer Viertelstunde am Auto?«, schlug Karl von Gerblung vor. »Dann kannst du derweil deine Aufpasser informieren.«

Die Polizisten im Flur vor Frederiks Appartement zeigten sich erwartungsgemäß wenig begeistert von seinen Plänen, doch Frederik blieb stur.

»Ich fahre mit Ihrem oder ohne Ihr Einverständnis«, warnte Frederik die beiden. »Ich muss dringend nach Hamburg und zusehen, dass es meiner Freundin gutgeht. Da gibt es keine Kompromisse oder Zwischenlösungen.«

»Ähm, Moment, Doktor Hendriksson. Das müssen wir erst mit unserem Vorgesetzten beziehungsweise Hauptkommissar Hauser klären.«

»Sie können das klären, solange Sie wollen. In einer Viertelstunde ist Abfahrt«, erklärte Frederik und schulterte demonstrativ seinen Rucksack.

So schnell funktionierte die Abstimmung auf dem Dienstweg natürlich nicht, doch das war Frederik egal. Gut zwanzig Minuten nach dem Gespräch mit den Polizisten steuerte sein Onkel den Wagen auf die Bundesstraße, der graue VW-Kombi der Polizeibeamten folgte ihnen.

»Dieser Hauser wird ganz schön sauer sein«, schmunzelte Karl von Gerblung und schaltete den Scheibenwischer in den Dauermodus.

»Dafür kann ich ja nichts.« Frederik lachte freudlos auf. »Ich muss mit eigenen Augen sehen, wie es ihr geht.«

Die Sorge um Caroline trieb Frederik an, sodass er und

sein Onkel nur kurze Pausen für Fahrerwechsel, Tanken oder das Mittagessen machten und ansonsten durchfuhren.

»So schnell habe ich die Strecke noch nie geschafft«, stellte Karl erschöpft fest, als Frederik den Wagen durch Hamburgs Straßen steuerte. »In welcher Klinik liegt Caroline?«

»Im UKE, so sehr ich mir eine andere Klinik für sie gewünscht hätte.« Frederiks Hände umklammerten das Lenkrad, dass die Knöchel weiß hervortraten. Er hielt an einer roten Ampel und atmete angespannt aus.

»Wenigstens haben wir heute eine Polizeieskorte«, murmelte Karl mit Blick über die Schulter.

Der Anblick des gewaltigen Klinikkomplexes ließ Frederik schwer schlucken, Erinnerungen drängten sich vor sein inneres Auge. Doch er hatte ein Ziel, da musste er alles andere irgendwie ausblenden.

»Sind Sie jetzt zufrieden, Doktor Hendriksson?«, fragte einer der beiden Polizisten ungehalten auf dem Parkplatz und knallte die Fahrzeugtür zu.

Stumm schüttelte Frederik den Kopf, wechselte einen kurzen Blick mit seinem Onkel und ging dann langsam auf den Haupteingang zu. Vielleicht war es ganz gut, dass er sich nicht an seine Entführung erinnern konnte. Wer weiß, welche Flashbacks ihn sonst heimsuchen würden …

Kurz erkundigte er sich an der Information nach Carolines Zimmernummer und machte sich dann eilig auf den Weg dorthin. Sein Onkel blieb an seiner Seite, die Polizisten dicht hinter ihnen.

Uniformierte Polizisten waren vor Carolines Zimmer

postiert, doch nach einer kurzen Ausweiskontrolle ließen sie Frederik eintreten. Sein Onkel und die beiden Beamten aus München blieben auf dem Flur zurück.

Das Herz schlug Frederik bis zum Hals, als er das Krankenzimmer betrat und langsam bis zum Bett am Fenster ging.

»Frederik?«, fragte Caroline verwundert und drehte den Kopf zu ihm. »Was ... was machst du denn hier?« Sie lächelte andeutungsweise und traf Frederik damit direkt ins Herz. Wortlos beugte er sich über sie und küsste sie verlangend. Wie ein Ertrinkender klammerte er sich an diesen Kuss, in den so viele Gefühle und Emotionen der vergangenen Stunden einflossen.

»Ich musste sehen, dass es dir den Umständen entsprechend gut geht«, murmelte er schließlich und sah ihr tief in die Augen. »Die Nachricht gestern hat mir den Boden unter den Füßen weggerissen, deswegen bin ich mit Onkel Karl heute Morgen sofort nach Hamburg aufgebrochen. Ich konnte nicht darauf warten, dass du dich meldest oder mir jemand anderes etwas zu deinem Zustand berichtet.«

Carolines Lächeln wurde eine Spur breiter, gleichzeitig streichelte sie mit den Fingerspitzen über Frederiks unrasierte Wange. »Ein schöneres Geschenk hättest du mir nicht machen können.« Sie sah ihm tief in die Augen, dann gab sie ihm einen zärtlichen Kuss.

»Wie geht es dir?«, fragte Frederik besorgt. »Hast du starke Schmerzen? Brauchst du irgendetwas?«

»Solange ich Schmerzmittel bekomme, geht es mir so weit gut.« Caroline deutete auf ihre Infusion.

»Und ... musst du noch lange stationär behandelt werden?«, wollte Frederik wissen und setzte sich auf die Bettkante.

»Scheinbar entlassen sie mich übermorgen. Im Moment bin ich noch zu abhängig von den Schmerzmittelinfusionen.« Caroline zog eine Grimasse. »Na ja, aber das nehme ich in Kauf, so sind die Schmerzen wenigstens erträglich.«

»Jag mir nie wieder so einen Schrecken ein«, bat Frederik sie mit rauer Stimme und räusperte sich. »Noch einmal schaffe ich das nicht.«

»Heißt das …« Caroline legte ihre Hand an seine Wange und zeichnete mit dem Daumen die Kontur seiner Unterlippe nach. »Heißt das, du gibst uns eine Chance?«

Frederik schluckte und fasste sich endlich ein Herz. »Ich … ich will es versuchen«, nuschelte er an ihrem Finger vorbei. »Ich ziehe dich in eine ganz beschissene Situation hinein, aber ich komme auch nicht so recht los von dir. Keine Ahnung, wie es weitergehen soll. Ich weiß nur, dass du mir sehr wichtig bist und ich herausfinden möchte, wohin unser Weg führt.«

»Das bedeutet mir so viel.« Ihre Augen funkelten lebhaft, dazu lächelte Caroline herzlich. »Komm her.« Sie küsste ihn zärtlich.

Kapitel 34

»Was um alles in der Welt haben Sie sich dabei gedacht, Doktor Hendriksson?«, fuhr Peter Hauser ihn an
und hieb mit der flachen Hand auf den Tisch. »Sie stehen unter Polizeischutz, weil Ihr Leben akut gefährdet
ist. Was bringt Sie also dazu, ohne Rücksprache mit
dem Team ins Auto zu steigen und zurück in die Stadt
zu fahren, wo Ihnen die größte Gefahr droht?«
Seufzend verschränkte Frederik die Arme und sah zu
Boden. Was sollte er groß dazu sagen? Die Ereignisse
hatten sich in den vergangenen achtundvierzig Stunden überschlagen, da hatte er nur noch instinktiv gehandelt.
»Meinen Sie, Doktor Hendriksson, dass das hier eine
Übung ist? Ein harmloser Jungenstreich?« Der sonst so
ruhige Kriminalpolizist schüttelte den Kopf. »Sie und
Doktor Thorsen haben den größten Transplantationsskandal aufgedeckt, den die Medizin je gesehen hat.
Was glauben Sie, wie sieht Ihre aktuelle Gefährdungslage aus? Sie stehen verdammt nochmal ganz oben auf
der Abschussliste skrupelloser, mächtiger Menschen,
die schon mehrfach versucht haben, Sie zu töten! Was
muss noch passieren, dass Sie sich endlich aus der
Schusslinie zurückziehen und uns unsere Arbeit machen lassen?«
»Es tut mir leid.« Frederik mied den Blick zu Hauser
noch immer. Er wusste, dass der Polizist recht hatte.

Nur würde er immer wieder von München nach Hamburg fahren, um sich selbst von Carolines Zustand zu überzeugen.

»Wie …« Frederik räusperte sich. »Wie geht es jetzt denn weiter? Wie lange muss ich noch unter Polizeischutz leben? Und sind alle Akteure im Transplantationsskandal inzwischen … im Gefängnis?«

Ungläubig starrte Peter Hauser ihn an und schüttelte dann den Kopf. »Ich wünschte, es wäre so. Einige Personen befinden sich weiterhin auf freiem Fuß, darunter auch Ihr Vater. Wir gehen stark davon aus, dass er der Kopf dieser Organisation ist, doch uns fehlen Beweise für einen Haftbefehl. Die mutmaßlichen Mittäter schweigen zu den Vorwürfen oder decken sich gegenseitig.«

»Das sieht ihm ähnlich«, grummelte Frederik. »Sie meinen also, dass er erneut versuchen wird, mich aus dem Weg zu räumen? Oder hat er es schon wieder versucht und ich nicht mitbekommen?«

»Die Schüsse in der Polizeikaserne waren eine Warnung, wir haben ein Bekennerschreiben zugespielt bekommen. Das deckt sich mit den Aussagen eines der Täter, der gestern befragt worden ist.« Polizist Hauser setzte sich endlich wieder an den Tisch. »Verstehen Sie jetzt, Doktor Hendriksson, warum der Polizeischutz für Sie überlebenswichtig ist? Warum Sie möglichst gut abgeschottet werden sollen?«

»Was ist mit meinen Brüdern und meiner Mutter?«, fragte Frederik, ohne auf seine Worte einzugehen. »Sind sie in Sicherheit? Werden auch sie bewacht?«

»Ja, wir haben Ihre Brüder ebenfalls unter Polizeischutz gestellt und Ihre Mutter gewarnt. Bei ihr haben wir keine Hinweise auf eine akute Gefährdung. Sie befindet sich weiterhin auf der Asientour ihres Orchesters und wird sich vor der Rückreise mit uns in Verbindung setzen.«

»Verstehe ...« Frederik zog ungeduldig an seinen Fingerspitzen. »Okay, aber Sie haben meine Frage vorhin nicht beantwortet. Hat man seit der Entführung noch einmal versucht, mich umzubringen? Wie groß ist die Gefahr für weitere Taten?«

Hauser seufzte und sah wohl endlich ein, dass er Frederik nur mit einigen, wohldosierten Informationen beruhigen und zur Mitarbeit bringen konnte. »Unsere Sicherheitsmaßnahmen wurden in München einige Male auf die Probe gestellt«, räumte er ein. »Die Kollegen haben Eindringlinge auf dem Grundstück Ihres Onkels rechtzeitig festnehmen können. Hinzu kommen anonyme Drohungen, dass ein Anschlag auf Sie oder Ihren Onkel verübt werden soll, die wir sehr ernst nehmen.«

»Ein Anschlag.« Frederik verschränkte die Arme vor der Brust. »Das klingt sehr unspezifisch. Was verschweigen Sie mir?«

Abermals entfuhr dem Kriminalpolizisten ein tiefes Seufzen. »Es geht um das Bekennerschreiben, das wir nach dem Amoklauf in der Polizeischule übermittelt bekommen haben. Dort heißt es, dass binnen sieben Tagen sowohl Sie als auch Doktor Thorsen, ausgeschaltet werden sollen. Und dass Sie auf äußerst brutale Art und Weise getötet werden sollen, gegen die der Amoklauf regelrecht harmlos erscheint.«

»Brutal ...«, wiederholte Frederik mit bebender Stimme, seine nach außen hin gefasst wirkende Miene entglitt ihm zusehends. »Was hat er sich wohl jetzt einfallen lassen, als mich über Wochen bei vollem Bewusstsein zu foltern, ohne einen einzigen Muskel bewegen zu können? Was ist noch brutaler als ein Vater, der seinen eigenen Sohn ermorden will? Mit was will er mich noch quälen?« Er legte den Kopf in den Nacken und blinzelte, doch die Tränen sammelten sich unaufhaltsam in seinen Augen und rannen schon bald über seine Wangen.

»Verstehen Sie jetzt, warum der Polizeischutz nötig ist?« Peter Hauser schob ihm eine Box Taschentücher über den Tisch hinweg zu und lehnte sich dann wieder in seinem Stuhl zurück. »Wir wollen Ihnen nichts Böses, Doktor Hendriksson. Wir wollen Ihr Leben schützen, Sie schweben in großer Gefahr.«

»Und was werden Sie jetzt tun?«, fragte Frederik matt und wischte sich übers Gesicht, bevor er sich lautstark die Nase putzte. »Wollen Sie mich wegsperren so wie Niklas? Ist das die einzige Lösung?«

»Doktor Thorsen hat in diese Schutzform eingewilligt, wir haben ihn genauso vor die Wahl gestellt wie Sie«, erklärte der Ermittler, ohne Frederik aus den Augen zu lassen. »Ich möchte für den Anfang vorschlagen, dass wir Sie und Ihren Onkel wieder auf dem Familiengestüt unterbringen, wo auch Ihre Brüder bereits beschützt werden. Falls Sie zurück nach München reisen wollen können Sie das natürlich tun, wir werden Sie dann dort verstärkt bewachen lassen, bis sich die Gefahrenlage entschärft hat.«

»Dann könnte man meine Freundin nach Ihrer Entlassung aus dem Krankenhaus auch auf dem Hof unterbringen?«, überlegte Frederik laut und zerknautschte das Taschentuch in seiner Faust. »Auch wenn es für unseren Vater leichtes Spiel ist, uns dort aufzutreiben. Halten Sie das für eine gute Idee?«

»Ihr Vater hat Sie selbst in München aufgespürt«, gab Peter Hauser sachlich zurück. »Die einzige Möglichkeit, ihm vorerst zu entkommen und Ihre Spuren zu verwischen ist der Eintritt in das Zeugenschutzprogramm. Sie würden eine neue Identität annehmen, an einen neuen Ort ziehen und sich dort ein neues Leben aufbauen ...«

»Das können Sie vergessen!« Frederik schnellte nach vorn. »Es ist schlimm genug, dass dieser ... dass mein Vater versucht, Niklas und mich umzubringen. Damit hat er schon mal zwei Leben nachhaltig beeinflusst, wenn nicht sogar in Teilen zerstört. Aber ich lasse nicht zu, dass er ganze Familienteile zwingt, alles aufzugeben und sich in die Anonymität zu fliehen. Bevor es so weit kommt, finde ich ihn selbst und drehe ihm eigenhändig den Hals um!«

»Beruhigen Sie sich, Doktor Hendriksson.« Rein äußerlich zeigte sich Polizist Hauser wenig beeindruckt von Frederiks Ausruf, doch das konnte täuschen. »Ich möchte Sie eindringlich bitten, keine unüberlegten und gefährlichen Aktionen zu starten. Dazu zählt im Grunde auch schon Ihre nicht abgesprochene Reise von München nach Hamburg.«

»Dann soll ich Sie die Hände in den Schoß legen und warten, bis mich mein Herr Vater doch noch findet?« Ungläubig schüttelte Frederik den Kopf.

»Bleiben Sie bei Ihrer Familie, Doktor Hendriksson«, ermahnte ihn Peter Hauser und ließ ihn nicht aus den Augen. »Überlassen Sie uns die Suche nach den letzten

Tätern in diesem Transplantationsskandal und seinen kriminellen Wucherungen. Nur so können wir Beweise sammeln. Nur damit geben wir Ihnen eine große Chance, im Prozess mit den Tätern abzurechnen.«

Frederik blieb stumm.

»Ist das bei Ihnen angekommen, Doktor Hendriksson?« Der Hauptkommissar sprang auf und stützte sich mit beiden Händen auf dem Tisch ab. »Keine Alleingänge, Sie lassen uns unsere Arbeit machen. Haben Sie das verstanden?«

Andeutungsweise nickte Frederik. »Dann geht es also aufs Familiengestüt?«, fragte er in die Stille hinein.

»Wir fahren Sie und Ihren Onkel, die Gefährdungslage erübrigt jegliche Diskussion.« Hauser warf ihm einen warnenden Blick zu, dann ging er voran aus dem Besprechungszimmer in den großen Nebenraum, wo Frederiks Onkel noch immer wartete.

Kapitel 35

»Was denken Sie?« Hansons kalte Stimme und sein Atem im Nacken ließen Frederik das Blut in den Adern gefrieren.

Frederik japste in einer Mischung aus Schmerz und Überraschung, als er einen spitzen Gegenstand von hinten zwischen die Rippen gestoßen bekam.

»Die Waffe ist geladen und entsichert und ich habe keine Hemmungen, auf Sie zu schießen, Hendriksson. Ich vermute, Sie können sich sehr gut vorstellen, welchen Schaden ein Schuss aus diesem Winkel und aus dieser Entfernung anrichtet.«

Zitternd nickte Frederik, er war wie erstarrt und konnte keinen klaren Gedanken fassen.

»Sehr schön, wie verstehen uns«, freute sich Hanson mit schneidender Stimme. »Dann holen wir uns als nächstes Ihren Autoschlüssel. Haben Sie ihn in der OP-Umkleide eingeschlossen?«

Erneut nickte Frederik, Angstschweiß rann ihm über die Schläfen.

»Worauf warten Sie dann, Hendriksson?«, herrschte ihn Doktor Hanson an. »Wir gehen jetzt gemeinsam zur Umkleide, Sie werden brav neben mir laufen. Versuchen Sie, zu fliehen oder mit irgendjemandem zu sprechen, werde ich Sie auf der Stelle erschießen. Haben wir uns verstanden?«

Panisch sah sich Frederik nach einer Fluchtmöglichkeit

um, doch wohin er auch blickte, er fand nichts außer Sackgassen. Es gab keinen Ausweg. Er war Hanson ausgeliefert.

»Schneller«, kommandierte Benett Hanson und stieß ihm den Lauf der Waffe abermals in die Rippen.

»Hören Sie auf!« Mit dem Mut des Verzweifelten warf sich Frederik herum und hieb mit der Faust in Richtung von Hansons Kopf. Sein Kidnapper musste mit so etwas ähnlichem gerechnet haben, denn mit regungsloser Miene wich er mühelos einen großen Schritt zurück, hob die Waffe und schoss Frederik zwei Mal in die Brust.

»Frederik!«

Er drehte den Kopf in Richtung der Stimme, konnte jedoch niemanden erkennen.

»Frederik!« Plötzlich war da eine weitere Männerstimme, doch sie klang längst nicht so bedrohlich wie Hanson zuvor.

»Mach bitte die Augen auf, hörst du? Frederik!« Etwas Hartes traf ihn an der Wange. »Hey!«

»Autsch …«, nuschelte er und blinzelte mühsam.

»Frederik? Schau mich bitte an!« Die Stimme wurde energischer, abermals traf ihn etwas an der Wange.

»Mhm …« Mühsam öffnete er die Augen und blinzelte, obwohl der Raum nur von der kleinen Lampe auf der Kommode erhellt wurde.

»Frederik? Bist du wieder da?« Karl von Gerblung hielt den Kopf seines Neffen in sicherem Griff. »Verstehst du mich?«

Andeutungsweise nickte Frederik, soweit ihm das in seiner Haltung möglich war. Sein Blick wanderte weiter, um auch die anderen Personen um Raum erkennen zu können, die er bisher nur hörte.

»Verdammt, was war denn das?« Julians Gesicht tauchte über Karls rechter Schulter auf. Auch er musterte Frederik äußerst besorgt.

Schwer atmend richtete sich Frederik auf, sein Onkel reichte ihm ein Glas Wasser, das Oliver eben geholt hatte. Zu dritt musterten sie ihn und warteten scheinbar auf eine Reaktion oder Erklärung.

»Was war was?«, stellte sich Frederik ahnungslos und hielt das Glas in beiden Händen. Er zitterte.

»Du hast das halbe Haus zusammengebrüllt und als wir dich wecken wollten hast du dich gewehrt, als würden wir ...« Julian verstummte. »Du hast um dich geschlagen wie eine Furie, wir haben dich zu dritt niedergerungen.«

»Was also war los? Hast du beschissen geträumt?«, fragte Oliver und lehnte sich mit verschränkten Armen an das Fensterbrett.

Frederik schwieg beharrlich. Zu sehr stand er noch unter dem Eindruck des Traumes.

»Lasst uns bitte einen Moment«, bat Karl die Brüder, ohne den Blick von Frederik zu wenden.

Zögernd folgten Julian und Oliver dieser Aufforderung und schlossen leise die Tür hinter sich.

»Okay, Frederik.« Karl sah seinen Neffen ernst an. »Ich verstehe, dass du deinen Brüdern nicht unbedingt alles zu deinen Albträumen auf die Nase binden möchtest, aber wir beide sollten Klartext reden. Denn dieser Albtraum war nah dran an dem deiner ersten Nacht in München und ich ...«

»Ich glaube, das war eine Erinnerung an meine Entführung«, unterbrach Frederik ihn und lehnte sich mit dem Rücken gegen die Wand, die Beine stellte er auf. »Es hat sich jedenfalls sehr … vertraut angefühlt. Als hätte ich diese Szene bereits erlebt. Nur mit dem Unterschied, dass mich Hanson erschossen hat, weil ich mich gewehrt habe.« Frederik ließ den Kopf hängen.

»Gewehrt hast du dich tatsächlich.« Karl musterte ihn mitfühlend. »Frederik, ich weiß, wir hatten dieses Thema schon mehrfach auf dem Tisch, aber langsam werden meine Sorgen immer größer. Lass dir mit diesem Trauma professionell helfen, damit wir alle wieder ruhig schlafen können.«

Frederik wich seinem Blick ausnahmsweise nicht aus und nickte dann andeutungsweise. »Ich denke darüber nach«, meinte er unverbindlich. »Außerdem muss ich mir eh erstmal einen Therapeuten suchen …« Er schloss für einen Moment die Augen. »Ich weiß nicht, ob ich mich über diesen Erinnerungsfetzen freuen soll oder fluchen. Die Ungewissheit war okay, ich hatte mich damit abgefunden. Warum kommt die Erinnerung ausgerechnet jetzt zurück? Und bleibt es bei der einen Szene oder folgen weitere Erinnerungen?« Er seufzte. »Das soll einfach alles aufhören, ich will doch nur meine Ruhe.«

Kapitel 36

Karl war so lange an Frederiks Bett gesessen, bis dieser eingeschlafen war. Dann erst kehrte er zu seinen anderen beiden Neffen in das Erdgeschoss zurück.

»Ich weiß, ich weiß«, seufzte er und nahm sein Weinglas in die Hand. »Ihr habt Fragen, also, fragt.«

»Das war nicht Frederiks erster Albtraum, oder?«, vermutete Julian.

»Nicht der erste, aber der heftigste, den ich bisher mitbekommen habe.« Karl schüttelte den Kopf und ließ sich wieder in den Sessel sinken. »Scheinbar handelt es sich um eine Mischung aus Albtraum und Erinnerung an seine Entführung oder Gefangenschaft, jedenfalls enden die mir bekannten Träume immer in einem Kampf um Leben und Tod.«

»Da wundert es nicht, warum Frederik vorhin so gebrüllt hat.« Oliver runzelte die Stirn. »Wenn er die Träume nicht erst seit gestern hat, warum lässt er sich dann nicht helfen? Vor allem, wenn es so heftige Szenen sind?«

»Ihr kennt euren Bruder besser als ich, mhm?« Karl schmunzelte und trank einen großen Schluck Wein. »Er hatte im Krankenhaus auf Rügen keine guten Erfahrungen mit Psychologen gemacht und wehrt sich seither mit Händen und Füßen dagegen, einem weiteren Therapeuten eine Chance zu geben.«

»Mhm ...« Oliver unterdrückte ein Gähnen.

»Er hat mir eben versprochen, dass er sich nach einem neuen Therapeuten umsieht«, stellte Karl fest. »Warten wir ab, was Frederiks nächste Schritte sind.«

»Vielleicht bewirkt diese Caroline ja etwas«, stellte Oliver schmunzelnd fest. »Frederik hat nach dem Abendessen angedeutet, dass sie wohl morgen nach ihrer Entlassung aus der Klinik hierher kommt.«

»Du meinst, sie ist etwas energischer und überzeugender als wir?« Julian hob vielsagend eine Augenbraue und kicherte.

»Danke für diese Bilder.« Oliver verzog das Gesicht. »Diese Überzeugungsarbeit überlasse ich gern ihr, so genau will ich das gar nicht wissen.«

»So geht es uns allen, lasst uns am besten das Thema wechseln.« Auch Karl schmunzelte. »Wie ist es euch eigentlich die letzten Wochen ergangen?«

»Es ist ein Wechselbad der Gefühle«, gab Julian zu. »Erst die Entführung von Frederik, da wussten wir ja über Wochen nicht, wo er ist oder ob er überhaupt noch lebt. Das war ganz schön heftig.«

»Und kaum ist er wieder aufgetaucht gibt es Polizeischutz und wir erfahren, dass unser Vater wohl nicht zu der Art Mensch gehört, wo wir ihn eingeordnet hätten«, fuhr Oliver fort und trank sein Glas in großen Schlucken leer. »Wir haben von der Polizei bisher nicht viel erfahren und einige Halbwahrheiten aus den Medien. Aber es scheint ja Papas Entscheidung gewesen zu sein, Frederik und Niklas töten zu lassen. Er kennt Niklas auch schon seit zehn, fünfzehn Jahren, das allein ist ja schon heftig. Aber seinen eigenen Sohn zum Tode verurteilen, wie kommt man auf so einen kranken Gedanken? Ich verstehe es einfach nicht.«

»So geht es mir auch«, murmelte Karl und verteilte den übrigen Wein auf ihre drei Gläser. »Ich habe schon als Kind Maximilians Härte zu spüren bekommen, aber da hat er noch Maß und Ziel gekannt. Als er dann eure Mutter kennengelernt hat habe ich gehofft, dass sie ihn positiv beeinflusst und seine extremen Positionen etwas abmildert. Lange sah es ganz danach aus, aber in den letzten Jahren hat er sich wieder in die Gegenrichtung entwickelt und die Fassade perfekt aufrechterhalten.«

»Mama weiß das noch gar nicht alles«, murmelte Julian. »Für sie ist das bestimmt noch eine Spur heftiger als für uns.«

»Ich vermute, Victoria weiß mehr als wir uns alle vorstellen«, war sich Karl sicher. »Auch wenn sie oft tausende Kilometer weit weg ist, sie bekommt eine Menge mit.«

»Sie war ja die ganze Zeit hier, als Frederik verschwunden war, und ist erst zurück nach Asien geflogen, als Frederik zu dir nach München gefahren ist.« Julian unterdrückte ein Gähnen.

»Wie lange dauert diese Tour eigentlich noch?«, wollte Karl interessiert wissen und drehte das Weinglas in seinen Händen.

»Mamas Rückflug geht am zwanzigsten Dezember«, erinnerte sich Oliver nach kurzem Nachdenken. »Ende Januar geht es dann in die USA auf die nächste Tour.«

Kapitel 37

Im Gegensatz zum Rest der Familie war Frederik schon früh auf den Beinen. Nach einer Tasse Kaffee zog er sich eine warme Weste über und verließ das Gebäude. »Guten Morgen, Doktor Hendriksson.« Paul Miller stieg aus einem der zivilen Polizeifahrzeugen und kam ihm entgegen.

Überrascht blieb Frederik stehen. »Sie … Sie sind gar nicht in München?«, fragte er irritiert.

»Dienstliche Anweisung.« Miller musterte ihn. »Sie wissen, dass Sie sich im Moment nicht allein auf dem Gelände bewegen dürfen?«

»Ich wollte in den Stall und weiter in die Reithalle«, erklärte Frederik. »Wenn Sie mich begleiten, geht das dann in Ordnung?«

Der Polizist nickte und folgte ihm gemeinsam mit einer Kollegin in das angrenzende Stallgebäude. Wachsam beobachteten sie die Umgebung, während Frederik versuchte, genau das auszublenden.

Ihm entfuhr ein wehmütiges Seufzen, als er die Boxentür aufschob und Niklas' Stute Malika zur Begrüßung an seiner Hand schnuppern ließ.

»Ich weiß, ich bin nicht er«, murmelte Frederik und klopfte ihr den Hals. »Ich verstehe dich, ich vermisse Niklas auch.« Er hob den Sattel auf Malikas Rücken, zog die Satteldecke gerade und schloss den Sattelgurt. Anschließend führte er die Stute aus der Box in die

Stallgasse. »Versuchen wir, das Beste aus der Situation zu machen, mhm? Und dann ist Niklas hoffentlich bald wieder bei uns.«

Die Reithalle war während Frederiks Vorbereitungen auf ungebetene Besucher hin überprüft worden, sodass er nun von Paul Miller und seiner Kollegin dorthin begleitet wurde.

»Dann wollen wir mal, Malika.« Frederik schob den Fuß in den Steigbügel und schwang sich in den Sattel. Die hochgewachsene Stute tänzelte kurz und ließ sich durch leichte Hilfen sofort zur Ordnung rufen. Mit leichtem Schenkeldruck trieb Frederik die Stute an und atmete entspannt aus, ein kleines Lächeln breitete sich auf seinen Lippen aus. Er verstand einmal mehr, warum Niklas Malika so liebte. Sie war einfach ein besonderes Tier.

Gut eine Stunde trainierte Frederik mit Malika und hatte sogar für den Moment die beiden Polizisten und die ganze Situation ausblenden können. Beim Blick über die Tribüne kehrte die Realität jedoch mit voller Wucht zurück. Er stutzte, als er einen Schatten hinter der letzten Reihe verschwinden sah.

»Doktor Hendriksson?«, fragte Paul Miller irritiert, drehte sich um und folgte Frederiks Blick.

»Da war jemand«, murmelte Frederik und glitt aus dem Sattel. Das Herz schlug ihm bis zum Hals, seine Finger krampften sich um die Zügel.

Schon hatten beide Polizisten die Waffen gezogen, Millers Kollegin sprach leise in ein Funkgerät.

»Bleiben Sie geduckt«, wies ihn Paul Miller an und

packte Frederik von hinten an der Weste. »Wir bringen Sie sofort zurück ins Haus.«

Mechanisch nickte Frederik, schon wieder begann er zu zittern.

Er wurde mehr von Miller gezogen, als dass er selbst lief. Irgendjemand nahm Frederik Malikas Zügel nach wenigen Metern ab, stattdessen tauchten weitere Polizisten auf und schirmten ihn auf den nächsten Metern ab.

»Verlassen Sie das Haus unter keinen Umständen«, schärfte ihm Paul Miller ein und ließ ihn endlich wieder los. »Wir werden die Gebäude erneut durchsuchen, weit kann diese Person nicht sein.«

»Ich habe doch nicht einmal genau gesehen, wie ...« Frederiks Stimme brach.

»Sie nicht, aber meine Kollegin ist im gleichen Moment auf diese Person aufmerksam geworden. Machen Sie sich keine Gedanken, wir kümmern uns darum.« Paul Miller wandte sich zum Gehen.

Die angespannte Stimmung übertrug sich prompt auf Julian, Oliver und Karl, die Frederiks Rückkehr ins Haus vom Frühstückstisch aus mitbekommen hatten.

»Es schleicht also jemand auf dem Hof herum?« Onkel Karl schüttelte den Kopf. »Verdammt, irgendwann muss doch dieser Zirkus ein Ende finden, so kann es nicht weitergehen!«

»Hoffen wir mal, dass die Polizisten schnell fündig werden«, grummelte Julian in seine Kaffeetasse hinein. »Setz dich doch erstmal, Frederik.«

Seine Beine gehorchten ihm kaum, sodass Frederik die wenigen Schritte auf den Esstisch zu stolperte. Aufatmend sank er auf den Stuhl Oliver gegenüber und stützte den Kopf auf die Hände.

»Caroline hat vor einer halben Stunde angerufen«, fiel seinem Bruder ein. »Sie wurde entlassen und ist nun in Polizeibegleitung auf den Weg hierher.«

»Sind die bescheuert? Hier läuft einer der Irren, die hinter mir her sind, frei herum und sie holen Caroline auch noch auf den Hof? Was stimmt denn bei diesem Hauser nicht, dass er das genehmigt hat?!« Frederik hieb wütend mit der geballten Faust auf die Tischplatte, dass das Geschirr klapperte.

Erst Carolines Ankunft ließ Frederik in seiner Raserei innehalten, in die er sich zuvor hineingesteigert hatte. »Hey.« Caroline begrüßte ihn mit einem flüchtigen Kuss und stützte sich dann gleich wieder schwer auf die linke Gehstütze. »Ups, haben wir hier irgendwo eine Sitzgelegenheit? Ich bin doch weniger gehfähig als ich gehofft hatte ...«

Sofort griff Frederik ihr unter die Arme und half ihr zum Sofa, der Rest der Familie sah ihm neugierig dabei zu. »Geht das so?«, fragte er besorgt und schob ihr noch ein Kissen unter das Knie, damit der verletzte Oberschenkel etwas besser gelagert war.

»Es ist schon gut«, versicherte Caroline und lächelte.

»Keine Schmerzen?«, vergewisserte sich Frederik.

»Die Tabletten von heute Morgen wirken noch recht gut.« Caroline schmunzelte und legte eine Hand an seine Wange. Dann beugte sie sich auch schon leicht nach vorn und gab ihm einen richtigen Kuss.

»Wir lassen euch dann mal allein«, stellte Oliver fest und riss die beiden aus ihrer Versunkenheit.

Kapitel 38

Caroline war am späten Vormittag noch einmal eingeschlafen, sodass es sich Frederik mit dem Tablet auf
dem Schoß im Sessel gemütlich machte. Einmal mehr
gab er seinen eigenen Namen in das Feld der Suchma-
schine ein. Er hatte bereits unzählige Stunden mit Re-
cherchen zu seiner Entführung verbracht und stieß
noch immer auf ihm unbekannte Videos und Artikel.

»Was haben wir denn da?« Frederik starrte auf den
Bildschirm. Er hatte den Bericht eines kleinen Lokal-
senders gefunden, der Reporter stand vor dem Tor
zum Grundstück von Frederiks Elternhaus und sah
übertrieben besorgt in die Kamera.

*»Von der Familie gibt es kein Statement, niemand lässt
sich sehen«, berichtete der Reporter reißerisch. »Zum
gegenwärtigen Zeitpunkt müssen wir leider davon ausgehen, dass Doktor Frederik Hendriksson entführt worden ist. Er ist wie vom Erdboden verschluckt, bei der
Familie sind nach Polizeiangaben bislang keine Lösegeldforderungen eingegangen.« Er machte eine dramatische Pause. »Familie Hendriksson zählt zu den
reichsten und einflussreichsten Familien in Deutschland, daher könnte eine fehlende Lösegeldforderung
leider ein Hinweis dafür sein, dass Frederik Hendriksson nicht mehr am Leben ist.«*

Frederik schüttelte den Kopf. »Das ist doch alles Blödsinn«, fluchte er und ließ das Tablet sinken.

»Was ist Blödsinn?«, nuschelte Caroline verschlafen und blinzelte.

»Oh, tut mir leid. Ich wollte dich nicht wecken.« Schuldbewusstsein zeigte sich auf Frederiks Gesichtszügen. »Ich … obwohl ich weiß, wie viele Unwahrheiten oder Halbwahrheiten durch die Presse geistern … ich kann nicht anders und suche doch immer wieder nach den Berichten aus der Zeit als ich …« Er atmete tief durch. »Na ja, du weißt schon.«

»Okay.« Caroline setzte sich auf und rieb sich den Schlaf aus den Augen. »Ich kann dich verstehen, ich würde es vermutlich ähnlich machen.« Sie musterte ihn nachdenklich. »Deine Suche heute war nicht unbedingt erfolgreich, mhm?«

»Die seriösen Berichte kenne ich schon, jetzt bleibt nur noch Mist übrig.« Frederik zog eine Grimasse und hob dann den Blick, als laute Stimmen auf dem Hof zu hören waren. »Was ist denn da los?«

»Lass das die Polizisten machen, dafür sind sie da.« Caroline streckte die Hände nach ihm aus, doch Frederik ging wie ferngesteuert zum Fenster. Mehrere Polizisten waren aus den Fahrzeugen ausgestiegen und diskutierten lautstark mit einer Frau, deren Alter er schwer schätzen konnte.

»Haben wir schon wieder Besuch?« Julian und Oliver kamen die Treppe heruntergepoltert, Karl folgte ihnen mit etwas Abstand.

»Eine Besucherin«, korrigierte Frederik und schob die Gardine ein Stück beiseite, um besser sehen zu können.

»Bist du verrückt? Du sollst aus der Schusslinie gehen und dich nicht noch mittig vor den Schützen stellen!«

Mit zwei langen Schritten war Onkel Karl neben Frederik und hielt dann überrascht inne.

»Ihr seid beide irre, geht doch endlich vom Fenster weg!« Julian schüttelte den Kopf.

»Was macht sie denn hier?« Karl von Gerblung drehte sich auf dem Absatz um und eilte zur Haustür. Bevor einer seiner Neffen auch nur ein Wort über die Lippen bekam, war er bereits auf den Vorplatz geeilt.

»Wer zum Teufel ist das?«, fragte Oliver irritiert.

»Das ist dann wohl seine Freundin Sabine«, schlussfolgerte Frederik. »Wie sie allerdings hierher kommt … das erschließt sich mir nicht. Karl wäre nie so leichtsinnig, unseren Aufenthaltsort in dieser Situation weiterzugeben.«

»Hoffen wir es.« Oliver verschränkte die Arme. »Es wird Zeit, dass diese Scheiß-Situation endlich ein Ende findet. So kann es nicht weitergehen.«

»Ich habe das dumpfe Gefühl, dass das bereits der Auftakt ist von dem, was … *Vater* mir antun will.« Frederik wandte sich endlich vom Fenster ab und setzte sich neben Caroline auf das Sofa. »Ich habe nur keine Ahnung, was er im Schilde führt. Das ist das eigentlich Beängstigende an der Sache. Ihm ist alles zuzutrauen.«

»Das klingt immer mehr nach einem verdammt schlechten Traum. Jetzt wäre ein guter Moment, um aufzuwachen.« Julian wanderte unruhig auf und ab, während Oliver in sicherer Entfernung aus dem Fenster sah und die Szene weiter beobachtete.

»Sieht aus, als hätten die Polizisten etwas gegen unangemeldete Besucher«, stellte Oliver schließlich fest. »Sie geht wieder zum Auto.«

»Überraschung«, kommentierte Frederik sarkastisch.

»Er kommt zurück«, warnte Oliver und trat vom Fenster zurück, während gleichzeitig die Haustür geöffnet und leise wieder geschlossen wurde. »Na? Wer wollte denn da etwas von uns?«, fragte er betont ungezwungen und sah seinen Onkel neugierig an.

Karl von Gerblung seufzte, sein Blick blieb kurz an Frederik hängen. »Ich habe keine Ahnung, woher Sabine wusste, wo ich mich aufhalte«, begann er beunruhigt und fuhr sich mit der rechten Hand durchs Haar.

»Diese Sabine ist also deine … Freundin?«, fragte Julian nach und tauschte einen Blick mit seinen Brüdern. Wortlos nickte Karl und dachte angestrengt nach. »Ich kann mich nicht erinnern, dass ich mit ihr über die Reise nach Hamburg gesprochen hätte, dazu war alles viel zu spontan. Und seit wir hier sind hatte ich das Handy nicht mehr in der Hand. Woher weiß sie, wo ich bin? Woher weiß sie überhaupt von diesem Hof? Ich habe keine Ahnung«, beteuerte Karl und hob die Hände. »Ich weiß wirklich nicht, wie Sabine hierhergekommen ist.« Hilfesuchend ging sein Blick zu Frederik.

»Ich weiß nicht, was ich noch glauben soll«, murmelte Frederik, dem es ganz und gar nicht behagte, so in die Enge getrieben zu werden. »Du warst in den letzten Monaten mehr wie ein Vater für mich, als mein eigener Vater es je gezeigt hat. Du hast mich aufgenommen, warst da für mich und hast dabei in Kauf genommen, dass man dir genauso nach dem Leben trachtet wie mir.« Frederik atmete tief durch. »Ich klammere mich verzweifelt an diese Erinnerungen, um dem Misstrauen keinen Raum zu geben.« Seine Stimme bebte. »Ich bin in diesem Jahr von Menschen verraten und bis aufs Blut verfolgt worden, denen ich normalerweise mein Leben blind anvertraut hätte. Personen, die ich schon mein ganzes Leben lang kenne. Mein engstes Umfeld, meine Vertrauenspersonen, haben mich eiskalt verraten und versuchen seither, mich zu töten. Und warum? Wegen Geld? Wegen Macht? Ich habe keine Ahnung! Das ist ja das … Unverständliche.« Unter Tränen breitete er die Arme aus. »Wenn du also gegen mich bist, Onkel, dann hör auf, mich hinzuhalten. Dann …«

Mit einem Satz war Karl bei ihm und schloss ihn in die Arme. »Ich bin nicht gegen dich, Frederik. Ich stehe vor dir, hinter dir oder neben dir. Ich bin da, wo immer und wann immer du mich brauchst. Ich bin genauso gegen Maximilian und seine Machenschaften wie du, Frederik. Gemeinsam schaffen wir es dieses eine Mal, ihm die Stirn zu bieten. Er wird für seine Grausamkeiten bezahlen, aber nur, wenn wir alle zusammenhalten.«

»Es tut mir leid, dass ich dich verdächtigt habe, …«, stammelte Frederik und ballte die Hände zu Fäusten. »Ich bin einfach nur fix und fertig und will, dass dieser Albtraum endlich endet. Dass alles wieder normal wird. Dass Vertrauen nicht mehr die Ausnahme, sondern die Regel ist.« Er seufzte schwer. »Ich will mein altes Leben zurück. Und meinen besten Freund.«

Kapitel 39

Im Erdgeschoss duftete es bereits verführerisch nach Abendessen, doch Frederik starrte in seinem Zimmer regungslos auf den Brief, der auf seinem Kopfkissen gelegen hatte.

»Wir sehen uns später, Punkt einundzwanzig Uhr in der Reithalle von heute Morgen«, stand in der Nachricht. »Informierst du deine uniformierten Wachhunde, werde ich eine Person im Haus erschießen lassen. Meine Schützen haben freie Sicht auf alle Bereiche des Hauses, fühlt euch nur nicht zu sicher.«

Wie war dieser Brief auf sein Kopfkissen gekommen? Wer war im Laufe des Nachmittages ins Haus eingedrungen und unbemerkt in den ersten Stock gelangt? Wurde das Haus nicht genau aus diesem Grund bewacht, dass niemand unbeobachtet in seine Nähe kam?

»Frederik?«, hörte er die Stimme seines Bruders dumpf durch die Tür. »Essen ist fertig, kommst du?«

»Ich komme gleich«, rief er zurück und atmete tief durch, doch damit konnte er die aufkommende Übelkeit kaum unterdrücken. Also stopfte er den Brief in die Nachttischschublade und eilte in das gegenüberliegende Badezimmer. Würgend fiel er vor der Toilette auf die Knie, klappte eilig den Sitz nach oben und übergab sich dann schwallartig. In seinem Kopf drehte sich alles. Die Drohung, seine Brüder, seinen Onkel oder

Caroline erschießen zu lassen, hatte sich in all ihrer Deutlichkeit in sein Gedächtnis eingebrannt. Dieses Szenario durfte er unter keinen Umständen riskieren. *Nur wie sollte er zur Reithalle gelangen, ohne dass die Polizisten das mitbekamen?*

Erschöpft ließ er sich zurück auf die Fersen sinken und atmete schwer. Wieder musste er würgen und spuckte weiteren Mageninhalt in die Toilette.

»Frederik?« Julian betrat das Badezimmer zögerlich. »Was ist denn los?« Besorgt ging er neben seinem Bruder in die Hocke und legte ihm die Hand auf den Rücken. »Hast …«

»Geht gleich wieder«, keuchte Frederik über der Toilette und verdrehte die Augen, als sich weitere Schritte näherten.

»Was habt ihr denn angestellt?«, fragte Karl irritiert. »Frederik? Was ist los?«

Abwehrend schüttelte Frederik den Kopf. »Ist gerade alles etwas viel«, wehrte er ab. »Ich lege mich gleich eine Runde hin und nehme vorher etwas gegen die Übelkeit, dann bin ich in ein, zwei Stunden wieder fit.«

»Wenn du meinst …« Sein Bruder stand auf, füllte Wasser in einen der Zahnputzbecher und reichte ihn Frederik. »Damit wirst du den Geschmack vielleicht wieder los.«

Die skeptischen Blicke seiner Familie verfolgten Frederik bis in sein Zimmer, dann hatte er endlich seine Ruhe. Notfallmedikamente bewahrte er in einer Schublade der Kommode auf, sodass er das Mittel gegen die Übelkeit ohne großes Suchen fand und einnahm.

Aufatmend setzte er sich auf das Bett und fuhr sich mit beiden Händen über das Gesicht.

Noch zwei Stunden, dann musste er in der Reithalle sein. Er hatte keine andere Wahl, die Anweisungen waren eindeutig. Keine Polizei, kein Wort zu jemandem aus seinem Umfeld. Ansonsten würde es Tote geben. Und Frederik hatte keinen Zweifel, dass das keine leere Drohung war.

Würde er noch an diesem Abend seinem Vater gegenüberstehen?

Was erwartete ihn?

Würde sein Vater überhaupt mit ihm sprechen oder ihn gleich umbringen, so wie er das schon einige Male zuvor versucht hatte?

Wie genau sollte Frederik unbemerkt zur Reithalle gelangen?

Auf dem Hof wimmelte es vor Polizisten, warum hatten sie nichts von seinem Vater und seinen Mittätern mitbekommen? Und würden sie es ebenso wenig mitbekommen, wenn er im Schutz der Dunkelheit ... Nein, das Risiko war viel zu groß, entdeckt zu werden. Es musste einen anderen Weg geben.

Seufzend ließ sich Frederik rücklings aufs Kissen sinken und verschränkte die Arme im Nacken.

Wie sollte er diese Anweisungen nur umsetzen?

Der direkte Weg über den Hof zur gegenüberliegenden Reithalle war keine Option, da würden die Polizisten sofort auf ihn aufmerksam werden.

Die Gebäude waren in Hufeisenform angeordnet, an das Haupthaus schloss sich direkt ein Teil der Stallungen an. Vielleicht konnte er zumindest einen Teil der Strecke unbemerkt innerhalb der Gebäude zurücklegen. Für die letzten Meter zur Halle musste er in jedem Fall über den Hof laufen, denn zur Reithalle gab es von dieser Seite keinen unbemerkten Zugang über die Stallgasse. Aber es handelte sich nur um wenige Schritte ... das könnte also funktionieren. Theoretisch. Vorausgesetzt, die Polizisten patrouillierten nicht nachts durch sämtliche Stallgassen.

Vorausgesetzt, er erwischte keinen Bewegungsmelder auf den letzten Metern vor der Reithalle, die die große Beleuchtung einschalten würden.

Vorausgesetzt, er konnte seine Familie unbemerkt verlassen. Gerade Caroline würde sofort misstrauisch werden, wenn er um diese Uhrzeit noch ...

Frustriert schüttelte Frederik den Kopf. Es gab verdammt viele Haken an diesem Plan, den er sich gerade mit Müh und Not zusammenbastelte.

Oliver sah gegen Acht in Frederiks Zimmer und riss seinen Bruder aus dessen Grübeleien.

»Wie geht es dir denn?«, fragte Oliver und blieb abwartend in der Tür stehen. »Wir haben dir für alle Fälle etwas vom Abendessen aufgehoben, aber ...«

»Das wird morgen mein Mittagessen, mein Magen hat sich noch nicht vollständig beruhigt.« Frederik lächelte andeutungsweise und strich sich mit der rechten Hand demonstrativ über den linken Oberbauch. »Macht euch einen schönen Abend ohne mich. Ich schlafe mich einfach aus und bin morgen wieder fit.«

»Ist wahrscheinlich das Beste, was du tun kannst.« Oliver nickte. »Schlaf gut und wenn du etwas brauchst, mach dich bemerkbar. Wir sind ja nicht weit.«

»Danke und gute Nacht.« Frederik schloss wieder die

Augen und lauschte, wie sein Bruder die Tür hinter sich schloss und halblaut die Treppe hinunter ins Erdgeschoss ging. Jetzt musste er nur noch darauf hoffen, dass Caroline nicht innerhalb der nächsten halben Stunde ins Bett gehen wollte. Um halb Neun wollte er sich davonschleichen, das gab ihm ausreichend Puffer, falls er Rundgänge der Polizisten würde abwarten müssen.

Kapitel 40

Durch die angelehnte Zimmertür hatte Frederik den Stimmen im Erdgeschoss zugehört, während er leise einen dunklen Kapuzenpullover über sein Shirt zog. Eine schwarze Jogginghose trug er bereits, dazu kamen dunkelblaue Sneaker. Recht viel Kleidung hatte er ohnehin nicht zur Auswahl, wenigstens war nichts Helles darunter gewesen. Das hätte ihm gerade noch gefehlt.

Das Herz schlug ihm bis zum Hals, gleichzeitig stand ihm der Schweiß auf der Stirn. Sein ganzer Körper war angespannt, alles in ihm war auf Flucht programmiert. Nur handelte es sich jetzt um die Flucht nach vorne, ins Ungewisse. Und Frederik war sich nicht einmal im Ansatz sicher, ob das die richtige Entscheidung war.

Warum leistete er dieser Anweisung überhaupt Folge, wenn er am Ende möglicherweise geschossen wurde? Oder wenn es sich nur um leere Drohungen handelte? Nur, das konnte er sich bei seinem Vater nicht vorstellen, nicht mehr. Nicht nach allem, was er im Zusammenhang mit dem Transplantationsskandal über seinen Vater erfahren hatte. Ihm war einmal mehr, als würde er diesen Menschen nicht kennen. Als wäre es eine völlig fremde Person.

Erneut lauschte Frederik, atmete angespannt aus und zog sich seine Reithandschuhe über die zitternden Hände. So hatte er etwas mehr Haftung als mit seinen bloßen, schweißnassen Handflächen. Und so machte er hoffentlich keine verräterischen Geräusche, die die Aufmerksamkeit der Polizisten auf ihn ziehen würden.

»Hoffentlich hat dieser Albtraum endlich ein Ende«, murmelte Frederik und zerrte sich die Kapuze über den blonden Haarschopf.

Hatte er an alles gedacht?

Oder hatte er etwas Wichtiges vergessen?

Ihm fiel nichts ein, doch sein Kopf war ohnehin wie leergefegt. Nur die Worte der anonymen Nachricht auf seinem Kopfkissen hatten sich eingebrannt und liefen in einer Endlosschleife vor seinem inneren Auge ab.

»Dann los«, sprach sich Frederik stumm Mut zu, lauschte einmal mehr in den Flur hinaus und verließ dann sein Zimmer auf Zehenspitzen. Im Schutze der Dunkelheit schlich er die Treppe hinunter und bog im Erdgeschoss zum versteckten Durchgang zur Stallgasse ab. Ihm war übel vor lauter Anspannung, sein Magen krampfte schon wieder.

Wieder wartete Frederik lauschend an der angelehnten Tür, dann schob er sich durch den schmalen Spalt und schloss die Verbindungstür nahezu geräuschlos. Die erste Etappe hatte er geschafft. Zwei lagen noch vor ihm. Durch die Stallgasse und über den Hof. Und hier war das Risiko, entdeckt zu werden, deutlich größer als eben.

Seine Beine zitterten und gehorchten ihm nur widerwillig, doch Frederik trieb sich selbst unbarmherzig an. In gebückter Haltung wagte er sich zur nächsten Tür vor, die ihn noch von der Stallgasse trennte. Hier in diesem kleinen, langgezogenen Raum wurden nur Medikamente und andere Dinge aufbewahrt, die zur Pflege erkrankter oder verletzter Tiere nötig waren.

In der abgedunkelten Stallgasse war nichts zu sehen oder zu hören, außer der üblichen Geräusche der Tiere. An sich beruhigend, doch die Uhr tickte. Obwohl er Zeitpuffer eingeplant hatte, konnte er nicht lange stehenbleiben. Er musste an das andere Ende der Stallungen gelangen und das möglichst schnell.

In gebückter Haltung huschte Frederik die Gasse entlang und ging immer wieder halbherzig hinter Schubkarren oder Strohballen in Deckung, auch wenn ihm das im Falle einer Patrouille nicht viel helfen würde.

»Wann kommt die Ablösung?«, hörte er auf einmal entfernt eine Männerstimme.

»Um Elf«, gähnte ein zweiter Mann.

Die Polizisten kamen von vorn, doch noch waren sie einige Meter entfernt. Nur, wo sollte sich Frederik verstecken? So würden sie ihn sofort entdecken.

Seine Panik stieg, instinktiv bewegte er sich rückwärts. Die Box hinter ihm war offen und leer. Den Blick immer noch in Richtung der Stimmen gerichtet schob sich Frederik rückwärts und hielt sich eng an der Boxenwand, die an die Stallgasse angrenzte. Dort würde man ihn im Vorübergehen hoffentlich nicht sehen.

»Hoffen wir, dass die Ablöse heute pünktlich kommt, nicht so wie gestern«, seufzte wieder die erste Männerstimme. Die Polizisten waren vielleicht noch zwei oder drei Boxen entfernt. Er hatte es also gerade noch rechtzeitig in das Versteck geschafft.

Angespannt atmete Frederik aus und ließ sich auf die

Knie sinken. In wenigen Minuten mussten die Polizisten erneut an der Box vorbeikommen, so lange musste er abwarten. Die Schritte der Männer entfernten sich. Stattdessen legte sich eine große Hand auf Frederiks Mund und ließ ihn überrascht aufkeuchen. Das Geräusch wurde von der Hand weitestgehend erstickt, die Patrouille hatte davon keine Notiz genommen. Jetzt spürte er auch noch den Atem der Person dicht an seinem Ohr und spürte ihre Körperwärme.

»Ich bin es«, flüsterte der Mann für Außenstehende kaum hörbar und nahm seine Hand wieder von Frederiks Gesicht.

»Was zur Hölle machst du hier?«, wisperte Frederik und funkelte seinen Onkel in einer Mischung aus Wut und Überraschung an, sein Puls war schlagartig durch die Decke gegangen. Dazu kam das Adrenalin, das seinen Körper weiter aufputschte.

Stumm legte sich Karl den Zeigefinger an die Lippen und schaute vielsagend nach oben. Die Polizisten waren auf dem Rückweg und inzwischen in ein Gespräch über Weihnachtsgeschenke für ihre Frauen vertieft.

»Ich könnte dir die gleiche Frage stellen«, flüsterte Karl von Gerblung angestrengt. »Was macht deine Übelkeit oder war das nur ein Ablenkungsmanöver?«

»Ich kotze dir gleich vor die Füße.« Frederik brach ab und lauschte angespannt, doch die Polizisten hatten die Stallgasse wieder verlassen. »Also, was machst du hier?!«

Anstelle einer Antwort sah sein Onkel auf die Uhr und setzte sich wieder in Bewegung.

»Oh nein, du auch? Wann musst du in der Halle sein?«,

kombinierte Frederik und hielt Karl am Arm fest. »Karl, bitte. Was ist hier los?«

Endlich hielt sein Onkel inne. »Ich habe noch vier Minuten, um pünktlich in diese verdammte Reithalle zu kommen«, flüsterte er voller Anspannung. »Und ich habe keine Ahnung, was mich dort erwartet. Ich weiß nur, dass ich nicht riskieren werde, dass einer meiner Neffen erschossen wird, nur weil ich nicht pünktlich aufgetaucht bin.«

»Dann sind wir schon zwei.« Frederik sah ebenfalls auf die Uhr. Ihm blieben noch vierzehn Minuten, doch er war fest entschlossen, seinen Onkel nicht allein gehen zu lassen. »Auf geht's, ich kenne den Weg.«

In geduckter Haltung eilten Frederik und Karl die Stallgasse entlang.

»Hier müssen wir ganz eng an der Wand entlang, sonst lösen die Bewegungsmelder sofort aus und du stehst im Flutlicht«, ermahnte Frederik seinen Onkel.

»Warte hier, du bist erst in elf Minuten bestellt. Nicht dass Maximilian bei unserem Anblick gleich die Nerven verliert.« Karl versuchte, sich an Frederik vorbeizuschieben.

»Kommt nicht infrage, ich lasse dich nicht allein zu diesem Irren.« Frederik setzte den ersten Schritt nach vorn und presste sich mit dem Rücken gegen die Wand. Ungefähr vier Meter trennten ihn vom Tor zur Reithalle, das er von seiner Seite aus gut aufschieben konnte. Zumindest für einen Spalt, durch den er und Karl durchschlüpfen konnten.

Kapitel 41

Die Reithalle lag völlig im Dunkeln da, als das Tor leise hinter Frederik und Karl zu geglitten war.

»Lesen gehört offensichtlich nicht zu euren Stärken.« Die schneidende Stimme von Maximilian Hendriksson jagte Frederik und Karl einen eiskalten Schauer über den Rücken. »Meine Anweisungen waren klar formuliert und dennoch sprecht ihr euch ab. Ihr wisst, was das bedeutet.«

»Halt, warte.« Frederik räusperte sich, doch das änderte nichts an dem Kloß in seinem Hals. Er erkannte seine eigene Stimme kaum wieder, so sehr hatten Furcht, Panik und Todesangst von seinem Körper Besitz ergriffen. »Ich ... wir haben nicht gesprochen, wir ... wir haben uns auf dem Weg zur Halle getroffen. Zufällig. Ich schwöre, es gibt keine Absprachen und damit keinen Grund für Schüsse auf das Haupthaus.« Er zitterte wieder am ganzen Körper.

»Halt den Mund«, fuhr ihn sein Vater ungehalten an und kam endlich näher, sodass Frederik ihn im spärlichen Licht der großen Fenster oben an der Hallenwand erkennen konnte. »Zu dir komme ich gleich.« Sein Blick ging weiter zu Karl, der bisher stumm neben Frederik gestanden hatte. »Karl, wir haben uns ja seit einer Ewigkeit nicht mehr gesehen. Wer hat dir erlaubt, dich auf meinem Hof einzunisten?«

Stumm ging Frederiks Onkel einige Schritte auf seinen

Bruder zu. »Ich habe mich nirgendwo eingenistet«, stellte er fest, seine Stimme klang klar und sicher. »Ich wurde nicht gefragt, ob ich vorübergehend hier bei deinen Söhnen bleiben möchte. Das war eine Anordnung der Polizisten auf Basis deiner jüngsten Taten.« Er machte eine Pause. »Wie hat es nur so weit kommen können, Max? Was hat dich so verändert?«

»Du erinnerst dich daran, was ich dir versprochen habe, als wir uns das letzte Mal gesehen haben?«, redete Maximilian Hendriksson kalt weiter, als hätte es Karls Worte gar nicht gegeben.

»Dass ich dir nie wieder unter die Augen treten soll?« Frederiks Onkel nickte. »Ja, das habe ich bis eben auch eingehalten. Nur hast du mich um dieses Treffen gebeten und deine eigene Aussage …«

»Hör auf, mit mir zu spielen, Karl!«, fuhr Maximilian seinen Bruder an. »Ich hätte dir schon vor Jahren den Hals umdrehen sollen, dann …«

»Was ist hier eigentlich los?«, fragte Frederik und stützte sich an der Bande ab. »Warum … warum willst du ihn überhaupt töten? Was hat er denn getan?« Irritiert hielt Maximilian Hendriksson inne. »Du sollst den Mund halten!« Er seufzte. »Bestimmt hat Karl ein finsteres Bild von mir gezeichnet und sich selbst nur im besten Licht dargestellt, was?«

»Ich habe überhaupt nichts überzeichnet, dieses finstere Bild hast du selbst von dir entworfen. Schieb den schwarzen Peter nicht mir in die Karten.« Karl spuckte ihm verächtlich vor die Füße. »Den Mist hast du ganz allein gebaut, lieber Bruder. Ich habe dich bestimmt nicht dazu gedrängt, eine Affäre zu beginnen.«

»Du hattest eine Affäre?«, wiederholte Frederik ungläubig. »Wie … wie lange ist das denn gegangen? Und hat Mama davon erfahren?«

»Wie ein hirnloser Papagei. Und so jemand soll mein Sohn sein.« Maximilian würdigte Frederik keines Blickes. »Victoria weiß nichts davon und dabei wird es auch bleiben.«

»Und was macht dich so sicher?« Karl stützte die Hände in die Hüften. »Willst du mich erschießen?«

»Das würde zu schnell gehen. Nein, du hast mehr verdient«, urteilte Maximilian Hendriksson kalt. »Ich hatte etwas viel Qualvolleres im Sinn, wie eine schleichende Vergiftung. Nur leider ist mir da mein missratener Sohn dazwischengekommen, der in München all deine Aufmerksamkeit für sich beansprucht hat.«

Frederiks Onkel verengte die Augen. »Was willst du damit sagen? Wann warst du in München?«

»Frederiks Naivität hat wohl auf dich abgefärbt, was?« Maximilian schüttelte den Kopf. »Natürlich war ich nicht selbst in München. Sabine hat sich freundlicherweise bereit erklärt, diesen Part zu übernehmen. Nur hatten wir nicht mit Frederiks langer Anwesenheit gerechnet und dass sie dich deswegen nicht mehr sieht.«

»Moment, Moment.« Karl unterbrach ihn mit einer Handbewegung. »Du … du hattest eine Affäre mit meiner Freundin?«

»So würde ich es nicht sagen.«

Frederiks Kopf ruckte nach links, wo langsam eine Person aus dem Schatten hervortrat, doch er konnte weiterhin keine Einzelheiten erkennen.

»Sabine«, entfuhr es seinem Onkel. »Was geht hier vor? Ich … wie …« Er fand keine Worte für seine Situation.

»Ich habe Sabine gebeten, dir zum Schein näherzu-kommen, damit sie dich unbemerkt aus dem Weg räu-men kann«, erklärte Maximilian in genervtem Tonfall.

»Dann habt ihr ...«, stammelte Karl und taumelte zwei Schritte rückwärts.

»Wir haben uns die ganze Zeit weiterhin getroffen«, bestätigte Sabine in einem Tonfall, der überhaupt nicht zu ihren Worten passte. »Du wusstest zwar, dass Max eine Affäre hat, aber nie, mit wem. Und bevor du seine Liaison an Victoria verpetzen konntest, mussten wir handeln.«

»Du ... das war alles nur gespielt?« Frederiks Onkel schüttelte den Kopf. »Das kann nicht sein, ich ...«

»Du warst schon immer der Naive von uns beiden.« Ohne jegliches Mitgefühl setzte Maximilian immer noch eins drauf. »Aber damit ist jetzt ein für alle Male Schluss.«

Karl schüttelte den Kopf. »Damit kommst du nie durch, Max«, prophezeite er seinem Bruder. Seine Stimme bebte und verlor dadurch einiges an Kraft, Maximilian rang er damit nur ein belustigtes Stirnrunzeln ab. »Wenn Victoria ...«

»Drohst du mir? In deiner Situation?« Frederiks Vater schüttelte den Kopf. »Ts, ts, ts, das ist jetzt wirklich tö-richt. Lass mich eins klarstellen. Victoria wird weder von dieser Affäre erfahren noch von etwas anderem, was wir hier besprechen. Und wisst ihr auch warum? Weil ihr beim Verlassen dieser Halle nicht mehr in der Lage seid, auch nur ein Wort zu sprechen. Ich riskiere doch nicht meinen Ruf und meine Ehe, nur weil ihr beide eure Nasen in die falschen Themen gesteckt habt.«

»Das hättest du dir überlegen sollen, bevor du auf Abwege geraten bist«, spielte Karl den Ball zurück.

»Verstehe.« Sein Bruder nickte knapp, woraufhin Frederiks Onkel nach einem leisen Ploppen stumm zu Boden sackte. Der Schütze hielt sich weiterhin im Schatten, nur seine Waffe hatte im diffusen Licht kurz aufgeblitzt.

»Ein Mucks und du bist der Nächste«, prophezeite Maximilian seinem Sohn regungslos und machte einen Schritt auf ihn zu.

In blankem Entsetzen wich Frederik zurück, doch schon bald spürte er das Holz der Bande in seinem Rücken. Er steckte in der Falle und wie es aussah, würde er gleich das Schicksal seines Onkels teilen. Wo war Karl getroffen worden? Lebte er noch? Oder …

»Kommen wir also zu dir, *Sohn*.« Maximilian Hendrikssons eiskalte Stimmfarbe steigerte die Panik bei Frederik nur noch weiter. »Eins muss ich dir lassen, du hast im letzten halben Jahr verdammt oft deinen Kopf im letzten Moment aus der Schlinge gezogen bekommen. Nur heute, da verlässt dich dein Glück.«

Schockstarre hatte Frederiks Körper in festem Griff, während sich seine Gedanken in Panik überschlugen. Versuche, Zeit zu schinden!

Hoffe, dass die Polizisten auf die Situation aufmerksam werden.

Hoffe, dass den anderen dein und Karls Verschwinden auffällt.

Hoffe, dass dich irgendjemand aus dieser Falle befreit.

»Warum?«, fragte Frederik mit wackliger Stimme und räusperte sich. »Warum tust du das alles?«

»Meinen Konflikt mit Karl hast du gerade erklärt bekommen. Ich vermute also, dass du auf unsere medizinische ... Meinungsverschiedenheit abzielst?«

»Meinungsverschiedenheit?«, wiederholte Frederik ungläubig und fassungslos zugleich. »Du nennst den Transplantationsskandal eine Meinungsverschiedenheit?«

»Papperlapapp, für die Medien ist heutzutage alles gleich ein Skandal«, wehrte sich Frederiks Vater überheblich und machte eine abwertende Handbewegung. »Wir haben den Vergabeprozess für Spenderorgane lediglich optimiert.«

»Optimiert?« Frederik starrte ihn ausdruckslos an. Ihm machte die kaltherzige Variante seines Vaters mehr zu schaffen, als er zugeben wollte.

Wann war sein Vater zu so einem Monster geworden? Warum war ihm das nicht schon früher aufgefallen?

»Du nennst es Optimierung von Prozessen, wenn du gesunde Patienten mit harmlosen Verletzungen nach eigenem Ermessen zum Tode verurteilst? Wie viele Familien hast du dadurch zerstört? Du bist Arzt, verdammt noch einmal, wie kannst du da Patienten einfach umbringen?«

»Überleg mal, wie viele Familien durch die Spenderorgane gerettet wurden«, hielt sein Vater emotionslos dagegen.

»Das kannst du dir schönreden, so viel du willst, du bist und bleibst ein Mörder«, spie ihm Frederik entgegen.

»Und warum? Um den barmherzigen Samariter zu spielen? Wohl kaum. Worum ging es dann?«

»Was glaubst du denn, worum es ging?«, fragte sein Vater überheblich zurück. »So naiv kannst du doch gar nicht sein, Frederik. Organtransplantationen sind ein schier unerschöpflicher Markt voller verzweifelter Menschen, die alles für ein neues Organ tun würden.«

»Dann geht es um Geld?«, kombinierte Frederik und schwankte schon wieder, sein Blick blieb wieder an Karl von Gerblung hängen, der immer noch regungslos mitten in der Halle lag. »Aber wieso? Du hast doch genug, wie soll ... ich begreife es nicht!«

»Die Bezahlung war ein netter Nebeneffekt«, redete Maximilian Hendriksson diesen Aspekt des Transplantationsskandals klein. »Nein, oft geht es nicht um Geld, sondern um Macht. Du hast nie echte Macht besessen, deswegen kannst du das nicht verstehen. Ich habe mir ein Denkmal aus Macht gebaut, an das sich noch Generationen von Ärzten erinnern werden.«

»Ein ... Denkmal aus ... Macht?«, wiederholte Frederik ungläubig. »Das ist nicht dein Ernst! Das ist doch ... Wahnsinn. Du ermordest wehrlose, sedierte Patienten auf der Intensivstation und nennst es dann Macht?«

»Du glaubst doch nicht, dass ich mich selbst um solche Nebensächlichkeiten gekümmert habe. Nein, dafür habe ich über die Jahre ein gut funktionierendes Netzwerk in die relevanten Abteilungen gesponnen«, berichtete Frederiks Vater stolz. »Alles lief reibungslos, bis du mit Niklas angefangen hast, in Patientenakten herumzuschnüffeln. Damit habt ihr euch selbst auf die Abschussliste geschrieben, nur hattet ihr wesentlich mehr Glück als Verstand.« Er schnaubte verächtlich. »Hanson hat sich meinen Anweisungen widersetzt und dich nur gefoltert, jedoch nicht getötet. Das ist der einzige Grund, warum wir dieses Gespräch überhaupt führen.«

»Wie hast du Hanson ...?« Frederik konnte nicht mehr

klar denken, obwohl ihm Benett Hansons Beteiligung an diesem Fall nicht neu war.

»Erreicht die Aufwandsentschädigung eine gewisse Höhe, verschwinden letzte Skrupel. Auch das sollte für dich kein neues Konzept sein.« Tadelnd schüttelte sein Vater den Kopf. »Zunächst lief alles nach Plan, Hanson hat dich wie abgesprochen an einen abgeschiedenen Ort gebracht, um seinen Auftrag auszuführen.«

»Du hast aber nicht damit gerechnet, dass sie mich nicht gleich umbringen.« Frederiks Mund war wie ausgetrocknet, in seinen Ohren hatte es wieder zu rauschen begonnen. Doch solange sie miteinander sprachen, hatte er noch eine Überlebenschance. Er musste seinen Vater irgendwie hinhalten.

Nur wie sollte er die Polizisten auf die Situation aufmerksam machen? Schreien würde ihm kaum etwas bringen, das war nie bis in die Autos zu hören.

»Sie waren zu gierig und wollten mehr Geld erpressen. Als hätte ich ihnen nicht genug für diesen Auftrag gezahlt. Na ja, die Quittung haben sie bekommen. Und das bringt mich wieder zu dir. Nachdem meine Kollegen zu feige oder zu geldgierig waren, einen gezielten Schuss abzugeben, muss ich das selbst erledigen.«

»Dann gab es also Lösegeldforderungen?«, fragte Frederik mit neuer Panik in der Stimme, während sein Blick hektisch durch die Halle irrte. Irgendetwas musste es doch geben, was die Aufmerksamkeit der Polizisten auf sich ziehen konnte. Ein lautes Geräusch oder ... Licht. Verflixt, wo waren hier gleich wieder die Schalter für die Hallenbeleuchtung? Irgendwo musste doch ...

»Natürlich gab es Forderungen nach einem Bonus.

Aber das stand nie zur Debatte.« Gleichmütig zuckte Maximilian Hendriksson mit den Schultern. »Du solltest sterben, warum sollte ich noch mehr Geld zahlen und mich angreifbar machen?«

Geschockt starrte Frederik seinen Vater an.

»Jetzt weißt du, warum sich niemand für dich interessiert hat, als du gefangen warst.« Sein Vater sah ihn verächtlich an, dann wechselte er direkt in den Frederik so verhassten spöttischen Tonfall. »So, die Fragestunde neigt sich dem Ende, gibt es noch abschließende Bemerkungen?«

Fieberhaft dachte Frederik nach und stolperte zwei Schritte zur Seite. Aufatmend lehnte er den Rücken wieder gegen die Bande.

»Und wie passt der Amoklauf in der Polizeischule dazu?«, fiel Frederik noch ein ganz anderes Thema ein. »Warum hast du das veranlasst? Warum hast du auch hier unschuldige Menschen töten lassen?«

»Du hattest dich in München verkrochen, irgendwie musste ich dich wieder in meine Reichweite locken. Da hat sich deine unangemessene Patienten-Gespielin als überaus nützlich erwiesen«, reizte Maximilian seinen Sohn genüsslich.

»Caroline ist weder unangemessen noch meine Gespielin«, fuhr Frederik ihn unerwartet heftig an. »Der Einzige, der hier unangemessen ist, bist du.« Er holte tief Luft, spannte seinen Körper zum Sprung an und stieß sich kräftig vom Boden ab. Im Flug schlug er blind in Richtung der Lichtschalter neben dem Halleneingang, die im Dunkeln kaum zu erkennen gewesen waren. Das Holz knapp über Frederiks Kopf splitterte unter dem nächsten, abgegebenen Schuss, während er japsend auf dem weichen Hallenboden landete. Und endlich, endlich erwachte die helle Neonbeleuchtung flackernd zum Leben und tauchte die Szene in gespenstisches Licht.

Weitere Schüsse schlugen vor und neben Frederik in Boden und Wand ein, während er auf die Tribüne zu rannte. Es würde zu lange dauern, das Tor zu öffnen, da würde er sich unweigerlich einen Schuss einfangen. Also trieb ihn sein Instinkt zur Flucht innerhalb der Halle in der großen Hoffnung, dass es nur diesen einen Schützen gab. Wenn nicht, war das ohnehin sein Ende.

»Dafür wirst du bezahlen, du Bastard!« Das Gesicht zu einer wütenden Fratze verzerrt zog Maximilian Hendriksson einen kleinen Revolver aus seiner Manteltasche und zielte damit auf Frederiks Rücken.

Gerade noch rechtzeitig konnte sich Frederik zwischen den Sitzreihen zu Boden werfen, der Schuss schlug in die Sitzlehne über ihm ein. Der Knall war ohrenbetäubend, denn im Gegensatz zum ersten Schützen verwendete sein Vater keinen Schalldämpfer. Offenbar hatte er nicht damit gerechnet, seine Waffe einsetzen zu müssen. Oder es war ihm schlichtweg egal, ob er damit die Aufmerksamkeit der Polizisten auf sich zog.

»Ihm nach! Los, los, los!«, brüllte Frederiks Vater außer sich vor Wut.

Das war es dann wohl. So wird es enden, wenn die Polizisten nicht gleich auftauchen, dachte sich Frederik, rappelte sich ein weiteres Mal auf und kroch auf allen Vieren zum nächsten Gang. Dort hatte er immerhin mehrere Fluchtmöglichkeiten.

Lautes Rumpeln drang an Frederiks Ohr, als er sich hinter die nächste Sitzreihe flüchtete.

»Polizei, sofort die Waffe weg und Hände hoch!« Mehrere Polizisten mit schusssicheren Westen über ihrer zivilen Kleidung kamen durch das große Eingangstor in die Halle. Einige von ihnen hielten die Dienstpistole im Anschlag, drei Polizisten hatten hingegen zum Maschinengewehr gegriffen.

»Wir haben hier etwas zu klären, das geht Sie überhaupt nichts an!«, fuhr Maximilian Hendriksson die Polizisten an, auch Frederiks anderer Verfolger sah längst keinen Anlass, seine Jagd abzubrechen. Einzig Sabine hob die Hände.

Weitere Schüsse fielen, doch sie verfehlten Frederiks Position deutlich. Aufatmen konnte er nicht, denn der Gehilfe seines Vaters hatte es endlich auf die Tribüne geschafft und befand sich jetzt in deutlich besserer Schussposition.

»Stehen bleiben und Waffe fallen lassen!«, brüllte einer der Polizisten mit Maschinengewehr.

»Verlassen Sie augenblicklich mein Eigentum, das ist eine Familienangelegenheit.« Frederiks Vater drehte sich ruckartig um und schoss in Richtung der Polizisten. Gleichzeitig erreichte sein Helfer den Gang, in dem sich Frederik bis eben versteckt hatte.

Das war wohl das Ende. So kurz vor dem Ziel gescheitert, dachte Frederik und schloss ergeben die Augen. Jeden Moment müsste ihn die Kugel treffen und ihm das Bewusstsein rauben.

Mehrere Schüsse knallten in kurzem Abstand hintereinander und hinterließen ein leises Pfeifen in Frederiks Ohren. Der erwartete Schmerz blieb jedoch aus.
Irritiert riss Frederik die Augen auf.

Da war keine Pistolenmündung mehr, in die er blickte. Der Schütze lag bäuchlings wenige Meter vor ihm, Blut färbte die Holzplanken bereits rot.

War es endlich vorbei?

Hatte dieser Albtraum endlich ein Ende?

»Doktor Hendriksson?«, rief einer der Polizisten, dessen Namen Frederik schon wieder vergessen hatte. »Sind Sie verletzt?«

Andeutungsweise schüttelte Frederik den Kopf, ohne den Blick vom leblosen Körper in seinem Sichtfeld zu wenden. Funksprüche drangen dumpf an sein Ohr, er verstand jedoch nicht ein Wort.

Zuckendes Blaulicht erhellte die Nacht, Notärzte und weitere Rettungskräfte tauchten in der Reithalle auf. Die Spurensicherung war ebenso alarmiert worden wie Peter Hauser, die just in dem Moment eintrafen, als Frederiks Onkel mit dem Helikopter abtransportiert wurde.

Julian, Oliver und Caroline verfolgten die ganze Szenerie vom Hof aus, weiter wurden sie nicht vorgelassen. Das Entsetzen stand auch ihnen in die Gesichter geschrieben.

»Kommen Sie, Doktor Hendriksson.« Zwei Sanitäter nahmen Frederik in ihre Mitte und führten ihn zu einem der wartenden Rettungswägen, die leitende Notärztin stieg gleich nach Frederik ins Fahrzeug und musterte ihren Patienten kritisch.

»Ist es vorbei?«, fragte Frederik tonlos, während ihm die Sanitäter eine Blutdruckmanschette um den Oberarm legten und einen Clip zur Pulsmessung an seinem linken Zeigefinger befestigten.

»Sie sind in Sicherheit, Doktor Hendriksson«, versicherte die Notärztin und runzelte beim Anblick seiner Vitalwerte die Stirn. »Haben Sie Schmerzen? Sind Sie verletzt?«

Andeutungsweise zuckte Frederik mit den Schultern. Er fühlte sich wie betäubt und konnte die jüngsten Ereignisse und Geständnisse seines *Vaters* noch überhaupt nicht begreifen. »Ist es vorbei?«, wiederholte er seine Frage und starrte ins Leere.

»Wen habt ihr?« Kriminalpolizist Peter Hauser öffnete die Seitentür. »Oh, Doktor Hendriksson.« Er sah weiter zur Notärztin. »Wie ist die Lage?«

»Er hat einen Schock und gehört dringend in die Hände eines erfahrenen Trauma-Therapeuten.« Die Notärztin schickte den Polizisten wieder aus dem Wagen. »Doktor Hendriksson? Auch wenn Sie selbst keine Verletzungen angeben, ich muss Sie kurz untersuchen. Legen Sie sich bitte auf den Rücken?«

Stumm folgte Frederik dieser Aufforderung. In ihm herrschte große Leere und gleichzeitig blankes Entsetzen über die Schüsse auf ihn und seinen Onkel. Ruckartig fuhr Frederik wieder in die Höhe, bevor die Notärztin auch nur mit ihrer Untersuchung hatte beginnen können.

»Was ist mit Karl?«, fragte Frederik panisch. »Oh Gott, er hat auf ihn geschossen! Wer tut denn so etwas? Das ist doch krank! Sie sind Brüder, verdammt nochmal!«
Schluchzend schlug er die Hände vors Gesicht.

Kapitel 42

Das Beruhigungsmittel hatte Frederiks Panik etwas abgemildert, sodass ihn die Notärztin endlich untersuchen konnte.

»Was ist mit meinem Onkel?«, fragte Frederik schon wieder, sein Kopf ruckte zur Seite, damit er den Sanitäter neben sich ansehen konnte. »Wo wird er hingebracht? Wie stehen seine Chancen?«

»Doktor Hendriksson, Ihr Onkel wird gerade in die Uniklinik nach Hamburg geflogen«, informierte ihn die Notärztin und tastete seinen Brustkorb ab. »Haben Sie irgendwo Schmerzen?«

Frederik reagierte nicht auf ihre Frage. »Wie schwer ist er verletzt? Wo hat ihn die Kugel getroffen? Wie stehen seine Überlebenschancen?«

»Die Kugel steckt im Brustkorb und hat den Atemgeräuschen nach mindestens den linken Lungenflügel verletzt«, gab die Ärztin seufzend nach und ließ eine weitere Spritze mit Beruhigungsmittel aufziehen. »Er blutet stark, dementsprechend angespannt ist die Kreislaufsituation. Mehr wird ein CT zeigen.« Sie löste die Verschraubung am Venenzugang in Frederiks Handrücken, steckte die Spritze auf und drückte das Medikament in Frederiks Blutkreislauf. »Ihr Onkel bekommt die bestmögliche medizinische Versorgung, Doktor Hendriksson, hier geht es aber um Sie. Haben Sie irgendwo Schmerzen?«

Andeutungsweise schüttelte Frederik den Kopf. »Mir fehlt nichts, also körperlich ...« Sein Blick ging wieder ins Leere.

»Sie haben ganz schön einstecken müssen, Doktor Hendriksson«, pflichtete ihm die Notärztin bei. »Ihr Kreislauf ist so weit stabil, deswegen muss ich Sie nicht in die Klinik einweisen. Ich möchte Sie jedoch dringend darum bitten, sich mit einem ...«

»Meisendoc?«, unterbrach Frederik sie mit müdem Lächeln. »Ich verstehe schon, was Sie sagen wollen. Nur, lassen Sie mich erst einmal zu meinen Brüdern und meiner Freundin? Ich brauche meine Familie jetzt.«

»Natürlich.«, versicherte die Ärztin. »Notfallseelsorger sind bereits vom Herrn Hauser angefordert worden, sie werden Sie und Ihre Geschwister in den nächsten Stunden begleiten.«

Erneut nickte Frederik und ließ sich dann von den Sanitätern wieder hochhelfen. Benommenheit hatte sich über seinen Körper gelegt und seine Sinne abstumpfen lassen.

»Doktor Hendriksson? Ich begleite Sie zu Ihrer Familie.« Paul Miller wartete neben dem Rettungswagen und nahm Frederik sofort am Oberarm, um ihn im Notfall stützen zu können.

Weit musste Frederik nicht gehen, dann hatte er das Wohngebäude erreicht und konnte sich neben Caroline auf das Sofa sinken lassen. Wortlos ließ Paul Miller die Familie allein.

»Papa ist tot«, murmelte Julian geschockt und gab sich keine Mühe, seine Tränen zu verbergen. »Was ist eigentlich passiert? Warum wird auf unserem Hof geschossen? Was hast du mit Onkel Karl überhaupt abends in der Reithalle gemacht, Frederik? Was ist hier verdammt noch einmal los?«

Frederik schluckte schwer. Er stand noch ganz unter dem Eindruck der letzten beiden Stunden und fand kaum Worte für diese Ereignisse. Es wollte nicht recht zu ihm durchdringen, dass sein eigener Vater auf ihn geschossen hatte. Dass er seinen eigenen Bruder kaltblütig und regungslos hatte niederschießen lassen.

Das leise Klopfen am Türrahmen bewahrte Frederik vorerst vor einer Antwort, denn Kriminalpolizist Peter Hauser trat mit einem Notfallseelsorger ein.

»Doktor Hendriksson? Darf ich Sie kurz allein sprechen?«, fragte Hauser in die Stille hinein.

Mechanisch nickte Frederik und ging voran in das Treppenhaus, während sich der Notfallseelsorger zu seinen Brüdern und Caroline setzte und sich vorstellte.

»Was gibt es?«, fragte Frederik und setzte sich auf eine der untersten Treppenstufen.

»Der Einfall mit dem Hallenlicht hat Ihnen das Leben gerettet, Doktor Hendriksson«, stellte der Ermittler knapp fest und lehnte sich an die Wand. »Was hat Sie und Ihren Onkel eigentlich um diese Zeit in die Reithalle geführt? Haben Sie sich das selbst überlegt oder steckt da etwas anderes dahinter?«

»Wenn Sie mit *etwas anderem* anonyme Briefe meinen, haben Sie recht.« Frederik ließ den Kopf hängen und strich sich mit beiden Händen durchs Haar, in dem noch immer Holzspäne vom Hallenboden der Reithalle hingen. »Onkel Karl wurde angewiesen, um zehn vor Neun dort zu sein. Bei mir stand Punkt Neun. Wir ha-

243

ben uns unabhängig voneinander aus dem Haus durch die Stallanlage geschlichen. Als wir uns vor einer der Patrouillen verstecken mussten haben wir uns gefunden und entschieden, zusammen zu bleiben.«

»Ich verstehe.« Der Polizist dachte über Frederiks Worte nach. »Dann wurden Sie in den anonymen Briefen vermutlich davor gewarnt, mit irgendjemandem darüber zu sprechen, ansonsten würden Konsequenzen folgen?«

»Erraten. Es wurde gedroht, einen meiner Brüder oder Caroline zu erschießen. Die Schützen hätten perfekte Sicht und freie Schussbahn.« Frederiks Stimme brach. »Ich konnte das nicht riskieren, es war eine verdammte Zwickmühle.«

»Sie haben richtig gehandelt, Doktor Hendriksson. Den weiteren Verlauf konnte niemand vorhersehen«, versicherte ihm Peter Hauser. »Haben Sie den anonymen Brief noch? Das ist ein wichtiges Beweismittel.«

Frederik nickte und stand ächzend auf. Sein angeschlagener Kreislauf ließ ihn etwas schwanken, dann konnte er die restlichen Stufen nach oben gehen und den Brief aus seinem Zimmer holen. »Mein Onkel müsste so einen auch bekommen haben, aber ich weiß nicht, wo er ihn aufbewahrt hat.« Er hielt inne. »Wird es jetzt wieder so etwas wie Normalität geben? Ist dieser Albtraum endlich vorbei?«

»Die akute Bedrohung ist vorüber«, bestätigte der Kriminalpolizist und ließ Frederik den zerknüllten Brief in einen Beutel der Spurensicherung stecken. »Wir werden Ihre und auch Doktor Thorsens Gefährdung nach der Befragung von Sabine Wilhelm neu beurteilen. Im Moment sieht es aber ganz danach aus, als wäre der

Polizeischutz bei Ihnen beiden nicht länger nötig.« Hauser bemühte sich um Zuversicht. »Ich werde Ihre Aussage heute im Laufe des Tages aufnehmen, aber das muss nicht sofort sein.«

»Weiß Mama schon, dass …« Frederik ließ die Schultern hängen, Tränen sammelten sich in seinen Augen.

»Wir haben bereits versucht, Ihre Mutter telefonisch zu erreichen, bisher leider erfolglos. Wir haben sie um Rückruf gebeten und werden sie über die Ereignisse informieren«, versicherte Peter Hauser. »Gehen Sie nur zurück zu Ihren Brüdern, ich kümmere mich um den Rest.«

Andeutungsweise nickte Frederik und hatte schon die Hand auf der Türklinke, als das Schluchzen aus ihm herausplatzte und er tränenblind zu Boden sank.

Erleichterung machte sich in ihm breit, dass die Lebensgefahr und damit die permanente Flucht unter Polizeischutz endlich vorüber war.

Doch die wiedergewonnene Freiheit war blutbesudelt, zwei Tote und einen Schwerverletzten hatte sie gefordert. *War es das wert gewesen?*

Schmerz tobte in seinem Inneren über den Tod seines Vaters, den er menschlich gesehen schon vor Jahren verloren hatte. Sie waren einander fremd geworden, bis sie sich schließlich bis aufs Blut bekriegt hatten. Nie hätte Frederik seinem Vater so ein Verhalten, vor allem solch eine Gefühlskälte, zugetraut. Doch das änderte kaum etwas an seinem Schmerz. Es war immer noch sein Vater, über fast drei Jahrzehnte eine der wichtigsten Figuren in seinem Leben.

Kapitel 43

»Ihre Mutter ist auf dem Weg zum Flughafen«, informierte Peter Hauser die Geschwister in den frühen Morgenstunden.

»Dann weiß sie, was passiert ist?« Oliver sah starr aus dem Fenster und drehte seiner Familie weiterhin den Rücken zu.

»Nein, diese Nachricht überbringe ich nicht am Telefon. Ich habe Ihre Mutter informiert, dass neue Entwicklungen hier in Hamburg eine sofortige Rückreise nötig machen und ich ihr nach der Landung alles erklären werde.« Der Polizist kratzte sich am Kopf und sah ebenfalls aus einem der Fenster. Die Spurensicherung hatte begonnen, ihre Ausrüstung zusammenzupacken. Offensichtlich waren sie fertig mit ihrer Arbeit in der Reithalle.

»Ich werde Ihre Mutter heute Abend am Flughafen in Empfang nehmen und sie über die Geschehnisse der letzten Tage informieren«, fuhr Hauser fort. »Falls Sie in der Zwischenzeit Fragen haben, rufen Sie mich bitte an.«

»Dann ist Niklas jetzt auch auf dem Weg zurück nach Hamburg?«, fragte Frederik mit belegter Stimme.

»Unser Vater ist tot und du denkst an deine Freunde«, quetschte sich Oliver wütend durch die Zähne.

»Unser Vater ist tot, weil er versucht hat, mich zu erschießen!«, fuhr Frederik seinen Bruder an. »Er ist tot, weil er auf unseren Onkel hat schießen lassen. Und weil er unzählige unschuldige Patienten ermordet hat, um ihre Organe an reiche Menschen zu verkaufen, die auf normalen Wegen viel länger auf ihr Spenderorgan hätten warten müssen. Er hat verdammt nochmal bekommen, was er verdient hat!« Türenknallend verließ Frederik das Gebäude und rannte mit neuen Tränen in den Augen über den Hof.

Unbewusst hatten ihn seine Schritte wieder zu Malikas Box geführt. Die Stute begrüßte ihn mit leisem Schnauben und stupste ihn gegen die Schulter.

»Ich glaube, wir müssen beide raus«, stimmte Frederik ihr zu, wischte sich mit dem Ärmel übers Gesicht und sattelte das Tier eilig. Schon führte er Malika aus dem Stall, saß auf und trieb sie sofort an. Aufwärmen musste er sie, auch wenn er gern gleich losgaloppiert wäre. Malika spürte seine Ungeduld und fiel immer wieder in leichten Trab, doch Frederik zügelte sie sofort. Wenn er ihr dieses Verhalten durchgehen ließ, würde sie es immer wieder machen. Sie musste auf seine Hilfen warten, erst dann durfte sie die Gangart wechseln.

Ohne Blick zurück lenkte Frederik Malika auf einen der Reitwege, der ihn rings um das weitläufige Gelände führte. Hinter dem zweiten Reitplatz trieb er die Stute schließlich leicht an und ließ sie antraben. Die gleichmäßige Bewegung des Tieres unter ihm, ließ zumindest seine Gedanken etwas zur Ruhe kommen. Der Schmerz in seiner Brust jedoch blieb.

»Komm«, rief Frederik und gab erneut leichten Schenkeldruck. Malika verstand ihn sofort und wechselte in den Galopp. Mit weit ausgreifenden Schritten trug sie Frederik weg von den Gebäuden und den Geschehnissen der vergangenen Nacht. Der Wind fuhr durch Frederiks Haar und trieb ihm durch seine Kälte schon wieder Tränen in die Augenwinkel.

»Weiter«, feuerte Frederik die Stute an, die er auf dem ebenen Boden gefahrlos galoppieren lassen konnte. »Weiter, Malika, weiter.« Er verlagerte sein Gewicht etwas nach vorn.

Frederik hatte jegliches Zeitgefühl verloren, nur die steifen Finger und schmerzenden Oberschenkel zeigten ihm, dass er mit Malika wohl schon eine ganze Weile unterwegs war. Längst war er vom Galopp zurück in den Trab gewechselt und ritt schließlich im Schritt zurück auf den Hof.

»Danke«, murmelte er und klopfte der Stute den Hals. »Und ich hoffe sehr, dass Niklas dich bald wieder besuchen kommt.« Frederik glitt mit den Füßen aus den Steigbügeln und saß dann schwungvoll ab.

»Na?« Julian lehnte außen an Malikas Box und musterte seinen Bruder abwartend. »Ich habe mir schon gedacht, dass du wieder mit ihr unterwegs bist.«
Stumm nahm Frederik Zaumzeug und Sattel und hängte es ordentlich auf die Halterung.

»Hör mal, das heute Nacht …« Julians Stimme brach. »Ich hatte kein Recht, dich so anzugehen, das war nicht in Ordnung.«

»Mhm.« Frederik bückte sich zum Putzkasten und lächelte wehmütig, als er Niklas' Namen darauf las. Seufzend nahm er den Hufkratzer heraus.

»Wir haben endlich jemanden im Krankenhaus erreicht, der uns etwas zu Onkel Karl sagen konnte.« Julian nahm einen Striegel aus dem Putzkasten und begann auf Malikas anderer Seite mit der Fellpflege. »Sie haben ihn notoperiert. Die Kugel hat ihm den linken Lungenflügel verletzt, aber das Herz und die großen Blutgefäße um Haaresbreite verfehlt.«

Frederik blieb stumm und kratzte den linken Vorderhuf sauber.

»Wenn er die nächsten vierundzwanzig Stunden übersteht, hat Karl gute Chancen«, schob Julian nach.

»Mhm.« Frederik seufzte, ließ Malika den Huf wieder absetzen und sah dann seinen Bruder über den Pferderücken hinweg an. »Glaubt ihr beide, also Oliver und du, dass ich unsere Familie zerstört habe? Dass ich schuld bin an … Papas Tod?«

Jetzt war es Julian, der angestrengt den Blicken seines Bruders auswich. »Ich kann nicht für Oliver sprechen«, begann er nach einigem Nachdenken und fuhr fort, Malikas Fell zu striegeln.

»Und was glaubst du?«, fragte Frederik unsicher. Als wäre er sich selbst nicht sicher, ob er die Antwort wirklich hören wollte.

»Ich glaube, dass wir hier auf dem Hof in den letzten Jahren verdammt wenig von eurem Leben in der Stadt und in der Klinik mitbekommen haben. Und dass wir unseren Vater wohl nie wirklich gekannt haben. Denn der Mann, den ich für unseren Vater gehalten habe, der würde nicht auf seinen eigenen Bruder oder seinen Sohn losgehen. Der hätte nicht einmal eine Waffe.« Er ließ die Hände sinken. »Und er wäre nie auf die Idee mit dem Organhandel gekommen.«

»Mhm.« Frederik nickte langsam und ließ Malika den Hinterhuf heben, um ihn auskratzen zu können.

»Seit wann wusstest du davon? Also dass irgendetwas nicht stimmt?«, fragte Julian.

»Im April glaube ich bin ich zum ersten Mal bei Patienten stutzig geworden, aber so richtig gehäuft hatte sich das erst im Sommer«, überlegte Frederik laut.

»Und warum hast du nicht ein Wort zu uns gesagt? Wir wären doch für dich da gewesen.«

»Ich habe meinen Verdacht mit Niklas geteilt und was hat uns das gebracht? Niklas stand seit August unter Polizeischutz an einem unbekannten Ort und durfte zu niemandem aus seinem Umfeld Kontakt aufnehmen. Ohne unsere Gespräche wäre er nie auf Vaters Abschussliste gelandet! Von daher bin ich sogar froh, dass ich nicht mit euch darüber gesprochen habe. Wer weiß, was er euch noch angetan hätte.«

»Wir haben in den letzten Stunden einen Einblick in seine Fähigkeiten bekommen.« Julian senkte den Blick. »Du wolltest uns mit deinem Schweigen schützen.«

»Was hätte ich sonst tun sollen? Es war und ist schlimm genug, dass ich Niklas und seine Freundin so mit hineingerissen habe. Caroline wurde meinetwegen angeschossen. Der Amoklauf in der Polizeischule geht auch auf Vaters Initiative zurück, nur um mich aus München zurück nach Hamburg zu locken. Er ist über Leichen gegangen und hat nicht vor der eigenen Familie zurückgeschreckt, Julian. Unser *Vater* hat sich in den letzten Jahren zu einem skrupellosen Monster entwickelt und nichts mehr gemein mit unserem Vater, als wir klein waren.«

Kapitel 44

Nachdem die Brüder mit dem Notfallseelsorger nichts anfangen hatten können, waren Mitarbeiter des Kriseninterventionsteams geschickt worden, um die Brüder in dieser Ausnamesituation etwas abzuholen und ihnen so viel Struktur und Hilfe zu geben, dass sie wieder allein klarkamen. Die beiden Männer bekamen im Gegensatz zum Notfallseelsorger sofort einen guten Draht zu den immer noch schwer geschockten Brüdern, die in ihren aufgewühlten Emotionen schon wieder aufeinander losgegangen waren.

»Warum tut er denn so etwas? Ich begreife das nicht!« Oliver hieb wütend mit der Faust in das Sofakissen. »Er war doch unser Vater, verdammt!«

»Ich glaube, dass dieser Mann nichts mehr mit unserem Vater gemein hatte.« Julian zog ein frisches Taschentuch aus der Box auf dem Tisch. »Frederik hat mir vorhin im Stall erzählt, dass sogar der Amoklauf in der Polizeischule auf sein Konto ging. Nur, damit Frederik aus München zurückkehrt. Klingt das für dich vielleicht nach unserem Vater?«

»Er hat was?« Geschockt starrte Caroline ihren Freund an. »Euer Vater hat fünf angehende Polizisten erschießen lassen und mehr als dreißig zum Teil schwer verletzt, nur damit du zurück nach Hamburg kommst? Was ...« Ihre Stimme brach. »Woher weißt du das überhaupt? Wie ...«

Mechanisch hob Frederik den rechten Arm, legte ihn um Carolines schmale Schultern und zog sie näher zu sich. »Er hat es mir letzte Nacht in der Reithalle gestanden. So wie er mir diesen verdammten Organhandel erklärt hat. Er hatte keine Skrupel, kein Mitleid, und erst recht kein Gewissen. Er war ein Monster.«

»Verfluchtes Arschloch«, entfuhr es Julian.

Oliver und Frederik stimmten ihm, ohne zu zögern, zu.

»Dein Vater hat auf meine Kollegen und mich schießen lassen«, wiederholte Caroline tonlos und krallte ihre Finger in Frederiks Shirt.

»Er wird uns nichts mehr tun«, versicherte Frederik. »Er hat bekommen, was er verdient.«

»Man hat auf mich geschossen!«, fuhr Caroline ihn an, ihre Stimme überschlug sich. »Und du tust, als wäre das eine Lappalie!«

»Mir hat es den Boden unter den Füßen weggerissen, als ich die Fotos gesehen habe!« Frederik löste die Umarmung und sah ihr aufgebracht in die Augen. »Dich schreiend und blutend mitten in diesem Durcheinander zu sehen und nicht zu wissen, wie schwer du verletzt bist, das war brutal! Verstehst du? Alles an dieser Scheiß-Situation hat mich augenblicklich um Jahre zurückkatapultiert. Als mir am Tag vor meiner Hochzeit gesagt wurde, dass meine Braut erschossen worden ist. Noch heute sehe ich die beiden Polizisten vor mir und kann mich an jedes verdammte Wort erinnern, mit dem sie mein Leben zerstört haben. Also nein, für mich war das alles andere als eine Lappalie!«

»Von welchen Fotos sprichst du?«, fragte nicht nur Caroline irritiert, auch Frederiks Brüder wirkten verwundert.

Ergeben schloss Frederik die Augen und schüttelte den Kopf. »Wenige Stunden nach den Schüssen in der Polizeischule habe ich Fotos gemalt bekommen. Anonymer Absender, aber wir wissen inzwischen alle, wer das war.«

»Und du hast nichts gesagt?«, wollte Caroline fassungslos wissen.

»Was hätte ich denn sagen sollen? Und wann?«, fragte Frederik zurück. »Als ich dich im Krankenhaus besucht habe? Gleich nach der Begrüßung?« Er schüttelte den Kopf. »Ich habe zwangsläufig mit Hauser darüber gesprochen und das ganze Thema dann versucht, zu verdrängen, um mich nicht auch noch in der Vergangenheit zu verlieren. So einfach ist das!«

Beleidigt schwieg Caroline.

»Was hätte ich dir sagen sollen?«, wiederholte Frederik. »Du warst vollgepumpt mit Schmerzmitteln und hast einen Tag zuvor einen Amoklauf miterlebt. Ich konnte da nicht noch etwas draufsetzen.«

Resigniert hatte sich Frederik schließlich auf sein Zimmer zurückgezogen. Er wollte allein sein, solange ein vernünftiges Gespräch nicht möglich war. Alle Gesprächsversuche endeten sowohl mit Caroline als auch Julian oder Oliver darin, dass sie einander Vorwürfe machten und aufeinander losgingen.

Leises Klopfen an der Zimmertür riss ihn gegen Mittag aus seinen Gedanken, dann sah Oliver durch den Spalt herein.

»Darf ich?«, fragte er betreten und erntete nur ein Schulterzucken von Frederik. »Hör mal, das ... das war scheiße, so wie das vorhin unten gelaufen ist. Aber für uns ist das alles völlig neu und kommt quasi aus dem Nichts. Wir kannten die ganzen Entwicklungen nicht, wir wurden immer nur mit den Resultaten konfrontiert. Erst mit deiner Entführung und jetzt mit den Schüssen. Das ist heftig, wenn auch kein Vergleich zu dem, was du erlebt hast.«

Stumm wartete Frederik, ob sein Bruder noch etwas zu sagen hatte, doch Oliver schwieg und kam langsam näher. Aufatmend setzte er sich aufs Bett und starrte auf Frederiks Rücken.

»Diese Typen vom Kriseninterventionsteam werden gleich aufbrechen«, wechselte Oliver abrupt das Thema. »Sie haben uns Telefonnummern dagelassen, an die wir uns wenden können, falls wir uns doch für eine psychologische Betreuung entscheiden sollten. Oder falls man einfach nur reden möchte. Na ja, und sie haben mit uns gesprochen, was als nächstes zu tun ist, sobald sein ... Körper freigegeben ist.«

»Ich werde ihn nicht beerdigen«, quetschte sich Frederik durch die Zähne und ballte die Hände zu Fäusten.

»Das verlangt auch niemand.« Oliver zögerte, dann legte er seinem jüngeren Bruder die Hand auf die Schulter. »Ich weiß auch nicht, wie das alles werden soll. Welche Entscheidungen Mama trifft. Erstmal muss sie überhaupt von den ganzen Vorfällen erfahren, das wird auch für sie ein riesiger Schock.«

»Gut, dass Hauser dieses Gespräch übernimmt«, murmelte Frederik und legte seine Hand auf Olivers. »Ich wüsste nicht, wie ich Mama das sagen sollte. Es wird schwer genug, ihr nachher gegenüberzutreten.«

»Mama wird auf deiner Seite stehen, Frederik«, war sich Oliver sicher. »Wenn sie zwischen dir und Vater wählen musste, stand sie immer auf deiner Seite, egal bei welchem Thema.«

»Hoffen wir es.« Frederik ließ den Kopf hängen und seufzte. »Hoffen wir das Beste …«

Oliver nickte, dann fiel ihm noch ein anderes Thema ein. »Caroline möchte sich dann zu ihrer Familie zurückziehen, sie muss die letzten Tage wie wir alle erst einmal sacken lassen. Willst du dich noch von ihr verabschieden? Sie wartet unten.«

»Danke.« Frederik drückte Olivers Hand kurz, dann stand er umständlich vom Boden auf. Der Ausritt vorhin mit Malika würde ihm spätestens morgen großen Muskelkater in den Oberschenkeln bescheren, doch das war Frederik egal.

»Du gehst?«, fragte Frederik nachdenklich, sobald er Caroline im Flur erblickte. Schon schloss er seine Freundin in die Arme und drückte sie sanft an sich. »Ich verstehe dich.« Er gab ihr einen Kuss auf die Schläfe.

»Es ist nicht so, dass ich dich allein lassen möchte«, seufzte Caroline und schmiegte ihre Wange an seine. »Aber ich brauche etwas Abstand, um diesen ganzen Wahnsinn zu begreifen.«

»Verstehe ich gut«, murmelte Frederik. »Rufst du mich an?«

»Natürlich«, versprach sie und küsste ihn zärtlich. »Ich werde mich bald melden. Nur gib mir bitte Zeit, das alles etwas sacken zu lassen.« Schon löste sie sich aus seiner Umarmung und humpelte auf die Krücke gestützt hinaus auf den Hof, wo ihr Vater gerade parkte. Es fiel Frederik nicht gerade leicht, Caroline in dieser

Situation gehen zu lassen, doch er konnte sie sehr gut verstehen. In den letzten Tagen hatten sich die Ereignisse verselbstständigt und sie alle zu entsetzten Zuschauern gemacht.

»Ich lege mich mal eine Runde ins Bett.« Frederik unterdrückte ein Gähnen. Er bezweifelte, dass er wirklich schlafen konnte, doch sein Körper verlangte nach der schlaflosen Nacht nach einer Ruhepause. »Falls etwas ist, weckt mich bitte.«

Kaum hatte Frederik die Augen geschlossen fand er sich in der Reithalle wieder. Sein Vater, Sabine und der unbekannte Schütze standen ihm und Onkel Karl gegenüber. Die Szenerie sah aus wie einem klassischen Western entsprungen. Fehlte nur noch die typische Musik … Schüsse und Aussagen seines Vaters wechselten sich immer schneller werdend ab, sodass Frederik keine zehn Minuten später keuchend und schweißgebadet aufstand. Zielsicher griff er in die Medikamentenschublade und spülte eine Schlaftablette mit mehreren Schlucken Wasser seine Kehle hinunter. Normalerweise machte er so etwas nicht, aber jetzt sah er keinen anderen Ausweg. Er brauchte zumindest für wenige Stunden eine Pause von den schrecklichen Bildern.

Kapitel 45

Hunger weckte Frederik aus seinem tiefen, traumlosen Schlaf und ließ ihn erst einmal verwirrt blinzeln. Das Zimmer lag völlig im Dunkeln, nur der Vollmond schickte etwas Licht durch die hellen Gardinen.

Zweiundzwanzig Uhr vierunddreißig zeigte der Wecker auf seinem Nachtkästchen.

»Das ist länger, als ich gehofft hatte.« Frederik strich sich die zerzausten Haare aus der Stirn und stand langsam auf. Die Beleuchtung vor dem Haus wurde eingeschaltet, ein dunkler PKW kam zum Stehen. »Und das ist dann wohl Mama.« Eilig verließ er sein Zimmer und lief hinunter ins Erdgeschoss.

»Mama kommt?« Julian folgte Frederik und wirkte ähnlich verschlafen.

»Mama ist da.« Oliver stand schon im Hausflur. Er war unentschlossen, ob er ihr entgegengehen sollte.

Die Entscheidung wurde den Brüdern abgenommen, denn Victoria Hendriksson öffnete die Haustür und trat ein. Ihr Blick irrte kurz durch den Flur, dann lief sie die wenigen Schritte auf ihre Söhne zu und schloss alle drei auf einmal in die Arme. »Meine Kinder ...« Sie atmete tief durch.

»Hallo Mama.« Julians Stimme brach.

»Familie Hendriksson?« Peter Hauser schob Victorias großen Koffer in den Flur und wandte sich gleich wieder zum Gehen. »Ich lasse Sie allein, Sie haben mit

Sicherheit viel zu besprechen. Doktor Hendriksson? Ich muss Ihre Aussage noch zu Protokoll nehmen. Kommen Sie bitte morgen im Laufe des Vormittags in mein Büro.«

Frederik kochte für alle eine große Kanne Tee und aß nebenher Schokoladenkekse, dann kehrte er zum Sofa zurück. Mit schlechtem Gewissen musterte er seine Mutter, die noch zierlicher wirkte als sonst. Sie war blass, ihre Wangen eingefallen und sie hatte dunkle Ringe unter den Augen.

»Wie geht es euch?«, fragte Victoria ihre Söhne einigermaßen gefasst, doch ihre rot geränderten Augen verrieten, dass sie zuvor geweint hatte.

Frederik schwieg beharrlich, auch Julian und Oliver wussten nicht so recht, wie sie diese Frage beantworten sollten.

»Wir … sind sprachlos«, versuchte Julian schließlich, eine Aussage zu treffen. »Was wir in den letzten Stunden alles erfahren haben … war … schockierend und unglaublich.«

Zustimmend nickte Oliver.

»Was ist mit dir, Frederik?« Victoria sah ihren jüngsten Sohn lange an, doch er wich ihrem Blick aus. »Du warst mittendrin, hat mir dieser Hauser berichtet?«

»Was hat er dir alles erzählt?«, fragte Frederik so leise, dass er kaum zu verstehen war. »Was weißt du von den Vorfällen der letzten Tage?«

»Er hat einige Details ausgelassen, aber das war ganz gut so, denke ich.« Sie seufzte und schüttelte den Kopf. »Habt ihr schon etwas Neues gehört, wie es Karl geht? Hauser wusste überhaupt nichts.«

»Onkel Karl wurde notoperiert und liegt jetzt auf der Intensivstation«, berichtete Oliver. »Er muss die ersten vierundzwanzig Stunden überstehen, dann ist er wohl aus dem Gröbsten heraus.«

»Scheiße.« Victoria hatte neue Tränen in den Augen. »Ich hätte nie gedacht, dass er zu so etwas fähig ist.«

»Er wollte Karl erschießen, damit du nichts von seiner Affäre erfährst«, murmelte Frederik.

»Ich wusste, dass er Affären hat. Max hat sich nie große Mühe gegeben, das zu verstecken. Und ich habe mich irgendwie damit arrangiert.« Hilflos zuckte sie mit den Schultern. »Ich war viel mit den Orchestern unterwegs und habe mich in die Musik geflüchtet.«

»Wieso bist du bei ihm geblieben? Er hat dich betrogen und du warst die meiste Zeit des Jahres nicht zu Hause. Was war das noch für eine Ehe?«, fragte Julian verständnislos.

»Es war eine Scheinehe, seit vielen, vielen Jahren. Ich hatte mich schon vor fünfzehn, zwanzig Jahren scheiden lassen wollen, aber mit Max konnte ich nicht verhandeln.«, berichtete Victoria und putzte sich geräuschvoll die Nase. »Eine Scheidung kam für ihn nie infrage, das hat er mir klar zu verstehen gegeben. Spätestens nach diesem Gespräch war unsere Beziehung faktisch beendet, Max hatte Affären und Gespielinnen und mich damit genussvoll gedemütigt. Er hat zwei uneheliche Töchter, die er voll finanziert. Euer Vater hatte Spaß daran, jeden fertig zu machen und zu zerstören, der nicht seiner Meinung war oder sich gar gegen ihn aufgelehnt hat.«

»Das lässt seine Aktionen gegenüber Frederik und Onkel Karl gegenüber noch einmal in anderem Licht erscheinen«, bemerkte Oliver. »Es hat ihm nicht gereicht, die beiden einfach zum Schweigen zu bringen. Er wollte ihnen maximal wehtun.«

»So brutal es klingt, das Verhalten und Vorgehen eures Vaters hat mich nicht überrascht. Es deckt sich mit meinen eigenen Erlebnissen.« Mitfühlend musterte Victoria ihre Söhne. »Ich wünschte, ich hätte euch diese Erfahrung ersparen können.«

»Wusstest du auch, dass er mit Organen gehandelt und quasi Gott gespielt hat?«, fragte Oliver weiter, ohne auf ihre Aussage einzugehen.

Andeutungsweise schüttelte Victoria den Kopf. »Ich habe nie etwas Berufliches von Max mitbekommen. Die Klinik hat er nie mit nach Hause genommen. Das kommt für mich genauso überraschend wie für euch.«

»Hoffen wir, dass es jetzt endgültig vorbei ist«, bemerkte Frederik. »Dass es nicht noch weitere unerfreuliche Überraschungen gibt.«

Ungeduldig marschierte Frederik in der Auffahrt zum Familiengestüt auf und ab und sah in die Ferne. Endlich bog ein PKW von der Bundesstraße ab und beschleunigte auf der Kieszufahrt noch einmal richtig. Er zog eine Staubwolke hinter sich her und zauberte Frederik unwillkürlich ein Lächeln ins Gesicht. Dieser Fahrstil gehörte unverkennbar zu seinem besten Freund, den er so lange nicht mehr gesehen hatte. Kaum war der Wagen zum Stehen gekommen und der Motor ausgeschaltet, stieg Niklas Thorsen auch schon aus und rannte auf Frederik zu. Wortlos fielen sich die langjährigen Freunde in die Arme.

»Das tut so gut, dich wiederzusehen.« Frederik ging etwas auf Abstand und musterte ihn neugierig. Niklas sah gut aus, fast schon erholt. Seine Augen strahlten. »Wie geht es dir?«

»Ich wollte dich das Gleiche fragen.« Niklas sah zum bewölkten Himmel. »Wollen wir das nicht bei einem Ausritt besprechen, bevor es wieder regnet? Ich muss unbedingt zu Malika.«

»Ich hatte damit gerechnet und Malika und Hector bereits gesattelt, wir können sofort los.« Frederik ging voran in den rechten Stallbereich. Rasch zog er sich Helm und Handschuhe an, dann griff er nach den Zügeln. Niklas tat es ihm gleich und folgte ihm auf die andere Seite des Gebäudes. Von dort hatten sie alle Möglichkeiten, was die unterschiedlichen Ausritt-Strecken anging.

»Hector«, ermahnte Frederik seinen Wallach und tippte ihn mit der Gerte an. »Die Kommandos gebe ich und nicht du.«

Niklas lachte herzhaft. »Man könnte meinen, er hat dich lange nicht mehr auf seinem Rücken gehabt.«

Frederik nickte. »Ich bin ihm mit Malika fremdgegangen«, gab er ohne Umschweife zu. »Nachdem ich keinen Kontakt zu dir bekommen habe, dachte ich mir, fürs Erste ist sie ein hübscher Ersatz.«

»Malika soll hübscher sein als ich?«, tat Niklas empört und wurde dann wieder ernst. »Aber ich verstehe, was du meinst.« Er wechselte in Trab und brauchte einige Schritte, um sich wieder an den Rhythmus seiner Stute zu gewöhnen.

Eine Zeit waren die Freunde stumm nebeneinanderher geritten, dann ließ sich Niklas die Einzelheiten rund um den Transplantationsskandal und die finalen Ereignisse berichten. Offenbar hatte er davon zuletzt nicht viel mitbekommen.

»Das ist ganz schön harter Tobak«, meinte er nachdenklich und lehnte sich vor, sein Oberkörper ruhte auf Malikas Hals. »Wie geht es für euch als Familie dann generell weiter? Ich meine, ihr … für euch ist ja nichts mehr so, wie es mal ausgesehen hat oder gewesen ist. Alles hat sich geändert.«

»Mama ist bis auf weiteres bei uns in Hamburg, es ist einiges zu organisieren«, seufzte Frederik und ließ sich die Zügel durch die Finger gleiten. »Die Beerdigung war vorgestern, er ist endlich … weg. Er wird nie wieder in meinem Leben herumpfuschen.«

»Das ist bestimmt eine Erleichterung?« Niklas richtete sich wieder im Sattel auf.

»Definitiv. Na ja, jetzt geht es um die Erbschaft. Immobilien, Vermögen, sonstige Wertgegenstände. Er hat Gott sei Dank ein Testament, das erleichtert einiges. Vor allem, weil da noch zwei uneheliche Halbschwestern aufgetaucht sind und eifrig die Hände aufhalten. Blöde Gänse, ich habe sie auf der Beerdigung zum ersten Mal gesehen.«

»Halbschwestern?«, wiederholte Niklas kopfschüttelnd. »Dein Erzeuger hat wirklich nichts ausgelassen, was? Okay, aber dann wird das Testament vollstreckt und du musst sie nie wieder sehen, oder?« Er nahm die Zügel wieder auf und trieb Malika mit leichtem Schenkeldruck an. »Und wie geht es für euch persönlich weiter? So einfach ist der Weg zurück ins alte Berufsleben nicht, das stelle ich gerade selbst fest.«

»Fürs Erste bin ich komplett hier auf den Hof gezogen, genau wie Mama. Die große Villa wird verkauft, niemand von uns will dort je wieder wohnen.« Frederik zuckte mit den Schultern und schloss rasch zu Niklas auf. »Nachdem der Prozess erst in ein paar Wochen beginnt überlege ich, bis dahin zu verreisen. Irgendwohin, wo mich nicht alles an meinen Herrn *Vater* und seine Taten erinnert.«

»Alles zu seiner Zeit, so geht es Freja und mir auch.« Niklas sah sich zu ihm um. »Wer zuerst am Hof ist!«, rief er und galoppierte an.

Hinweis: Die Erklärungen wurden nach bestem Wissen und Gewissen erstellt und erheben keinen Anspruch auf Vollständigkeit

Abdomen	Bauch
Abstinent	Auf etwas verzichten
Allgemeinzustand	Körperliche, geistige und seelische Verfassung des Patienten
Aneurysma	Aussackung eines Blutgefäßes
Benzodiazepine	Medikamente, die als Beruhigungs- und Schlafmittel eingesetzt werden
CT	Computertomografie
EEG	Elektroenzephalogramm, Messung der Hirnströme
Fraktur	(Knochen-) Bruch

Initial	Anfänglich
Intravenös	In ein Blutgefäß hinein
Intubation	Einführen eines Beatmungs-schlauches in die Luftröhre
Jochbein	Seitlicher Teil des Gesichts-schädels
Kollabieren	Zusammenbrechen
Monitoring	Lückenlose Überwachung der Vitalparameter eines Patienten
MRT	Magnetresonanztomografie
Muskelrelaxanzien	Medikamente, die für eine (vorübergehende) Erschlaf-fung bzw. Lähmung der Ske-lettmuskulatur sorgen
Neurologisch	Die Nerven betreffend
OP	Operation
Schockraum	Dient der Erstversorgung schwerverletzter Patienten
Sediert	Mit Medikamenten ruhigge-stellt

Subduralblutung	Blutung unter der harten Hirnhaut
Transplantation	Chirurgische Verpflanzung von Organen, Gewebe oder Körperteilen
UKE	Universitätsklinikum Eppendorf
Vitalparameter	Puls, Blutdruck, Sauerstoffsättigung
Zugang, venöser	Venenverweilkatheter, über den Medikamente direkt in den Blutkreislauf verabreicht werden können

Danksagung

Ich möchte mich von Herzen noch bei einigen, wichtigen Menschen bedanken, ohne die dieses Buch nicht möglich gewesen wäre.

Allen voran möchte ich mich bei meinem Mann bedanken. Ohne deine Geduld und die langen Schreibabende würde ich wohl heute noch tippen.

Ein großer Dank geht zudem an meine langjährige Schreibbegleiterin Lena. Danke für den Gedankenaustausch, die Kritik und die Inspiration.

Meine Testleser: Andrea, Claudia und Evi – ich weiß, ihr bekommt manchmal die abenteuerlichsten Entwürfe auf den Tisch. Danke für eure Unterstützung, Geduld und die langen Gespräche.

Das größte Dankeschön geht aber an Bernhard. Du gibst jedem Fehler sein eigenes Gesicht und schaffst es, meine Ideen sinnvoll umzusetzen.

Und nicht zuletzt gilt ein großer Dank allen Lesern und Buchbloggern, die nicht nur meiner Fehlerreihe eine Plattform geben und neue Ideen und Schreibansätze begleiten.

Bisher erschienen

Die spannende FEHLER-Reihe rund um die Assistenz-ärzte Niklas Thorsen und Frederik Hendriksson

Anfängerfehler und **Folgefehler**: Zum Auftakt der Reihe geraten Niklas und Frederik in den Sog eines gewaltigen Medizinskandals, der sie in akute Lebensgefahr bringt. Skrupellose Gegenspieler jagen die Freunde, die schon bald niemandem mehr vertrauen können.

Kunstfehler: Niklas' erster Fall nach seiner Rückkehr in die Uniklinik lässt ihn nicht mehr los. Die Behandlung nimmt eine dramatische Wendung und schon bald wird Niklas selbst zum Angeklagten: Ist ihm etwa ein Kunstfehler unterlaufen?

Systemfehler und **Rachefehler**: Eine noch offene Rechnung mit einem alten Bekannten bringt Frederik in große Gefahr, denn seinem Gegenspieler ist jedes Mittel recht, um Gerechtigkeit wiederherzustellen. Doch ausgerechnet jetzt hat Niklas ganz andere Sorgen. Auf wen kann Frederik jetzt noch zählen?

Weitere **Fehler-Krimis** sind in Arbeit!

Die dramatische BÜHNENFIEBER-Reihe rund um Musicaldarsteller Christian Rückert

Herzenssache: Christian könnte wunschlos glücklich sein: er darf seine Traumrolle verkörpern, feiert beruflich Erfolge in ganz Deutschland und hat obendrein seine große Liebe gefunden. Doch ein einziger Telefonanruf stellt Christians Leben auf den Kopf. Es entwickelt sich ein Kampf um Leben und Tod und auf einmal sind es für Christian nicht mehr die Bühnenbretter, die die Welt bedeuten.

Blutsbande (in Vorbereitung): Die Beziehung von Christian und Nicole hängt am seidenen Faden. Die ungeklärte Vaterschaftsfrage, zahlreiche Affären und Nickis Krankheit belasten die Partnerschaft. Können sie Baby Leon zuliebe wieder gemeinsam an einem Strang ziehen oder ist eine Trennung der einzige Ausweg?

Weitere **Bühnenfieber-Bände** sind in Arbeit!